最悲傷的是誰

いちばん悲しい

正己寿香

邱香凝 譯

目錄

序章

原本以爲那起案件很快就能破案。

六月十一日凌晨，東京都府中市宮町發現了一具倒臥路旁的男性屍體，死因是刺殺。被害人名爲戶沼曉男，四十二歲。他是港區赤坂一間不動產公司的員工，透過身上攜帶的健保卡和駕照確定了他的身分。

第一目擊者是住在案發現場附近公寓的高中男生。凌晨兩點，他正打算就寢，從窗簾縫隙往外看時，察覺被害人趴臥路邊。報案者是被高中男生叫醒的父親。由於他也只是從公寓二樓向外確認，打一一〇通報時僅表示「有個男人倒在路旁」。

被害人背後共遭人刺了七刀，失血過多致死。前一天下了一場大雨，使得案發現場周圍幾乎沒有留下物證。不過，仇殺的可能性很高。原因是凶手執著地在被害人背上刺了多達七刀，且被害人身上包括錢包在內的財物並未被搶奪。此外，被害人身上帶有兩支手機，其中一支的通訊錄上只登記了一個女人的名字。因被害人戶沼曉男已婚，與妻子育有上國中的長女和就讀小學的長男，認爲本案動機與情感糾紛相關的員警不在少數。

第一章　被留下的女人

1

佐藤眞由奈想起那通奇妙的電話，是下午吃優格時的事。前幾天開始下的雨，今天終於停了，隱約有點陽光。

上月底辭掉工作後，一天有半天都在床上渡過。這天也是，正式起床時，都已經過下午一點了。有一搭沒一搭地看著電視上的娛樂新聞，正盤算著等雨停要去購物時，腦中忽然跳出那通電話的事。感覺像是夢，但手機上確實有來電紀錄。五點十七分，清晨的電話。

原來不是夢啊。

那通電話打來時，眞由奈睡得正沉。在沒有完全清醒的狀態下接了電話，記憶也很模糊。「請問您認識……嗎？」這麼問的是個男人。總覺得對方給人的感覺很差，所以聽到男人問的那個名字，毫無印象的眞由奈回答「不認識」。「確定嗎？是……喔？」男人再度確認的語氣裡，好像摻雜了一絲訝異。眞由奈睡得昏昏沉沉的，心想可能是打錯電話了吧。丟下一句「聽都沒聽過」，就把電話掛了。

來電顯示的電話號碼也一點印象都沒有。果然是打錯電話了吧。這麼想著，眞由奈把手機放回桌上，舀起一匙優格。這時忽然想到，打電話來的人一開始是不是有先說「佐藤眞由奈小姐嗎？」

眞由奈回溯著記憶。

到底有沒有呢？好像有，又好像沒有，或許是自己記錯了。

再次拿起手機，看一眼那個電話號碼，確定只是一串陌生數字。如果打電話來的對方知道自己叫什麼名字，這或許是詐騙電話吧。借人頭或借錢，不當請款之類的。一邊想著要小心，一邊又覺得自己才不會上這種詐騙的當呢，順手就把來電紀錄刪掉了。

沖個澡，化好淡妝後走出公寓。天空萬里無雲，午後陽光眩目。眞由奈住的公寓離西武新宿線上的井荻站走路大約十五分鐘。位於四層樓建築的二樓，一房一廳的格局，房租七萬日圓。最近的一家超市在車站前，有時光是走過去再走回來就得花上將近一小時。

因爲不能提重物，姑且先買了需要的雞蛋、蔬菜和優格。米、水和衛生紙打算等週末戀人來時一起去採購。

眞由奈和戀人高橋彰年齡差了超過一輪，但從來沒把他當父親，也沒覺得他可靠過。對眞由奈而言，他就跟過去交往過的男人一樣，單純是男朋友。唯獨跟過去交往過的男人不同的，是兩人將從戀人變成夫妻。眞由奈相信，一邊互稱對方「小彰彰」和「眞由由」一邊接吻的恩愛關係，想必成爲夫妻之後也不會改變。對了，週末就煮他最愛的絞肉咖哩吧。

走進公寓一樓大門時，背後傳來女人的聲音：「是佐藤眞由奈小姐嗎？」

不知道什麼時候出現，一男一女站在背後。女人看起來三十多歲，男人則是五十多歲。兩人都穿白襯衫，乍看以爲是纏人的業務或推銷員。不過，他們的表情都不像來推銷。

「是佐藤眞由奈小姐嗎？」

女人又問了一次。

語氣雖然有禮，愛理不理人的模樣帶著一股說不出的優越感。那高高在上的表情也讓人很不爽，內心暗忖對方明明就又胖又醜還敢這樣。不假思索朝女人左手無名指望去，沒戴戒指。眞由奈暗自竊笑，果然啊。

「是又怎麼樣？」

眞由奈這麼回答，男人往前踏出一步。

「我是警視廳搜查一課的梶原。」

眼前打開的黑色手冊上有大頭照和像是金色徽章的東西。

「我是府中警署的我城。」

女人一句話都還沒說完，男人就插進來說「佐藤小姐，耽誤妳一點時間好嗎」。

「什麼事？」

以爲站著就能講完，叫梶原的男人卻說「那就打擾了」，一副要走進公寓的樣子。

眞由奈心想，應該跟詐騙案有關吧。果然不出所料，清晨打來那通電話和詐騙有關。現在一定是抓到犯人了，開始根據通話紀錄，找接過電話的人一一確認吧。

這麼一想，眞由奈瞬間興奮起來。要是把警察來訪的事告訴小彰彰，他一定會嚇一跳。其實本來今天很想聯絡他的，還是等到週末見面再說吧。不過，警察來訪的事可不是當天的重頭戲。趁小彰彰被這件事吸引注意力時，再把另一件更意外、更驚喜的事告訴他好了。

發現自己不知不覺中嘴角上揚，眞由奈趕緊換上嚴肅的表情。

進屋後，那兩人也不坐下，只是肆無忌憚地打量以粉紅色爲裝潢基調的房間。眞由奈察覺他們視線望向同一個地方，是斗櫃上的幾個相框。

「啊，那是我男朋友。」

不等對方詢問就自己這麼說著，呵呵甜笑起來。

兩名刑警同時轉向眞由奈。

「說是男朋友，其實也可以說是未婚夫啦。我們今年內就要結婚了。」

梶原拿起其中一個相框盯著看。眼神認眞得可怕。

眞由奈心想，或許這男人在看的不是小彰彰，而是和他合影的我？那張照片是洗完澡後一起坐在床上拍的，小背心底下的乳頭若隱若現。好討厭，眞噁心。

「請問，到底有什麼事？」

以強硬的語氣這麼詢問，梶原才望向眞由奈。

「妳認識戶沼曉男先生嗎？」

這盛氣凌人的聲音喚醒了眞由奈的記憶。清晨那通電話裡，好像也有人提過戶沼曉男這個名字。當時那個人也問了同一句話嗎？

「您是今天清晨打電話來的警察先生嗎？」

「那時妳說自己不認識他吧？」

梶原立刻這麼反問。

「是的，我不認識。那個人是詐騙犯嗎？」

梶原皺起眉頭。眉間擠出一道深深的豎紋，深得彷彿用刀刻出的一般。

「那麼，這位又是誰？」

他將手上的相框轉向眞由奈。

「剛才不是說了嗎？他是我的男朋友，我們就要結婚了。」

「他叫什麼名字？」

「高橋彰，怎麼了嗎？」

梶原低喃道「這樣啊」。

「漢字怎麼寫？」

眞由奈說明後，女人無言寫進筆記本。

「佐藤小姐。妳昨天——正確來說，是今天早上零點到兩點之間，妳人在哪裡？」

「爲什麼要問這個？」

發現自己的聲音微微顫抖，一股沒來由的不安襲擊眞由奈。原以爲自己是被捲入詐騙案件，這才想到刑警們登門至今仍未說明造訪理由。

「是這樣的，那段時間，有位男性遭人殺害。請妳協助警方搜查。」

喉嚨深處像是卡住了什麼，發出「噫」的聲音，不安急速膨脹。

不會吧，小彰彰被懷疑了嗎？所以他們才會馬上注意到他的照片，還問了他的名字？怎麼辦，是不是應該說自己那個時間跟小彰彰在一起比較好？驚慌失措了兩、三秒，猛然想起小彰彰現在人應該正在台灣出差。

「我在自己家裡。」

「有人能證明嗎？」

梶原這麼問，眞由奈腦中不經意閃過「好像電視劇」的念頭。

「我想應該沒有。」

「應該？」

梶原窮追不捨地問，眞由奈只好再次審視記憶，重新回答「沒有」。

「被害人的手機通訊錄裡，有妳的電話號碼。」

「咦？爲什麼？」

「妳對戶沼曉男這個名字眞的沒有印象嗎？」

「我眞的沒聽過。這個人被殺了嗎？難道現在警方在懷疑我嗎？可是，我眞的不認識這個人。總覺得好不舒服。」

「不好意思，這張照片裡的男人……妳說他叫什麼來著？」

「高橋彰，怎麼了嗎？」

梶原又喃喃低語「這樣啊」，緊盯著眞由奈。他的眼睛小得像豆子，但視線犀利，一點也不可愛。忽然有個預感，這男人等一下要講出很驚人的話了，腦袋一陣暈眩。

「妳以爲是高橋彰的人，其實是戶沼先生。」

「什麼？」

「這個人，」說著，梶原指向相框說：「和妳合照的這個人，他不叫高橋彰，叫做戶沼曉男。

「怎麼可能。」

眞由奈覺得有點可笑，也眞的笑了出來。

「妳眞的不知道嗎？不知道這個人就是戶沼曉男？」

「我不是說了嗎？他叫高橋彰。」

這些人有著嚴重的誤會，眞由奈心想。得告訴小彰彰才行。趕快跟他說，讓他來跟這些人解釋清楚比較好。

「戶沼曉男今天凌晨被殺了。妳不知道嗎？」

「所以他到底是誰嘛！」

奇怪。明明一點也不生氣，自己卻發出怒吼。眞要說的話，根本就無法理解刑警們到底在說什麼，就算想生氣也生不起來才對啊。

眞由奈一陣不安，發現自己好像分裂成了好幾片。

啊。其中一片發出驚呼，因爲想起裝了食材的超市購物袋還放在外面。「不好意思喔」這麼說著走進廚房的也是同一片。

「妳最後一次見到戶沼先生是什麼時候？」

身邊傳來聲音，眞由奈嚇了一跳。梶原竟然跟著走進廚房了。

「不是說了嗎？我不認識那個什麼戶沼的。」

眞由奈嘻嘻笑起來。說得正確一點，笑的是另外一片。

「就是妳堅稱叫做高橋彰的那個人啊。」

「我跟小彰彰這星期六會見面喔。我打算煮絞肉咖哩給他吃。不過啊，因爲我不能提重物，得等小彰彰來了才能一起去買東西。要不然，在他來之前先煮好咖哩更理想就是了。」

分裂開來的另外一片劈里啪啦說個不停。

從塑膠袋裡拿出雞蛋時，腦中一陣天旋地轉。啊，蛋破掉了。眞由奈莫名冷靜地想。

2

一走出公寓大門，我城薰子就被罵了。

「我說妳啊，到底是來幹麼的？就算只是做個表面，也應該對她說些體恤的話，假裝擔心也好啊。妳們都是女人不是嗎？這時候不工作什麼時候才要做？一點用都沒有。都是妳沒好好安撫她，我才無法問出更多啦，妳這個薪水小偷！」

女人就是這樣。梶原不屑地說。

警視廳搜查一課的課員裡，只把地區警署刑警當導航或跑腿專用的人還不少。梶原勇一就是這種典型。加上薰子又是女人，對他而言比裝飾品還不如吧。早上在搜查會議中確定自己將跟梶原搭檔行動時，薰子便決定今天只要徹底做好導航和跑腿工作就好。因爲這樣可以將自己的煩躁減到最輕。

「不好意思。」

薰子低下頭，這點程度的污衊是預料中的事。

三年前，薰子以三十三歲的年紀當上巡查部長，從杉並警署調到府中警署的刑事組織犯罪防治課。梶原大概不記得了吧，薰子還在杉並署時，曾和梶原參加過同一場搜查總部會議。當時和梶原搭檔的是個二十多歲的巡查，基本上梶原都把他當空氣。即使有對話，也以全面否定對方存在與人格的方式說話。站在他搜查一課資深刑警的立場，地區警署的新人大概只會礙事吧。

即使如此，薰子仍認爲梶原說得很有道理。

在剛才那個場合，身爲女人的自己若是能多關心一下佐藤眞由奈，她或許就不會像那樣陷入歇斯底里了。

撿起掉在地上的雞蛋後，佐藤眞由奈大叫：「你們給我賠！」

「我才剛買的！辛辛苦苦買回來的！都怪你們！現在馬上去給我買新的回來！」

受到自己尖銳的叫聲煽動，她愈來愈激動。

「我要跟我媽說！叫我媽幫我請律師！我要告你們！現在馬上給我滾！滾！」

不管梶原怎麼安撫都沒用，她就像個幼兒一樣大哭大鬧。至於薰子，她唯一做的事就是在離開之際，把自己的名片悄悄放在流理台上。

佐藤眞由奈，二十八歲。腦中浮現關於她的資訊。原本在飯田橋某寢具廠商工作，上月底辭了職，現在無業。單身，沒有結過婚。老家在群馬縣高崎市，家中有父母和兩個哥哥。

她說的是眞的嗎？她眞的以爲戶沼曉男就是高橋彰嗎？總覺得她說的是眞的。比起這個，薰子更確定的是眞由奈懷孕了。從她不時把手放在下腹部的動作和「不能提重物」這句話來看，應該沒錯。肚子裡的是被害人的孩子吧。

回過神來才發現，自己和走在前面的梶原拉大了距離。薰子加快腳步，走在落後梶原一步的地方。

早上的電話中，佐藤眞由奈回答她不認識被害人後擅自掛了電話。這個舉止加重了她的嫌疑。沒想到實際採訪時，她竟堅持被害人是其他人。梶原本想請她回警署協助調查，她卻只是大喊「滾！」，不管威脅還是安撫，她都聽不進去。

正如梶原所說，自己也有責任。薰子心想。那麼，那時到底該對她說什麼才好呢。梶原說「妳們都是女人」，但這只是籠統的歸類。事實上，像佐藤眞由奈那種女人，肯定不認爲自己跟她同類吧。

第一次面對面的那短短幾秒，佐藤眞由奈展現了輕蔑薰子的態度。首先，她對薰子身爲女人的評價很差，判斷薰子遠不如自己，無法接受薰子這樣的女人對她採取高壓態度。薰子能清楚看穿佐藤眞由奈那幾秒內的內心轉折。視線望向薰子左手無名指時，眞由奈臉上露出惡意的笑容，這個也沒看漏。

回想佐藤眞由奈的長相時，率先浮現腦海的是又圓又大的鼻孔。那鼻孔簡直就像拿什麼塗黑了似的，光明正大地朝向前方。加上一張大圓臉，她整個人就像南方島國的滑稽民俗藝品。不過，顯然她對自己的評價完全不是這樣。

「那女人應該有了吧。」

等電車時，梶原喃喃嘟噥。

雖然覺得他可能在自言自語，姑且還是回答「我也覺得」。

「妳也覺得。」

梶原複誦一次，是模仿的意思嗎。之後，他又悶哼了一聲。

「聽妳的語氣好像很不爽，不知道腦子裡到底在想什麼。或者說，妳大概什麼都沒想吧。工作時帶點腦子好嗎？沒用的薪水小偷。」

薰子低下頭說「不好意思」。

「看妳那張臉就知道一點也沒有覺得不好意思。我是不知道哪個高層特別寵愛妳啦，不過那種事對我不管用。再說，妳長的也不是會受寵的臉。至少來個年輕好看的女人還好一點。跟妳這種派不上用場的老女人一組，我也眞夠衰了。」

一雙犀利小眼，大大的國字臉，偏褐的膚色使臉上斑點更醒目，眉間的豎紋像用刀刻出來似的。梶原看上去五十多歲，其實才四十五左右。

自己要是繼續當刑警，也會老成這樣嗎。腦中不經意閃過這個念頭。

不是想當警察才當的——這種話只是藉口。畢竟也沒有人建議自己當警察，進入這一行是自己的選擇。

三鷹警署的副署長是薰子的叔叔。他明年應該就會在這個職位上退休了吧。薰子選擇當警察，和小時候特別疼愛自己的叔叔是警察確實有一點關係，但眞要說的話，其實選什麼職業她都無所謂。

——妳最近好嗎？媽媽很好喔。

耳朵深處突然聽見母親最後的話語。其實是傳手機訊息，照理說不該聽得見，但她就是聽見了母親的聲音。收到那則訊息的幾天後，母親被人發現倒在自己經營的藥房。那是三年前的事了。傳那種不像她會傳的訊息來，只能說母親或許早有預感會死。傳那則訊息時，她究竟懷著什麼樣的心情呢。

薰子是家中的獨生女，從小，母親就認定薰子長大會跟她一樣成為藥劑師，接掌家中的藥房。上高中後，薰子開始抗拒走在母親安排好的道路上。怎麼辦，一點也不想當藥劑師。在這樣的念頭中渡過了高中時代。大學按照母親說的，考上她位於東京的母校，進入藥學系就讀。可是，升上二年級後，薰子偷偷轉入法學系。這是有生以來第一次忤逆母親。並非對法律有興趣，只是刻意選了離藥劑師最遠的一條路，為的是讓自己再也無法回頭。

當上沒有特別想當的警察，懷著罪惡感工作至今。母親死去後，又多了對違抗母親意願這件事的罪惡感。

3

難以置信。所以不信。明明很堅決地這麼想，另一個自己卻產生了背叛的念頭。一天過後，佐藤眞由奈內心的想法還整合不起來。

上網搜尋，一下就找到事件的新聞了。六月十一日凌晨，一個叫戶沼曉男的男人遭人刺殺，屍體在府中市宮町街頭被發現。

那個人和小彰彰一樣是上班族，一樣都是四十二歲。可是，小彰彰住的不是府中是調布，任職的也不是不動產公司，應該是顧問公司。而且，他這星期從星期一就到台灣出差了。

戶沼曉男的名字不只出現在新聞報導中，社群網站和部落格等地方也能看到他。其中包括了好幾張照片，每一張都和小彰彰長得一模一樣。可是，不是常聽人說「世上會有三個和自己長得一模一樣的人」嗎？所以眞由奈還是不相信。腦中發出警報，告訴自己最好別再繼續搜尋下去，操作滑鼠的手卻停不下來。眞由奈的視線停留在描述戶沼曉男家庭成員狀況的文章上。上面不只提到他太太，連一男一女兩個小孩的名字都有。

果然不是小彰彰，眞由奈緊抓著這點不放，把想法化成言語，不然太奇怪了嘛。

眞由奈和高橋彰相識於大約半年前，說得更正確一點，是去年的耶誕夜。下班回家途中，眞由奈繞到新宿的百貨公司，打腫臉充胖子的打算買兩片鮮奶油蛋糕回家。要付錢才發現找不到錢包，翻尋手提袋時，想起中午放在午餐袋裡忘了拿出來。這時，排在眞由奈後方的就是高橋彰。

聽到眞由奈對店員解釋錢包的事，他就說「我來付吧」。不用啦不用啦。眞由奈雙手急揮個不停，一邊暗忖「這人長得不起眼，倒是挺溫柔的」，一邊覺得他跟誰好像。男人問：「可是，妳不是要買回去跟男朋友一起吃嗎？」眞由奈老實回答「不是的」。

「我是買給自己的，打算買回家吃。」

「那跟我一樣。」

他微笑著說。

這時，眞由奈想起來了。他好像由美的爸爸。

小學時，眞由奈家隔壁住的是大自己一屆的由美跟她的家人。由美家和眞由奈家完全不同。每逢假日，他們一家三口會一起出門，或是在戶外烤肉、打羽毛球，看起來好開心。眞由奈從來沒跟父親玩過，父親在家時一律禁止帶朋友回家玩，連發出太大的聲音都不行。從小就被教育「家是父親休息的地方」。某天，眞由奈看見由美在家門口大喊「爸爸是笨蛋」。明明被罵笨蛋，由美的爸爸卻笑著喊「妳說什麼」，一把將由美抱起來轉圈圈。由美一邊咯咯笑，一邊還在喊「笨蛋笨蛋笨蛋」。眞教人難以置信。眞由奈要是敢對著爸爸說「笨蛋」，不是被揍一頓，至少也得跪坐在那聽爸爸說教吧。可是，由美的爸爸只是笑個不停。由美的爸爸一定很愛她，覺得她的一切都可愛到不行。這麼一想，眞由奈就有股想哭的衝動。

眼前笑容溫和的他，散發與由美爸爸相同的溫暖氛圍，彷彿能笑著接受眞由奈的一切。明明早就已經忘記由美的爸爸了，現在卻有一種等待多年的東西終於出現在眼前的感覺。

結果兩人都沒買蛋糕，倒是一起吃了飯。情調好的餐廳都客滿，只好走進新宿通上一間中華料理店。他擅長聆聽，整晚幾乎都是眞由奈在說話。說公司的事、學生時代的事、家人的事……一邊說，一邊找尋確認他是否已婚的時機。看上去四十歲左右的人，一般應該已經結婚了吧。只是，左手無名指沒有戴戒指，有家室的人也不會在耶誕夜只買一人份蛋糕，這兩點成爲眞由奈僅存的希望。

終於能問出口，是在喝餐後送上的珍珠奶茶時。

「耶誕夜還在外面，這樣好嗎？太太在等你回去吧？」

最後決定這麼問。

「很遺憾……」

他這麼說。

「咦？你應該有太太吧？」

眞由奈刻意裝出半開玩笑的語氣。

「證件上是有，但我們早就分居，正在協議離婚。」

「這樣啊，那你們有小孩嗎？」

「沒有小孩喔。」

他想也不想地回答了。

看吧，果然很奇怪。眞由奈回想初次相遇時的事，再次這麼說服自己。如果他想騙我，大可謊稱自己未婚。可是，小彰彰老實把有太太的事告訴了我。只是因爲還在協議離婚，必須對外隱瞞眞由奈的存在。等離婚成立後，我們就能光明正大見面了，所以，嫁給我吧。小彰彰是這麼說的。

所以，那個人一定不是他。

——妳以為是高橋彰的人，其實是戶沼先生。

刑警的聲音流過耳邊。低沉沙啞的嗓音，像香菸的尼古丁一樣黏糊，教人從生理上就無法接受。

打從昨天傍晚刑警來過後，眞由奈完全沒睡。明明沒睡，卻像作了很多瑣碎的夢一樣，腦中不斷出現各種場景，浮上又消失。和小彰彰去買東西的情景，小彰彰吃絞肉咖哩的模樣，小彰彰打電話來的時候，對講機門鈴響起，打開玄關門，他就站在那裡……

手機響了。來電顯示陌生號碼。不過，說不定是小彰彰。

「小彰彰！」

接起來，聽見一個女人問「是佐藤眞由奈小姐嗎？」，眞由奈立刻掛掉。萬一像這樣接聽電話的時候小彰彰打來怎麼辦。

昨天打了無數通電話，傳了無數次LINE給他，他都沒有反應。以前從來沒有這樣過。面對無情襲來的不安，眞由奈不斷地用「因為他在台灣」、「他可能在搭飛機」、「他手機沒電了」等假設來應付。

——妳以為是高橋彰的人，其實是戶沼先生。

每當思考一放鬆，刑警的聲音就會鑽入腦中。

「小彰彰，快回來。」

眞由奈發出聲音低喊，祈求的目光凝視手中的智慧型手機。

很快就能證明刑警在胡說八道了。

小彰彰預定今晚從台灣回來，一回國就會打電話給自己。到時候跟他討論星期六的事吧。他一定很快就打電話來了。絕對會打來。爲了決定星期六的行程，小彰彰會打電話來的，絕對會。

可是，「今晚」要算到幾點呢？超過十二點，已經不是「今天」了。

「小彰彰，快點快點。小彰彰，求你了。」

眞由奈把手機貼在額頭上。

——妳以爲是高橋彰的人，其實是戶沼先生。

小彰彰，快點。再不快一點，刑警就要追上來了。一旦刑警說的話成眞，我就要從現在的世界墜落了。

4

「不敢相信。」

戶沼杏子喃喃低語。

這句話已經說幾次了呢。不敢相信。反覆低喃之間，這句話逐漸失去意義，現在聽起來已經跟嘆氣沒兩樣。不敢相信。可是，自己卻不可思議地接受了事實。丈夫死後過了四天，連葬禮都在昨天結束了。

「您一定很難受吧。」

隔著桌子坐在對面的刑警這麼說。

這麼說起來，刑警這句話也聽了好多次。對他而言，大概也已經跟嘆氣沒兩樣了。初老的刑警個子矮小，看上去人很親切，卻有一雙難以捉摸的眼睛，說不準什麼時候會突然變成凶神惡煞。

另一個刑警年約三十，幾乎沒有說話，只是一直作筆記，沒什麼存在感。沒記錯的話，初老的刑警叫富田，年輕那個的名字就完全不記得了。

「保險起見，請容我再向您確認一次。」

聽到富田這麼說，杏子心想「啊，又得再說明一次同樣的事情了嗎」。感覺像有什麼很重的東西掉在頭上。

丈夫戶沼曉男被殺的時間，介於十一日上午零時五十分至二時之間。從零時三十五分抵達京王線府中站的電車下來時，月台上的監視器攝影機還有拍到他的身影。丈夫身亡的地點，離家裡只差五、六分鐘路程。聽說當時他趴倒在地。那是一條從舊甲州街道往南拐進的巷弄，晚上幾乎沒有人車通行。那天又下大雨，更是完全沒有目擊者。

「事件發生那段時間，太太您都在家裡沒錯吧？」

富田提的問題也在預料之中。

「是。」

「有沒有可能記錯了呢？」

「不可能。」

「可否再次盡可能詳細地說明當天您的行動呢？」

這是第三次了。杏子下意識嘆口氣，富田又補上一句「非常抱歉」。

「那天早上，我一如往常六點起床。送先生和孩子出門後，我自己也去打工了。對，從十點到下午三點……」

一邊說，杏子一邊回溯記憶。不，並不是這樣，總覺得自己只是在複誦之前說過的內容。杏子也知道，儘管現在刑警「嗯、嗯」答腔，其實他感興趣的是當大晚上孩子睡著之後的事。然而，十一點就寢的杏子不可能有那之後的不在場證明。

其實，一開始沒有立刻發現自己被懷疑。即使刑警反覆確認自己在丈夫身亡前後那段時間的行動，還問杏子「有人能幫妳證明嗎」，甚至希望檢查廚房裡的菜刀時，她都沒想到身為妻子的自己竟然受到懷疑。

昨天才猛然察覺。

「對了，請問你們夫妻感情如何？」富田這句話，讓杏子終於發現自己被懷疑了。那一瞬間，「丈夫被人殺死」的事實同時變得具體。所謂的「現實」帶著壓倒性的重量和強度落在頭頂，衝擊力道使杏子回過神來，將「難以置信的事」轉化爲「現實中發生的事」。當杏子說「你們要帶走菜刀也可以，儘管拿去檢查吧」，富田毫不猶豫地照做了。

富田提都沒提昨天帶走的菜刀，也沒有要歸還的樣子。大概還在調查上面有沒有丈夫的血跡吧。查明沒有血跡後，我的嫌疑就能洗清了嗎？杏子這麼想。

「還是沒有能爲妳證明的人嗎？」

富田說著，拿原子筆搵太陽穴。一旁的年輕刑警盯著杏子，像是不想放過任何細節。

「沒有。」

這樣啊。笑著輕鬆回應杏子，富田探出上半身。

「對了，關於妳先生，妳能不能想出還有什麼事呢？像是跟人起了什麼爭執，或是被誰怨恨，跟哪個女性牽扯不清之類的。」

「沒有。」

眞的沒有。杏子怎麼想也想不通丈夫爲何非得被人殺害不可。

他是個無趣的人。這話既是貶也是褒。丈夫這個人沒有値得一提的優點，沒有野心也沒有夢想，就連在這個小家庭裡也是不受注意的人，絲毫沒有存在感。起初，自己將那誤以爲是性格溫柔，結婚生孩子之後，才發現丈夫不是溫柔，只是沒有積極的惡意罷了。不過，比起會傷害別人的人，無趣的人要好多了。丈夫雖然不是對社會有所貢獻的人，但也不會給人添麻煩。就跟包括杏子自己在內的大部分人一樣。

「那麼，妳對佐藤眞由奈這個女人有印象嗎？」

這是杏子第二次聽到這名字了。

和第一次一樣回答「沒有印象」，和第一次不一樣的是，這次杏子反問：「這個人怎麼了嗎？」

「妳眞的不認識她？」

富田微微眯細眼睛。

「佐藤眞由奈，是嗎？」試著把這名字念出來，還是毫無記憶。「對，我不認識。」

「這樣啊。」說完這句，富田沉默不語，視線落在手上的記事本。感覺像在等杏子提問。

「這個人是誰呢？和我先生被殺的事有關嗎？」

富田抬起視線，就這麼盯著杏子的眼睛看了幾秒。

這位刑警到底在看什麼？我的眼睛裡映著什麼嗎？杏子感到坐立不安。

「她好像跟妳先生在交往。」

「交、往？」

「他們兩人似乎在交往，就是所謂的男女關係。」

「怎麼可能？」

下意識苦笑，除了「太扯了」，腦中浮現不出其他想法。所以，直接說出口。

「這實在太扯了。」

「爲什麼呢？」

被如此反問，杏子爲之語塞。

「是因爲妳相信先生嗎？」

「也不是。」

「那麼是？」

「因爲……他哪有這個膽……」

杏子也不認爲會有女人喜歡丈夫。年輕的時候就算了，現在的他中年發福身材走樣，身高連一百七都沒有，不擅長與人交談，對一切消極以對，個性也不夠機靈。每次換工作，薪水都愈換愈少，一個月的零用錢才兩萬日圓。誰會想跟這樣的四十二歲已婚男人交往呢？杏子自己都不知道想過幾次離婚的事了。要不是已經看開放棄，夫妻生活哪能延續至今。

「妳都沒發現嗎？」

「是要發現什麼……」

「這半年多來，妳先生身上沒有什麼變化嗎？」

「不，沒什麼特別的變化。」

「眞的什麼都沒有？」

思考還跟不上來，刑警卻不斷追問下去。在一頭霧水中被牽著鼻子走，杏子開始不安。著急地想，該說點什麼才行。什麼雞毛蒜皮小事都好，得說點最近丈夫的事才行。

「這麼說起來，他工作好像變忙了。」

意外的，富田「喔？」了一聲，似乎對這件事頗感興趣。

「星期天幾乎都還要去公司加班。」

忍不住抱怨「可是，薪水卻沒提高」。話說出口，又後悔自己說了不該說的話。

「是這半年左右的事嗎？」

「我記得沒有那麼清楚，您所謂的半年是指……？半年前發生了什麼事嗎？」

「半年前，妳先生外面有了女人。」

富田說得一副若無其事的樣子。

「啥啊？」

「我們已向妳先生公司確認過，他週末都有確實放假喔。」

激動得都破音了。

「咦？」

「還有，妳知道先生欠債的事嗎？」

「知道，我們裝修房子的貸款還沒還完。」

要是知道丈夫收入會減少，那時肯定不會裝修房子了。杏子想起自己爲這事不知後悔了多少次。她開始打工正好是一年前的事，打工賺的錢都拿來繳貸款了。

「不是那個，是高利貸喔。」

「高利貸？怎麼會？」

「跟三間公司借了總共一百三十萬。現在法律有規定借款上限，最多不能超過年收入的三分之一，他差不多就借到上限了。」

「到底怎麼回事？」

杏子的聲音顫抖。

「這也是半年內發生的事。」

「騙人。」

「戶沼太太的意思是，妳完全沒察覺？」

「請問……是不是有哪裡搞錯了？」

「妳的意思是，剛才說的每件事妳都不知情？」

「每件事是指……」

「妳先生外面有女人的事，假日沒有加班的事，還有欠債的事。大致上是指這三點。」

「這三點……請不要講得好像三件事都是眞的一樣。」

「戶沼太太，我說的都是眞的。」

富田的眼神閃著討人厭的光。

杏子張開嘴，這才茫然發現自己不知道要說什麼。

「那麼，如果妳想起什麼了，請隨時跟我們聯絡。」

像打句點似這麼說完，兩名刑警起身。

客廳門外傳來輕微聲響，接著是跑上樓梯的聲音。走出客廳，還能感覺到孩子們留下的氣息。富田他們大概也察覺了吧，視線一起望向樓梯上。

「請假沒去上學啊？」

富田這句話，令杏子想大喊「當然！」，他們的父親可是忽然那樣死掉了。在離家那麼近的地方，以那種方式死去。凶手還沒抓到，被殺的原因也不知道，更別說警方還懷疑著他們的母親。

家用電話響起，隨即切換爲答錄功能。丈夫的事件上新聞後，不管是家用電話、手機或玄關門鈴對講機，一整天響個不停。無情的鈴聲聽起來就像在責備被留下來的家人。

我們會有恢復平穩生活的一天嗎？杏子這麼想。發現自己自然而然地將丈夫排除在「我們」之外，內心有點驚訝。

刑警離開後，史織和優斗一起下樓。

「媽媽。」

小學四年級的優斗發出不安的聲音。雖說現在認定他像爸爸還太早，優斗的身高一直長不高。遺憾的是，內向膽小的個性也只能說是像他爸了。

「沒事的啦。」

杏子擠出笑容，摸摸優斗的頭。

「哪裡沒事？」

史織反駁。杏子很想相信已經國二的她像自己，但有時候，史織或許更像丈夫的母親。

「你們兩個肚子都餓了吧？來吃午餐吧。」

走進廚房，才想起家裡一把菜刀都沒有。昨天，富田連水果刀都帶走了。

「爸爸外遇是眞的嗎？」

他們果然聽見了啊。即使如此，杏子仍不假思索地回答「怎麼可能」。

「可是警察不是那麼說了嗎？說他跟一個叫佐藤眞由奈的人半年前開始交往，還說他們是男女關係。爸爸是爲了那個女人才會跟高利貸借了一百三十萬的吧。」

「別說了。」

「我們家的事已經在網路上傳開了。」

「咦？」

「我的名字和學校，優斗的事，還有爸爸的母校，連他的照片都被人貼出來。」

「別上網亂看那些。」

「我已經看到了嘛。網路上的人都在推理爸爸爲什麼被殺。雖然最多人覺得只是遇到隨機殺人魔，但也有人猜是媽媽殺的，甚至還有人說是我殺的喔。說這種話的一定是我們學校的人啦，搞不好還是我的朋友呢。連柚子、毛利或葉月她們都有可能。因爲我在學校隸屬排球隊還有剪短髮的事都被寫出來了，還有人說『這女生脾氣很壞，有可能下手』。」

「別管那些人了。」

「我沒管啊，只能不管了不是嗎？我什麼都不能做！」

史織沒有哭，只是不斷發洩怒氣。

「我已經不能去上學了，怎麼可能去啊。眞的氣死人，超火大的啦。」

破口大罵的史織身邊，優斗已經哭得臉都皺成了一團。

史織的憤怒停不下來。

「爲什麼爸爸會死？爲什麼被殺？要是爸爸沒有被人那樣殺掉，我也不會遇到今天這種事！萬一凶手不是隨機殺人魔怎麼辦。要是爸爸是遭人怨恨才死的話，連我也會被當成壞人啊！人們會說我們是自作自受，自己得負起責任。眞要說的話，就算凶手眞的是隨機殺人，只要爸爸那天早點回家就不會遇到這種事了吧。外遇又是怎麼回事？爸爸會死是那女人害的嗎？那女人是凶手嗎？如果是的話，這都要怪外遇的爸爸自己不好！」

像一盆冰水兜頭淋下，沖走覆蓋心上又重又濁的那層膜，露出了隱藏的眞心。

杏子重新注視自己的女兒。她在生氣，全身心靈都在氣，氣她那被人殘忍殺害的父親。

跟我一樣。杏子心想。自己也在生丈夫的氣。

最後的最後搞這什麼玩意？就因爲你那樣死掉了，我們一家人才會落得這種下場。女人？外遇？高利貸？一百三十萬？你在爲所欲爲什麼？就連家裡的健保也因爲你薪水太低，只能保非儲蓄型的住院險。我們接下來的生活該如何是好？該怎麼活下去才好？要是繼續這樣下去，孩子們無法回去上學怎麼辦？我的打工怎麼辦？都是你死了的關係，害我已經三天沒去打工了。少賺一萬五了。貸款誰來還？不只如此，他們還懷疑是我殺了你。都是你的錯！誰教你要死得這麼奇怪！

杏子望向丈夫的遺照。去年秋天拍的這張照片，他臉上掛著軟弱的微笑。照片的焦距沒有對得很準，但也沒辦法了。再上一張照片裡的他還抱著剛出生的優斗，都已經是十年前的事了。沒想到中間這麼長一段時間，丈夫居然都沒拍照。

凝視丈夫的遺照，原本像要爆炸的腦袋逐漸退燒。

我一定是怎麼了。杏子從胸腔深處用力吐出一口氣。我果然怪怪的，一下看似冷靜，一下又陷入錯亂中。否則，我怎麼會對被人那樣殺掉的丈夫生氣。

正想深呼吸，口中卻發出抽搐般的聲音。

杏子在笑。

看見史織和優斗膽怯地轉過頭來，杏子仍無法停止宛如炸裂的笑聲。彷彿堆積在腹底的異物擅自衝口而出一般。

5

今天早上的搜查會議上，無論是案發現場周圍或被害人周遭人際關係的調查，都沒能提出有用的報告。

凶器尚未發現，指紋和DNA及腳印也都被大雨沖刷殆盡。沒有找到任何案發時的目擊情報，也沒聽說被害人曾和誰起過爭執或捲入糾紛。

事件當天，被害人離開公司後的行動很早就釐清了。下午七點下班後，參加公司聚餐。這天的聚餐，公司所有員工都參加了，總人數爲十二人。被害人任職的AKS設計公司，是一間以店面設計爲主要業務的不動產公司。被害人三年前進入公司後，負責網頁及系統運用管理工作。眾人從第一攤的居酒屋出來是晚上九點三十分左右，後來改到卡拉OK續攤，離開時差不多晚上十一點三十分。接著，從地下鐵丸之內線的赤坂見附站到新宿站，他都跟另一個同事一起行動。

搭上十二點十二分從新宿出發往京王八王子的京王線特急電車，在離家最近的府中站下車時是十二點三十五分，這時月台上的攝影監視器有拍到他。之後，南口外的攝影監視器也拍到他朝自家方向走去的身影。這之後的行蹤就不確定了。

雖說同時朝仇殺和隨機殺人兩方面偵辦，調查的比重幾乎都落在仇殺。

負責向死者家屬問話的富田表示，被害人的妻子不但沒聽過佐藤眞由奈的名字，也不知道丈夫外遇的事。此外，被害人向高利貸借了一百三十萬的事，她好像也不知情。不過，沒有證據能證明妻子說的話，案發時間她也沒有不在場證明。

事件當天傍晚和佐藤眞由奈見面後就沒再見過她了。這期間，我城薰子打了無數通電話，她都一接起就掛掉。直接到佐藤的公寓登門造訪也沒人應門，不知道是眞的外出還是假裝不在家。

必須儘早再找佐藤眞由奈問話才行。搜查會議上，總部小組長這麼斥責梶原時，梶原站起來說「小組長」。

「能不能讓我換個像樣一點的搭檔呢。這女人都沒在工作嘛，爲什麼我非得跟這種沒用的傢伙搭檔不可？」

「不許抱怨，梶原。」

「我來上班可不是爲了來當這種老女人的保鏢耶。」

薰子站在梶原背後，不耐地聽他說自己壞話。要是換人搭檔，薰子也求之不得。

「我城姊。」聽到自己的名字，薰子回頭一看，來支援的警務課的巡察警員手持電話筒站在那。

「佐藤眞由奈好像在櫃檯。」

這話引起搜查總部一陣騷動。

梶原搶在薰子之前採取行動。

「我去。」

「啊，可是她好像想找我城姊。」

梶原沒把巡察說的話聽進去，薰子跟著梶原往樓下跑。

幾天沒見，佐藤眞由奈整個人的外表都變了。像胡亂減肥的人一樣雙眼凹陷，頰骨下方也凹出了一片陰影。拜此之賜，兩個鼻孔更顯眼了。

「佐藤小姐，我們談談吧。」

聽到梶原不客氣的聲音，佐藤眞由奈緩緩抬起視線。

「聽說妳有話想說？我可以聽妳慢慢說，請跟我來好嗎？」

佐藤眞由奈像是聽不懂意思，視線從梶原身上轉向薰子：

「我想請你們協尋失蹤人口。」

「咦？」

情不自禁反問。

「我聯絡不上他。打電話或傳LINE都沒回應，我一直在等，他都沒回應。」

「他是指？」

「小彰彰，高橋彰。我們約好了，他說星期五會打電話給我，星期六我們也約定要見面的。他不是會放我鴿子的人，肯定是被捲入什麼事故或事件了。拜託你們，幫我找小彰彰。救救小彰彰。只要申報失蹤就可以了對嗎？這樣你們就會協尋了嗎？」

佐藤眞由奈抓住薰子的襯衫袖口。

「喂喂，饒了我吧，這什麼家家酒？好了，快點帶她上去。」

梶原不屑地說。

薰子望著緊抓住自己不放的女人。

微微低著頭，往上窺視的淚眼汪汪，眼睛下方還有黑眼圈。沒有化妝，連護唇膏都沒擦。平常想必會上捲子的一頭及胸長髮，現在髮尾也都散開了。

她看起來就像在扮演一個擔心未婚夫的女人。不化妝，不好好梳頭，一身製造好感的白色罩衫和花邊裙，感覺都經過一番算計。

看吧，未婚夫失蹤的女人就是這種感覺對吧？不忍卒睹了吧？很令人同情吧？

佐藤眞由奈渾身上下都在散發這樣的自我宣傳。

悲愴感的背後透露出一股甘美的自我陶醉。她那一副快哭出來的樣子，不是出於悲傷，或許應該是即將達到極限的快感使然。這麼一想，薰子又覺得自己眞不厚道。

一邊想用力甩掉抓住自己袖子的手，薰子一邊慢慢深呼吸。

「我們走吧，請告訴我詳情。」

這麼說著，不動聲色地輕輕推掉她的手。

決定使用三樓的偵訊室，門已經先打開了。梶原再理所當然也不過似的，一屁股坐在佐藤眞由奈對面。正當他深吸一口氣，打算開口說第一句話時，佐藤眞由奈伸出食指指著他說：「不要這個人。」

「啊？」

梶原低沉的聲音應該不假修飾。

「這人好討厭，好恐怖，我怕他，所以不要跟他講話。」

說著，她用雙手摀住臉孔。簡直就像個嫌棄父親的女高中生。

梶原無言起身，瞪著薰子努了努下巴。

薰子在佐藤眞由奈面前坐下。「那麼，請告訴我是怎麼回事吧？」說完，又補上一句「高橋彰先生的事」。

被害人戶沼曉男爲什麼會自稱「高橋彰」大概也猜得到了。人在倉促之間報上假名時，多半想不出一個與自己完全無關的名字。以戶沼的情況來說，「高橋」是他妻子婚前舊姓，「彰」則是他亡父的名字。

要是知道丈夫在外遇對象面前用自己的舊姓自稱，戶沼的妻子不知做何感想。負責向死者家屬問話的富田組好像還沒把假名的事告訴戶沼的太太。用細火慢燉方式，非常有耐心地進攻，聽說這就是富田的問案手法。

「我想小彰彰人應該在台灣。他一定是在台灣出了什麼事，所以才無法回國。」

佐藤眞由奈這麼說。

「台灣？」

「他上星期去台灣出差了。」

佐藤眞由奈開始說明。包括高橋彰預計星期五回國的事，回國之後應該會打電話給她的事，兩人原本相約週六碰面的事，就連打算煮絞肉咖哩給他吃的事都說了。

她沒有哭。這大概是「因爲太擔心失蹤的未婚夫，已經哭到眼淚都乾了」的意思吧。薰子這麼想，再次覺得自己實在太不厚道了。

決定只先簡單答腔，讓她說到滿意爲止。慢慢地，佐藤從兩人最初相遇的事說起，連那個叫高橋彰的人正在協議離婚，和妻子之間沒有小孩，一個人住在調布公寓的事都說了。

「妳進去過他住的地方嗎？」

薰子第一次提出問題。佐藤眞由奈果然否認。

「雖然我沒進去過，可是我知道他的公寓在哪。巴爾可百貨旁邊的帕姆公寓，他有跟我說過，住最高樓層。是眞的，我查過地圖，也實際去看過了。那邊眞的有一間帕姆公寓。」

梶原走出偵訊室，又很快地回來。

「報案協尋比較好對吧？」

佐藤眞由奈一臉憂慮地說。

「很遺憾的，前幾天已告訴過妳，跟妳交往的是一個叫戶沼曉男的人。他是上週四凌晨發生的殺人事件被害人。」

和薰子預料的相反，佐藤眞由奈表情沒有變化。依然是那張擔心未婚夫擔心到憔悴至極的臉。

薰子明白了。她根本就知道，明知如此，還是抓著僅存的希望不放。

不久，佐藤眞由奈低垂視線，輕聲說：「眞的嗎？」

「很遺憾，已經有很多證據能夠證明這件事了。」

「絕對沒錯嗎？」

背後的梶原沉聲道：「我告訴妳……」

「帕姆公寓最高樓層住的是那棟公寓的屋主一家人。」

「眞的嗎？」

「是眞的。」

不看梶原，佐藤眞由奈問的是薰子。

「我不是問妳這個，我是問妳眞的覺得遺憾嗎？」佐藤眞由奈抬起視線。「妳嘴上說遺憾，到底對什麼感到遺憾？」

望向薰子的目光中有挑釁，也有某種豁出去的堅強。

「我對戶沼曉男先生使用了假名感到遺憾。對他根本沒在協議離婚而且有兩個小孩的事感到遺憾。對他連地址和公司都騙妳的事感到遺憾。對妳相信他的事感到遺憾。不過，最遺憾的還是他在殺人事件中成爲被害人的事。」

這是眞心話，還是場面話，薰子自己也不知道。就算是發自內心說的話，那應該也只來自淺層的內心吧。

過去，有同事說薰子「對什麼都無動於衷」的個性很適合當刑警，也有上司說她這樣太冷淡，「無法體恤他人感受」。薰子心想，自己的無動於衷不是因爲堅強，也不是擅長自我控制，或許只是對什麼都無所謂而已。面對一個對什麼都無所謂的刑警，無論被害人或加害人都不可能敞開心房吧。

「小彰彰沒有騙我。」

佐藤眞由奈喃喃低語，右手放在小腹上畫圈。

「他跟眞由奈說的都是眞的。小彰彰是眞的想離婚，眞的想跟眞由奈結婚。只是可憐的小彰彰離不了婚。讓小彰彰那麼難過的人才不是他眞正的家人呢。」

——幻想妹。

腦中浮現佐藤眞由奈同事說的這個詞。

聯絡不上她的那段時間，薰子去了她上個月剛辭職的公司打聽消息。公司的人都知道佐藤眞由奈有個交往對象，也知道她和對方互稱「小彰彰」、「眞由由」，今年內就要結婚，男方在顧問公司工作，甚至連喜歡吃絞肉咖哩和大她十四歲卻很愛撒嬌的事都知道。「因爲就算沒問，她也會自己一直講啊。要離職的時候，也一直說是爲了結婚才離職，自己一個人講得很興奮。」佐藤眞由奈的其中一位前同事如此苦笑說道。

「不過，我們也只是聽聽而已，沒全部當眞啦，畢竟她就是個幻想妹。」

「幻想妹？」

「不是有那種女人嗎？任何事都朝對自己有利的方向解釋，活在自己世界裡，把自己當成女主角那種感覺。不過，她肯定是裡面最強的一個。一開始，我們還以爲她的說謊是一種病態，後來發現她根本不覺得自己在說謊，把幻想都當成眞的呢。這樣反而更可怕就是了。所以，最後大家都離她遠遠的，尤其是公司裡的男人。」

根據前同事的說法，佐藤眞由奈剛進公司沒多久，就曾引起過一場騷動。

「她說公司裡的一位男前輩和客戶公司的業務員同時對她示好，可是她卻跟課長在交往。還跟我說這件事絕對要保密，結果自己到處講。我們那時還不知道她是極度嚴重的幻想妹，都把她說的話當眞，以爲課長眞的跟佐藤小姐搞外遇呢。」

有一次，工作上出了小差錯。供貨出了點問題，其實也是常見的事。只是，雙方負責協調的窗口，正好是佐藤眞由奈宣稱正在追求自己的兩個人。兩邊公司各派幾名代表出席的協調會議上，佐藤眞由奈忽然闖進來大喊大叫，說什麼「請不要爲我爭吵！」，還說「對不起！我其實跟課長在交往！」

別說男前輩和客戶公司的業務員了，這舉動把在場所有人都嚇壞。不過，最驚嚇的還是不在場的課長。他是已婚人士，結婚十年後小孩終於在最近出生，根本不可能跟佐藤眞由奈交往。據他的說法，兩人連單獨吃飯都沒有過。若問是否曾發生什麼讓佐藤眞由奈誤會的事，頂多就是公司聚餐時，課長輕率地對宣稱自己「正在募集男友」的佐藤眞由奈說了句「要是我沒結婚一定報名」，還有下班後曾一起走去車站兩、三次。如此而已。

男前輩和客戶公司業務都堅持沒對佐藤眞由奈示好過。只是，兩人都曾開玩笑地問她下次要不要一起去聯誼。

「以前不是有一首歌詞裡唱著『請不要爲我吵架』的歌？那首歌還在我們公司裡流行過好一陣子呢。不過，妳不覺得她很厲害嗎？明明長著一張無限大的臉還這麼有自信。」

「無限大？」

「她的鼻孔啊，不覺得很像無限大的符號嗎？有沒有，像個打橫的8。」

這位前同事說，後來佐藤眞由奈的幻想又在公司裡爆炸過好幾次。不過，因爲周遭的人都已經知道她是「幻想妹」了，倒也沒再引起太大的騷動。

「是他太太殺的吧？」

佐藤眞由奈露出陰狠的視線。

被害人的妻子戶沼杏子也是搜查對象之一。根據負責搜查的富田報告，儘管現在她的不在場證明尚未成立，但也沒有找到任何疑點。雖然富田沒明說，意思就是幾乎可以確定她是清白的吧。即使如此，以富田的個性，肯定會調查到能完全證明她的清白爲止。

薰子忽視佐藤眞由奈的提問，反過來詢問她的不在場證明。還以爲她會和上次一樣回答「那個時間自己在家」。

「我跟小彰彰在一起。」

斬釘截鐵的口吻，聽得薰子一陣緊張，挺直背脊。

「小彰彰死掉的時候，我和他在一起。我的靈魂和小彰彰在一起，我也和他一起死了。我也被殺掉了。」

這麼說完，她哇的一聲趴在桌上。

低頭看著趴在桌上嗚咽的佐藤眞由奈，薰子心想「這是在演確定未婚夫死後，緊繃到了極點的身體終於斷線，忍不住哭泣起來的女人」嗎？一邊這麼想，一邊又對這麼想的自己感到厭惡。

薰子打算等佐藤眞由奈哭到滿意爲止。她哭了超過二十分鐘。
「這幾天妳去了哪裡呢？好像都不在家？」
「我怎麼可能丟下小彰彰去哪裡？哪都沒去喔。」
「可是我登門拜訪了好幾次。」
「我在家裡等小彰彰啊。一直在等。可是，小彰彰死了。我的靈魂也死了！現在的我只是一具空殼！」
彷彿使盡最後氣力，她露出悄然落寞的神情，緩緩站起來。握緊手帕的右手放上小腹。
「不能原諒。」
像是忘了眨眼，佐藤眞由奈睜大雙眼，這麼低喃。

「哎呀，她眞是個狠角色耶。」
一口喝掉半杯中杯啤酒的石光一邊「呼」地喘氣一邊這麼說。石光是薰子的部下，在這起案件中跟富田搭檔查案。
事件發生後，薰子和石光直到今天才終於能下班回家。兩人現在正坐在居酒屋裡喝兩杯兼吃晚餐，吃完之後薰子要回租屋處，石光則回單身宿舍。
「我跟富田哥跑去看妳偵訊，那女人是眞心那麼說的耶。什麼『我的靈魂跟他一起死掉了』之類的。最近的年輕女人眞是莫名其妙。啊，是說我還比她小一歲就是了。」
石光正用筷子夾小碗公裡的燉菜，薰子在腦中試著比較他和佐藤眞由奈。石光看上去比人家老多了。

「眞的很扯。」一口喝光杯子裡剩下的啤酒，石光這麼說。「請再給我一杯啤酒！」點完後，重新轉向薰子。

「不覺得這次會拖很久嗎？一開始好像有點太樂觀了吧？以為從仇殺路線追查，一一排除嫌疑者就能揪出凶手？雖然誰都沒說什麼，但搜查會議上就是這種氣氛吧？該說是初階搜查的失誤嗎？是不是應該把搜查重點放在隨機殺人？事到如今我才敢講這種話就是了。」

「我不覺得隨機殺人的可能性有被忽略啊。」

「可是富田哥和梶原哥都在調查被害人的人際關係不是嗎？我聽說上層通常會讓他們負責更容易找到凶手的部分。」

這個傳聞應該是眞的。薰子只回了「嗯」。

薰子不對部下和後輩使用敬語，是為了避免哪天他們爬到比自己高的地位。過去看過太多這種情形了。通過升職考試或職務調動，原本的上下關係一口氣逆轉。眼睜睜看著之前被自己罵「垃圾」、「白痴」的後輩成為上司，不得不使用敬語說話。這種時候那些男人的臉，薰子看過太多次了。有人毫不掩飾屈辱感，有人假裝平靜，也有人嘴上不服輸地挖苦。不管哪一種，都很難看。

薰子自己升上巡察部長時也是這樣。那些曾經當面罵她「肥豬」、「醜女」、「死魚」的上屆學長在升職考試中落榜，就算再想當刑警也當不上。當時他們那難以言喻的難堪表情眞令人難忘。嚅嚅囁囁地用敬語向薰子打招呼的下一瞬間，又用不屑的語氣啐了一句「這隻肥豬」。然而，他絲毫沒有發現自己說了什麼。嫉妒、憎恨和輕蔑。明明不是自己想從事的職業，薰子才不想把精力浪費在這些沒用的情緒上。

「學姊，妳覺得怎樣？」

石光嘻皮笑臉地問。

「嗯？」

「梶原哥啊。他不是在會議上說妳是老女人嗎？」

「我才想問你跟富田哥搭檔覺得怎樣呢。」

「他就像條蛇。不知道腦子裡想什麼，查案時追究得莫名詳細，卻不怎麼跟我講話。」

「被害人妻子的嫌疑是不是不太需要考慮了？」

「可能。」

「收押的菜刀呢？」

「明天會議上應該會報告……」

石光沒說完這句話，輕輕搖頭。

「要是凶手眞是隨機殺人，那就麻煩了。」

他這麼嘟噥。

案發過了五天，至今沒有接獲目擊情報。沒有人聽見慘叫或爭吵，也沒有人聽到車輛開走的聲音或腳步聲。尙未找到凶器，就連從現場採回的塑膠片和纖維等跡證都還沒確定到底是什麼。

事件發生後不久，收到一一〇報案台無線指令的薰子已經趕到現場。前一天開始下的雨，那時正好愈下愈大，敲在地面的雨點使眼前朦朧一片，看不清視野裡的東西。街燈的光映在雨點上，雨絲成了暗銀色的斜線，彷彿要把黑白色調的風景塗抹得一乾二淨。案發現場是頂多容一輛車通過的窄巷，警車紅色的車燈像在找尋去向，模模糊糊投射在一旁的高牆。

掉在旁邊的透明塑膠傘比戶沼曉男趴在地上的屍體更早映入眼簾。要是沒有這把傘，說不定遺體要到隔天早上才會被人發現。被害人就像沉入黑水底般，與下著傾盆大雨的夜晚合爲一體。背部被刺殺了七刀，無情的雨水使他看上去宛如全身都流出了黑色的血。被害人臉上帶著驚愕的表情死去，斷氣時一定不明白自己身上到底發生了什麼事吧。薰子感到這是一起出於怨恨的犯罪。儘管沒有確切證據，也不是什麼刑警的直覺。只是，總覺得有一股強大的力量將這個念頭灌入自己腦中，成爲理所當然的想法。

事後再找的話，理由要多少有多少。例如，路上隨機殺人魔會特地在下大雨的深夜出去找人下手嗎？更何況還選了一個看似無人會經過的深巷。另外，往同一個位置執著地刺了這麼多刀，也不像是隨機殺人會有的舉動。然而，在案發現場並未想到這些事，只是單純從被害人的死之中感受到一股縈繞不去的昏暗激烈情感。

薰子試著在腦內想像佐藤眞由奈站在那裡的樣子。試著讓她右手握住菜刀看看。好像很合理，又好像不太對。

「學姊，妳被整得很慘呢。」

石光嚼著炸雞塊，用調侃的語氣這麼說。薰子裝沒聽見，一口喝光啤酒，又再點一杯。

「像妳這樣的石頭女，遇到梶原哥也很難熬吧。」
「我才不是石頭。」
石光跟如此無趣的自己很親近，薰子也不知道爲什麼。
「比幻想妹好，不是嗎？」
石光湊上來，壓低聲音說：
「所以，學姊妳怎麼看？佐藤是凶手嗎？」
薰子沒有回答，喝一口店員送上的啤酒。看來，石光還沒察覺佐藤眞由奈懷孕的事。
一個懷孕的女人，會對孩子的父親懷抱殺意嗎？就算懷抱殺意，又眞的會付諸行動嗎？
如果她知道那男人沒有跟自己結婚的意思呢？這或許就有可能了。

6

花忽然蹦入佐藤眞由奈的視野。靠牆豎放著一小束看起來很寒酸的菊花。不知道放了多久，花瓣邊緣都變成咖啡色了。
被兩側高牆夾在中間的窄巷，地面柏油的灰色比其他地方看起來都深。兩旁的透天房屋和木造公寓感覺像擠在一起搭建似的，只有一棟五層樓公寓特別新，看上去就像跑錯場子的人。整條巷弄裡的窗戶蒙著一層淡淡的灰，現在才剛過中午，卻沒有任何人的氣息，完全阻絕在車站周邊的熱鬧之外。

小彰彰死在這種地方。那個下著傾盆大雨的深夜。

死去的瞬間，小彰彰從高橋彰變成了戶沼曉男。高橋彰從世上消失，變成打從一開始就不存在的人。戶沼曉男把小彰彰吞掉了。

——妳以爲是高橋彰的人，其實是戶沼先生。

那個叫梶原的刑警說的話，也像要從眞由奈心中抹去高橋彰。

眞由奈把手放在小腹上。不是爲了撫慰其中的小生命，而是在確認那裡只剩下空洞。下腹部隱隱作痛，子宮在哭泣。

我已經什麼都沒有了。小彰彰、我，還有我們的小貝比，大家都死了。

最後的希望斷絕於三天前。走出府中警署的眞由奈，察覺下腹部傳來一股不正常的疼痛，搭計程車到醫院時已經來不及。肚裡的孩子明明流掉了，竟然不用住院也不用動手術，醫生只開了藥就打發自己離開。待在醫院的時間甚至不到一小時。

這就是肚裡孩子的價値嗎？眞由奈大受打擊。換句話說，自己的價値、小彰彰的價値，彼此之間的愛的價値，也不過如此而已。

受到輕視了，被人瞧不起了。才一小時就什麼都被當成沒有了。爲什麼呢？因爲世界上根本沒有高橋彰這個人。

「不能原諒。」

眞由奈喃喃低語。

不知道說出口幾次了。像吐氣一樣，聲音自然而然脫口而出。然而，到底不能原諒的對象是什麼，眞由奈自己也不知道。「不能原諒」的念頭太強烈，其他什麼都看不見了。

察覺背後有人，轉頭的同時對方已經跑掉。眼神對上的那一瞬間，眞由奈有一種時間被單獨切割出來的感覺。

那是一個剪短頭髮的女孩。應該還是國中生吧，穿著打上深粉紅色緞帶領結的白色罩衫，身上飄出一股柑橘系的淡淡香水味。四目交接的時間不到一秒，仍看得出她瞪視眞由奈的眼神充滿憎恨。她在生氣，在哭泣，雙頰潮紅，眼眶也泛紅，眼中含淚。

戶沼史織——彷彿腦中有人舉起名牌似的，倏地浮現了這個名字。

府中南中學二年級學生，隸屬排球隊——他們說是小彰彰大女兒的那個人。

並不覺得她長得像小彰彰，只是忽然閃過這個念頭，然後就懂了。

雖然只有一瞬間，四目相接時，那雙眼瞳確實盯著眞由奈看。但她沒有放慢腳步，也沒露出訝異表情。她只是不把眞由奈看在眼裡，踩著憤怒和悲傷離開。

「不能原諒。」

口中再次嘟噥。

憤怒的明明是我，悲傷的明明是我。

可妳那種態度，什麼意思？那什麼表情？簡直像說自己是全世界最不幸最可憐的人。

眞由奈也跟著走出去，像受到那個背影吸引似的。鑽出巷弄，橫越單向一線道的馬路，再踏入另一條巷弄。

最後，來到一處老舊建築林立，感覺濕氣很重的住宅區。沿著巷子走到底，戶沼曉男的家就在路旁。一棟小房子，平凡的黑色大門，有點髒兮兮的奶油色牆壁以及黑色的屋瓦。所有窗戶都拉上了防雨窗。

女孩自己用鑰匙開門，走入屋內。

門牌是白色塑膠板作的，上面寫著黑色的「戶沼」。文字部分好些地方都掉色了。要是我才不會用這麼無趣的門牌。眞由奈心想。如果是自己，應該會選擇有小鳥或花卉圖案，設計得時髦又溫暖的門牌。上面以圓潤的字體寫上小彰彰和自己的名字。到了明年，還會加上另一個名字。

難以置信。小彰彰竟然住在這種陰暗巷弄，彷彿老人家住的房子。好可憐，小彰彰好可憐。他一定一直忍耐，一直犧牲。讓小彰彰承受這些的是這棟房子，是這個家，是這塊門牌。只要沒有那些家人，小彰彰就能如他所願住在調布公寓的最高樓層，也能跟我結婚。

那個叫我城的女警說小彰彰沒有在協議離婚。可是，那種老女人懂什麼男女之間的事？就算他沒有在協議離婚，一定也只是因爲妻子單方面拒絕協議罷了。

跟妻子之間打從一開始就沒有愛。小彰彰是這麼說的。妻子騙他說懷孕了，所以不得不結婚。「可是我到底有什麼好，爲什麼她想跟我結婚呢？現在回想起來，應該是爲了錢吧」，他還這麼說著，露出微笑。

小彰彰很棒，大家都想跟他結婚。可是，說那種謊太過分了。小彰彰太可憐了。聽到眞由奈這麼回答時，他說「謝謝妳，眞由由」，還親了她的臉頰一下，緊緊擁抱她。

看那像個舊盒子的家，眞由奈哭了。看那個寫著「戶沼」的粗鄙門牌，她哭得更凶。女刑警說小彰彰說謊，其實說謊的應該是他老婆。她騙了小彰彰，害他走進不想要的婚姻，生了不想要的小孩，受盡家庭束縛。

必須要報復。不能原諒那些害小彰彰不幸的人。

7

佐藤眞由奈的不在場證明成立了。

住在公寓一樓的住戶作證說，事發當天凌晨一點半左右，他透過自家大門上的防盜貓眼看見她。

「絕對不會有錯。六月十日……啊，當時已經過十二點了，所以應該是十一日。那天晚上下著傾盆大雨嘛。我隔天一早就去醫院，一直住院到昨天才回來，所以絕對不會有錯。前列腺啦，我去動前列腺手術。因爲這樣，手術前就有頻尿的毛病，那天晚上也是起來上廁所。一出廁所就看見貓眼亮起來，想說外面的電燈怎麼亮了。我們那個電燈是感應式的，有人經過就會自動發亮。」

男人是這棟公寓屋主的親戚，本身住在這裡，順便當公寓管理員。他說他平常最痛恨那些不按照規定倒垃圾的人。

「所以啊，我以為有人想趁半夜偷倒垃圾，就從貓眼裡看了一下。結果看到二樓的佐藤小姐，她好像是想去便利商店吧。手上只拿著錢包，下著傾盆大雨也沒帶傘。然後，正要踏出去的時候才發現下雨，後來也沒出門就直接上樓回家了。」

管理人回到床上時，正好凌晨一點半。他說當時看了時鐘，所以記得很清楚。

凶手犯案的時間介於凌晨零點五十分到兩點之間。從佐藤眞由奈住的井荻公寓到府中的犯罪現場，搭電車要一個半小時，開車也要將近一小時。可以說她完全不可能犯案。

離開公寓管理員家後，梶原逕自走向公寓出口。

「不用去找佐藤眞由奈嗎？」

聽到我城薰子這麼問，梶原嘖了一聲，慢慢轉過頭。露出不悅的表情，先從頭到腳打量了薰子一番。

「妳在跩什麼？」

緊皺的眉頭，威嚇的聲音。

「什麼？」

「妳以為自己受到那個女人信任嗎。」

「不。」

「少搞不清楚狀況了。她才不是信任妳，那個女人之所以對妳說那麼多，是因為她瞧不起妳啦。那個女人喔，她把妳看得很低啦。這麼想去的話，妳一個人去找她啊。看了就礙眼，少跟著我。」

說完，梶原就走出了公寓。

該跟梶原走，還是上去找佐藤眞由奈呢。薰子猶豫了一瞬間，最後選擇走上樓。

按了電鈴，沒有反應。不知道是假裝不在還是眞的不在。按了三次，正要放棄時，門打開了。細細的門縫間，看見佐藤眞由奈由下往上窺看的目光。

「我是府中警署的我城。」

大概已經從防盜貓眼裡確認過了吧，佐藤眞由奈輕輕點頭。

「有點事情想請教妳，可以嗎？」

對方沒有反應，薰子走進玄關。

「六月十一日上午一點半左右，戶沼先生的事件發生當下，佐藤小姐妳是不是曾打算去便利商店？」

佐藤眞由奈表情不變，只是看著薰子。

「不記得了嗎？妳已經下到一樓，結果還是沒有出去，最後又回到自己屋內了吧？」

「爲什麼要問這種事？」

她的聲音聽起來很倦怠。

「只是確認一下。因爲有人說當時看見了佐藤小姐妳。」

「我已經知道了。」

「知道什麼？」

「我知道殺小彰彰的人是誰了。」

「是誰呢？」

「家人啊，他的家人、太太。」

蠟像一樣僵硬的臉上，只有嘴唇在動，彷彿寄生蟲。

「妳怎麼會這樣想？」

「不是我怎樣想，事實就是這樣。」

「戶沼先生生前跟妳說過什麼嗎？」

「小彰彰嗎？」

「例如家裡有什麼問題或夫妻感情不好之類的。」

「夫妻感情肯定不好的啊。」

佐藤眞由奈聲音大了起來。

「小彰彰根本就不想跟她結婚。他一直在忍耐。妳之前說了些好像小彰彰騙我的話，告訴妳，我才沒有被騙。因爲和我在一起的小彰彰才是眞正的小彰彰。」

佐藤眞由奈劈里啪啦地講了一堆戶沼曉男告訴她的話。像是妻子謊稱懷孕所以才結婚，妻子貪圖他的錢，打從一開始婚姻生活就沒有愛，只是妻子不願意離婚……等等。

「小彰彰才是被騙的那個人唷。是那些人殺了小彰彰的。我們都是被他們殺掉的。要是沒有那些人，我們就能過著充滿愛的幸福生活了。」

聽得出她有多憎恨戶沼曉男的家人。但薰子難以理解的是，她一點都不憎恨凶手。

佐藤眞由奈連一次都沒問過殺了戶沼曉男的人是誰。也沒說過「請一定要逮捕凶手」之類的話。戶沼曉男是被誰殺死，為何被殺，這兩件事像是完全沒有出現在她腦中過。

啊，牛奶。佐藤眞由奈忽然這麼喃喃自語起來。

「我想起來了，那時我是想去買牛奶。那陣子我老是在睡覺，晚上醒來，突然想喝牛奶。所以才走出家門，打算去便利商店，沒想到雨下得那麼大，最後就放棄了。」

「是事件發生那晚的事嗎？」

「什麼時候都沒差吧？」

她輕聲笑了起來。

「以前我從來不喝牛奶的，很奇怪吧？果然那陣子身體自己會想要攝取鈣質呢。因為，現在我已經都不會想喝牛奶了啊，連優格都不想吃了。」

喔？薰子心想。聽她的語氣，懷孕好像已成過去式。難道是墮胎了嗎？還是流產？或者根本從頭到尾懷孕都是她自己的想像？煩惱了一下該不該問清楚，佐藤眞由奈又開口說：

「小彰彰他對我很好，愛著我的一切。」

聽起來像是自言自語。彷彿正面對著過去幸福的記憶，她點了好幾次頭。

「我的生日在九月，我們約好九月要一起旅行。他一定打算那時送我戒指當禮物。」

「過去他送過你禮物嗎？」

「當然有啊。包包、衣服、鞋子、手錶……每次約會的時候，只要眞由奈說什麼東西可愛，他就會馬上買了送我。明明眞由奈那樣說不是想要的意思。」

每當用「眞由奈」稱呼自己時，她的語氣總是有點天眞稚嫩。在戶沼曉男面前時，都是用這種語氣說話的嗎。

跟佐藤眞由奈借了戶沼買的包包和手錶等東西，每樣都是連薰子也聽過的國際名牌。

「約會也都是他付錢？」

「當然啊。只有週末才能在一起，他總是說眞由由想做什麼都會讓妳去做。還一直跟我道歉，說再忍耐一下就好。」

戶沼曉男跟高利貸借來的錢，肯定都用來支付跟她吃喝玩樂的花費了。

薰子想起富田的搜查報告。那是在案發後還滿初期的階段，沒記錯的話，應該是案發兩天後的搜查會議上提出的報告。

——可以推測得出，被害人在家庭內沒有自己的容身之處。聽起來，被害人的妻子和小孩都不太清楚他的事，或者該說對他不感興趣。

在後來的搜查會議上，大家也得知了戶沼家經濟狀況不佳，被害人每個月的零用錢只有兩萬圓，這甚至包括他一個月的午餐錢在內。

——幻想妹。

薰子又想起佐藤眞由奈前同事說的話。看來，有幻想傾向的人不只佐藤眞由奈，戶沼曉男或許也一樣。佐藤眞由奈和戶沼曉男，這兩人創造了一個幻想世界，沉浸在幻想中。

「噯。」

感覺被人扯了袖口，薰子回過神來。

佐藤眞由奈抬起眼神窺伺。

「那些人知道我嗎？」

「那些人是指？」

薰子故意裝傻。

「小彰彰的家人啊。」

「他們似乎不知道佐藤小姐妳的存在。」

佐藤眞由奈的手從薰子袖口滑落。

8

眼前的老太婆哭哭啼啼個不停，戶沼杏子強忍著想踢她一腳的衝動。

腦中不經意浮現「血濃於水」這句話，以負面的意思來說。這樣的人也能當人家母親喔。戶沼杏子這麼想，對只有這種時候才能扮演母親角色的戶沼絹子感到非常不耐煩。

「眞可憐。」

婆婆不停重複這句話，爲了擦眼淚和擤鼻水，她幾乎快要抽光一整盒面紙了。

不要擅自用我家的面紙！有夠厚臉皮！話語差點失控地衝出喉嚨。對杏子內心的想法渾然未覺，絹子又咻咻抽了兩張面紙，唏哩呼嚕地大聲擤鼻涕。

杏子和婆婆的關係向來就生疏。丈夫老家在北海道室蘭，婆婆平時跟大兒子一家住在一起，聽說大女兒一家也住附近，兩邊都有孫子。杏子他們最後一次去丈夫老家，已經是超過十年前的事了。這幾年來別說回老家，連婆婆和老家的話題都沒提起過。丈夫的老家和杏子一家人毫不相關。話雖如此，這麼想的似乎只有自己這邊。

「他一定累積了很多壓力，一定每天都在忍耐。眞不知道他活著有什麼樂趣，好可憐。」

「外遇就是他活著的樂趣啊，不是嗎。」

忍不住脫口而出這句話。

婆婆狠狠瞪了杏子一眼。

「杏子，妳說這話未免太過分了。難道不是妳把他逼成這樣的嗎？要不然，那個老實到蠢笨的孩子哪可能外遇？他一定是在家庭內找不到容身之處，眞可憐。」

婆婆這句「眞可憐」的話中之意，自剛才刑警來過後有了轉變。原本一直指的是「被人殺掉眞可憐」，現在指「生前活得眞可憐」的比例更大。

她又抽走兩張面紙。

不要臉。杏子內心暗罵，一股不悅的感覺扭轉著心窩。

平常不負責任，只在對自己有好處時擺出一副母親的嘴臉。這種自私自利及對他人的毫不顧慮，正表現在她滿不在乎浪費面紙的舉止上。

婆婆從來沒有爲他們一家人做過什麼。不管是結婚或孩子出生，她都沒有表示過一點心意。對孩子們也是，別說過年包紅包了，連耶誕禮物或生日禮物都沒送過。只有一次，她從老家寄了一條超大的鹽漬風乾鮭魚來。苦於不知如何處理的杏子，最後還是把它丟掉了。丈夫原生家庭的家境很差，婆婆好像因此老是拿「所以沒法給你們什麼」當藉口。

「哎呀，我頭又暈了，得去躺一下。」

說著，婆婆走出客廳。

婆婆現在住在上樓後樓梯旁的一點五坪大儲藏室。原本建議她睡一樓和室，她卻堅持「想睡曉男的房間」。得知這間房間是儲藏室後，又生氣地說「妳竟然讓一家之主睡在那種地方」。接著還說「那叫什麼來著，妳這種的……就是人家常說的惡妻啦」。杏子回答「是他自己說睡在小小的房間裡比較能放鬆的」，內心卻暗忖「什麼一家之主啊」。

這棟房子是母親留給杏子的遺產，丈夫失業的時候，也是杏子拿出自己的存款養家。就連繳固定資產稅的錢和孩子們的學費，都動用了母親留給杏子的錢。婆婆一毛錢也沒出過。

婆婆上樓後，孩子們跑下樓來。

「那老太婆到底要待到什麼時候？」

史織嚷嚷著說。

「喂，妳小聲點——」

說著，杏子在唇邊豎起食指。史織不但無視母親提醒，反而更大聲地說：

「可是她已經造成我們家困擾了啊，到底來幹麼的？」

「別這樣，她好歹是爸爸的媽媽。」

「那又怎樣？和我們一點關係都沒有吧。那個老太婆只會礙事，一點忙都幫不上。」

史織那雙笑的時候會彎成兩道弧線的眼睛，現在眼尾吊得老高。

丈夫死了之後，史織說話就變得很粗魯。隨時都在生氣，態度充滿攻擊性。杏子認爲這也是無可奈何的事。都怪丈夫以那種方式死去，害史織的個人資料都被暴露在網路上。不只無法去上學，連走在路上都被媒體堵過好幾次，現在她連外出都不行。事發後，她去上過一次學，只是，才剛過中午就回來了。不管問她什麼都不說，只把自己關在房間裡。短短十天，史織無論內外都長出了強硬的武裝。

相反的，優斗則老是在哭。整個人畏畏縮縮，對什麼都變得很敏感。幾天前他甚至還尿床，自己大哭著說「不行了」。這種狀態下也不可能讓他去上學。

三天前的傍晚，大姑帶著婆婆來了。毫無預警接到她們說「現在剛到機場，等一下過去」的電話時，杏子眞的很驚訝。原本以爲她們會跟參加葬禮時一樣住飯店，沒想到婆婆說她暫時要來住家裡。大姑小聲地說「她還傷心不夠啦。曉男葬禮上，媽媽不是陷入混亂嗎？那時沒能好好哭一場，她想來跟曉男好好道別吧。」

封棺的時候，婆婆像個幼兒一樣大哭大叫，最後還昏倒了，被送進醫院，就這樣住了一晚，隔天直接回北海道。

她這種地方也很厚顏無恥。杏子心想。只在自己方便時現身，只做自己方便的事。遇到麻煩事就躲得遠遠，絕對不會犧牲自己任何權益。只能說母子就是母子，丈夫跟她一個樣。

「我明天請她回去。」

杏子說。

「她不會回去的啦。剛才她不是還說『要是警察抓不到凶手，我就自己揪出凶手處理掉』。說什麼處理，是要怎樣處理，白痴嗎？」

「妳怎麼會知道這些，不是叫你們上去二樓？偷聽了嗎？」

「怎樣都無所謂吧。」

嗚哇——優斗哭了起來。

刑警們是一個小時前來的。當時，杏子要兩個孩子上樓。雖然乖乖走出客廳，其實杏子也有感覺到他們只是裝成有上樓的樣子，實際上躲在客廳門外偷聽。算了，杏子豁出去地想。就讓孩子們知道一切吧。知道自己父親是怎樣的人，偷偷摸摸做了什麼樣的事，讓他們自己去判斷他是不是因爲做了這些事才被人殺死。

婆婆對刑警說：「我是那孩子的媽，或許知道一些媳婦不知道的事。」

被稱「媳婦」令杏子感到屈辱。內心狠狠抱怨「妳憑什麼叫我媳婦啊」。

刑警們說明了那個叫佐藤眞由奈的女人的事。她是丈夫的外遇對象，他們每週六見面，丈夫跟高利貸借的錢都花在她身上了。還有，丈夫在她面前以假名自稱，那個假名的姓氏居然還是杏子婚前的舊姓。另外，丈夫告訴佐藤自己正在協議離婚，和妻子之間沒有小孩。最後，刑警說佐藤眞由奈有不在場證明。

最令杏子聽了暴躁不已的，是關於自己和丈夫結婚的過程。佐藤眞由奈轉述丈夫的話，說當年是杏子謊稱懷孕才勉強結婚。開什麼玩笑，不只內心這麼想，實際上也脫口而出了。

「開什麼玩笑，我才沒說那種謊。眞要說的話，我根本沒有那麼想和這個人結婚，是他說想吃我作的菜所以想跟我結婚。結果他自己竟然撒這種大謊？眞不敢相信，爛透了。」

不管婆婆在不在場都無所謂了。反正丈夫已死，自己和他的母親一點關係都沒有了。

「要是知道老婆說這種話，那孩子在天之靈一定會很難過的，好可憐。」

婆婆伸手按壓眼角，用哭腔這麼說。

一切都令杏子厭煩不已。無論是對丈夫、婆婆、刑警，或是對丈夫被人殺死後的這些日子及未來那些看不到該如何過下去的生活，這一切都令杏子感到厭煩。不過，最厭煩的還是自己。自己展現出的態度，令杏子大受打擊。

沒想到我不是自己以爲的那種人——丈夫的死讓她發現這一點。

難以想像自己內心潛藏著如此冷酷的想法，到現在都還不敢相信。剛開始，還以爲是突然遭逢打擊，情感一時麻木導致。然而，不是的。面對丈夫的死，杏子一點也不悲傷。別說悲傷了，甚至對他用這種方式死去的事火冒三丈。只想怒罵與丈夫相關的一切人事物。

杏子也很清楚對丈夫沒有愛。即使如此，還是做了十五年的夫妻。原本以爲至少到最後的最後還是能保留一點情分，無論好壞都能從對方身上感受到不是外人的那種親密感。

「什麼都沒有嘛。」

打開冰箱，史織這麼嘀咕。回過頭翻著白眼說「我肚子餓了」。

「我也餓了。」

優斗一邊吸鼻涕一邊說。

已經快兩點了。因爲刑警們來了的關係，到現在還沒吃午餐。

「說得也是，你們肚子應該餓了吧。吃義大利麵好嗎？」

回答「嗯」的只有優斗，聲音聽起來像快睡著了。

整天關在家裡，兩個孩子都成了沉默寡言的困獸。杏子自己其實也一樣。之前好不容易才適應的打工，眼看也非辭職不可了。

坐在餐桌旁，吃著澆上速食肉醬的義大利麵。沒有生菜沙拉也沒有湯，只能配著裝在杯子裡的麥茶吃。現在幾乎無法外出購物，日用品全部上網訂購，宅配到家。這樣比自己外出採購還貴，不過也就不會亂買不需要的東西了。

「菜刀還沒還我們耶。」

史織嘟噥著說。

「警察也很忙，大概是忘了吧。沒關係啦，百圓商店買的刀子也堪用。」

「媽媽，妳被懷疑了對吧？」

史織猛地抬頭，朝杏子投以挑釁的視線。

一時回答不出來，杏子囁嚅了半天，好不容易擠出「妳在說什麼啦」。

「媽媽，妳殺了爸爸嗎？」

「妳在說什麼！」

這次是不假思索地脫口而出。

「開玩笑的啦。」

「開玩笑也不能這麼說。妳看，嚇到優斗了。」

「可是他們懷疑妳吧？」

「懷疑人是警察的工作。」

「妳覺得是誰殺的？」

「那種事我怎麼會知道。」

「妳覺得是怨恨爸爸的人嗎？還是隨機殺人魔？」

「就說我不知道了。」

「我覺得是隨機殺人魔。」

史織一臉冷靜，凝視杏子這麼說。

「爲什麼？」

「因爲我無法想像會有誰怨恨爸爸。這可不是在稱讚他喔，事實就是大家都瞧不起爸爸嘛。誰會怨恨這種人？沒有地方好恨啊。聽說他的外遇對象有不在場證明？除了她之外，還有誰會把爸爸當一回事？」

杏子想糾正史織，卻什麼也說不出口。因爲，史織完全說出了杏子的心情。實在不認爲會有人怨恨那個既不是毒也不是藥的人。

「別說了。」

勉強說出這句話，是因爲察覺僵在一旁的優斗露出了膽怯的表情。

「那次不也是嗎？露營的那次。還想說原來爸爸也有朋友喔，原本都要對他刮目相看了。結果，大家都沒把爸爸看在眼裡嘛。就算這樣，他還是對每個人鞠躬哈腰的。不過，那是沒辦法的事吧。就連我也覺得爸爸一點用都沒有，派不上任何用場。既不會生火，也不會搭帳篷，不會釣魚，連察言觀色都不會，給人一種到底在這幹麼的感覺。所以就連我們在那裡都待得渾身不自在了。」

史織會提起露營的事，應該是因爲看見遺照吧。笑得一臉軟弱的男人。現在看看才發現，去露營時拍的這張照片，完全呈現丈夫給人的印象。

「那次露營眞的好討厭。」

連優斗也這麼嘟噥。

「那次眞的糟透了。我一點也不願回想起露營的事，爲什麼要用這張照片？」

「只有這張可用了啊。」

杏子一邊用叉子捲義大利麵一邊回答。不管重新捲幾次都捲不到適當的分量，遲遲無法將麵送入口中。

「可是，不是那樣的吧。」

史織的語氣變了。

「我們眼中的爸爸，不是爸爸的全部。那個叫佐藤眞由奈的女人，不是比爸爸年輕至少十歲嗎？爸爸甚至借錢供養那女人不是嗎？結果，爸爸不但欺騙了媽媽，也騙了那女人呢。沒想到爸爸會做這種事，眞是難以置信。」

「是我們害的嗎？」

優斗哭著問。嘴唇被肉醬染成橘紅色，臉頰上還沾了點肉末。

「怎麼這麼說？」

「奶奶說的啊。她說爸爸好可憐，還說爸爸在家沒有容身之處，每天都在忍耐。」

「哪有這回事！」

「不要喊那種人奶奶了！」

杏子和史織同時對優斗大喊。

嗚哇——優斗終於眞的像個幼兒一樣放聲大哭。

第二章　無形的惡意

1

蟹見圭太浮上搜索過程，是因爲一通檢舉違規停車的報案電話。民眾抱怨最近有一輛車長時間停在屬於公寓的土地範圍內。由於那個地點離戶沼曉男的命案現場很近，搜查總部也接到了通知。

報案人是住在該棟公寓的七十幾歲女士。負責當地業務的派出所地區課員警到場時，那輛白色小型汽車還停在公寓大門前。從車牌號碼查出車主是埼玉縣所澤市的室內裝修公司，開這輛車的人則是員工蟹見圭太，二十八歲。但是，裝修公司表示，公司並未承接那棟公寓的裝修業務。報案者則說，這輛車差不多從一個月前開始經常停在那裡，造成公寓居民出入不便。戶沼曉男被殺害當天，這輛車很可能也停在這裡。

經過搜查總部的調查，發現蟹見圭太和佐藤眞由奈有所關聯。兩人是佐藤眞由奈曾經任職的那家寢具公司同期員工。蟹見圭太大學畢業後應屆進入該公司，但兩個月後便辭職了。之後換了好幾次工作，一個月前才剛進入所澤的裝修公司當業務。

根據負責找蟹見圭太問話的員警報告，蟹見說自己頻繁造訪那間公寓，是爲了去見住在那裡的一位女性，所以才把車停在公寓門口，兩人有時也會外出購物或用餐。他說案發前一天自己確實去了女性家，但是行兇時間的十一日凌晨已待在小平市的自己家中。

我城薰子和梶原一起前往蟹見圭太住的公寓。

「誰還會記得佐藤眞由奈啊。名字和長相當然有點模糊的印象，但這稱不上記得吧？」

按了好幾次電鈴，終於來開門的蟹見圭太一看就是剛起床的樣子。染成咖啡色的頭髮睡得到處亂翹，浮腫的眼睛半睜不開，他也不掩飾自己的起床氣。

「你們最近有聯絡嗎？」

梶原這麼問。蟹見揉著眼睛，想也不想地回答「沒啊」。

「佐藤眞由奈曾主動聯絡過你嗎？」

「就跟你說沒有了。」

「那麼，你對戶沼曉男這個人有沒有印象？」

「沒有啦。」

「你好好想一想。」

「你眞的很煩耶。怎樣？那女人是凶手嗎？你們應該在查那個吧？上班族被殺的事件。那傢伙有嫌疑嗎？可是，佐藤眞由奈是怎樣的女人，我也想不起來了。沒什麼印象。」

他好像終於清醒，話說得清楚多了。大白天還在睡覺，是因爲他辭掉裝修公司的工作。

站在梶原背後打量蟹見圭太的薰子心想，動不動就辭職，表示這男人根本無心好好工作吧。話說回來，如果想辭的話，自己也是隨時都能辭掉刑警的工作就是了。想著先當再說而當上了警察，至今也進入第十五個年頭。

蟹見圭太應該會被歸入灰名單吧。所謂的灰名單，是低嫌疑但又無法確定清白的人。灰名單往往人數眾多，其中有些跟被害人的關聯程度低得牽強，只是沒有明確的不在場證明，就被劃入名單中了。要一一釐清這些人的嫌疑，恐怕得花上好幾年的時間。

口袋裡的手機響了，是佐藤眞由奈打來的。薰子往下走一層樓才接聽電話。

「我有事要跟妳說，馬上過來。」

佐藤眞由奈劈頭就這麼嚷嚷。

「怎麼了嗎？」

「見了面再說。我在井荻車站南口的咖啡店等妳。」

佐藤眞由奈報了店名，不由分說地掛上電話。雖說薰子本來就打算去找她，還是感覺不太情願。

「佐藤眞由奈打電話來，好像有事要說。」

見梶原也走下樓來，薰子這麼告知。

「她要自白了嗎？要供出共犯？是蟹見嗎？」

「我想應該不是。」

「不然她要幹麼？」

皺起眉頭，毫不掩飾內心的不耐煩。

「我不知道，她說見面再談。」

「跩什麼，她以爲自己是誰啊。」

「她好像正在井荻的咖啡店等，要我馬上去。」

「以爲別人很閒嗎？眞是厚臉皮的傢伙。」

不屑地拋下這句話，梶原跨著大步往前走。

佐藤眞由奈坐在咖啡店外的露台座位。

表情不太好看，是因爲梶原也來了的關係吧。

「我坐別張桌子，妳們女人想怎麼聊就怎麼聊。」

梶原在佐藤眞由奈背後那張桌旁坐下，大聲對店員說：「喂，小哥！我要冰咖啡，帳掛在她們那桌！」

薰子一坐下，佐藤眞由奈彷彿潰堤似說了起來。

「聽我說，關於上次的事，我還是覺得小彰彰的太太說謊。因爲那個人就是騙人精啊。畢竟她可是用謊言拐騙小彰彰結婚的人呢。騙了小彰彰，把他的人生搞得亂七八糟。」

「妳在說什麼？」

「就是她騙小彰彰說自己懷孕，逼得他不得不結婚的事啊。上次不是說過嗎？小彰彰是被騙了，無可奈何才結婚的。蛤？妳都忘記了喔？」

佐藤眞由奈呼吸急促起來。

「這個我記得啊，但妳不是說有話告訴我嗎？是什麼？」

「就是，小彰彰的太太說謊的事啊。那個人明明就應該知道我，還說不知道。」

「妳怎麼會這麼認爲？」

「不管怎麼都一定會是這樣的啊，我就是知道。」

「是戶沼先生跟妳說過什麼嗎？」

「不是戶沼，是小彰彰，高橋彰！」

佐藤眞由奈毫不掩飾她的焦躁，把食指關節抵在牙齒上。桌上的冰茶因爲冰塊融化，味道被稀釋得淡了。佐藤眞由奈煩躁地思考著什麼時，薰子點了冰咖啡，倒入附上的糖漿和奶精，用吸管攪拌。

「就是這樣才那麼胖。」

佐藤眞由奈說。

「什麼？」

「當然是在說妳啊，就是吃那麼甜才會胖。」

她對微笑的薰子這麼說。

薰子回答「是啊」，就著吸管喝一口。一點也不覺得甜。

「跟妳說，我知道了。」

佐藤眞由奈往前探身。

「小彰彰的太太一定知道我啦，凶手就是他太太。一定是小彰彰想離婚，她就殺了他。」

薰子點頭，用力地，深深地點頭，像在說「原來如此」。但是，佐藤眞由奈似乎還不滿意，繼續說道：

「因爲，小彰彰總是把眞由奈擺在第一位啊。所以他不可能瞞著太太不說，他絕對已經提離婚了。結果，他太太惱羞成怒，想說與其被我搶走，不如殺掉他。不，說不定她的目的是錢。沒錯，絕對是爲了保險金。我問妳，你們有好好調查嗎？小彰彰是不是有投保？」

「有的，我們正在調查。」

爲了不刺激佐藤眞由奈，薰子這麼回答。然而事實上，戶沼曉男沒有保任何壽險，這是早就查明的事。

「對了，妳認識一個叫蟹見圭太的人嗎？」

佐藤眞由奈沒說話，用表情反問「咦？」

「蟹見圭太，妳在前一所公司的同事。」

「喔，跟我同期進公司的吧？不過，他很快就辭職了啊。那人怎麼了嗎？跟小彰彰有什麼關係？」

「妳最近有跟蟹見先生聯絡嗎？」

「噯，那個人跟小彰彰有什麼關係？」

「我們還在調查。請問佐藤小姐，妳最後一次見到蟹見先生是什麼時候的事？」

「很久以前了喔，一起進公司那時候吧。爲什麼問這個？」

「以防萬一而已。我們對每個人都會問一樣的問題。」

「難道那個人是小彰彰太太的同夥嗎？」

「不、不是的。」

雖然早有心理準備，薰子仍對佐藤眞由奈幻想的程度感到厭煩。

「他們是共犯嗎？」

「不是。」

佐藤眞由奈背後的梶原站起來，皺著眉頭靠近，湊上來對佐藤眞中奈說：

「妳懷孕的事有告訴戶沼曉男嗎？」

「咦？」

剎那間，佐藤眞由奈的眼神變得空洞。

「妳不是懷孕了嗎？戶沼曉男知道這件事嗎？」

「梶原哥。」

薰子站起來，梶原卻對她大吼「少囉唆，妳閉嘴！」，臉朝佐藤眞由奈湊得更近了。

「如何？戶沼曉男知道妳懷孕的事嗎？還是不知道？告訴我啊。」

好半晌，佐藤眞由奈只是睜著空洞的雙眼，全身動也不動。

「都是你害的。」

過了一會，她才瞪著梶原這麼說。沒抑揚頓挫的聲音底下，閃現著青色火焰般的怒意。

「都是你說那個人不是小彰彰，才會變成這樣的啦。小彰彰明明就是小彰彰，才不是什麼戶沼。」

佐藤眞由奈站起來，伸出右手想撫摸小腹，卻又中途停住，最後還是頹然將手放下了。

「不要再繼續謀殺小彰彰了。」

自言自語地說完後，她走出店外。

看著佐藤眞由奈過馬路的背影，梶原嗤之以鼻：「那女人完全瘋了。」

「她已經沒有懷孕了。」

「啊？」

梶原朝薰子投以犀利目光。

「我想，不是墮胎就是流產。」

「確認過了嗎？」

「沒有。」

「那妳怎麼知道？」

「說不上來爲什麼。」

「哼，該不會要說因爲妳們都是女人吧？」

「再說，她是清白的喔。」

「妳這傢伙，想教訓我嗎？」

「沒有。」

「事到如今乾脆直說了啦。我啊，一看到妳就火大。妳這人是不是沒有心啊？別板著一張臉，像個正常人一樣展現各種情緒啊。眞是一點都不討喜。」

不客氣地這麼說完，梶原兀自往前走。頭也不回地大吼：「別跟上來！礙事！」

薰子重新在椅子上坐正。喝一口冰塊已經融化的冰咖啡，仍是一點也不覺得甜。再放一份糖漿進去也一樣。

自從母親死後，她就再也感受不到甜味了。

2

小彰彰都被人殺了，手機那頭傳來的同事聲音卻好像很開心。

「我知道我知道，警察也有來公司喔。」

「我還不敢相信，小彰彰竟然已經不在了。」

佐藤眞由奈用勉強擠出的聲音這麼說。明明想大哭，眼淚卻流不出來，讓她很心急。

「聽說那個人用了假名啊？佐藤，妳是不是被騙了？眞可憐。」

「才不是呢！」

忍不住大聲反駁，眞由奈調整了一下呼吸才又接著說：

「我是不知道警察去公司說了什麼，但我沒有被小彰彰騙啦。爲什麼事情會被說成這樣呢，眞是莫名其妙。小彰彰他是打算跟太太離婚的喔，所以才會引火上身吧。警察說的，他們也在懷疑小彰彰的太太。」

「可是，他們也懷疑佐藤妳吧？妳有接受偵訊嗎？」

「我？我可是小彰彰的未婚妻耶。警察跟我說我很可憐。」

「是喔。」

「我們原本預計年底前結婚，這個大家應該都知道嘛。畢竟我離職的時候，大家都取笑我說『哇，要去結婚了眞好，恭喜妳啊，好羨慕喔』之類的。那時，我眞的好幸福。作夢也沒想到會變成現在這樣。」

「我問妳喔，那凶手——」

「我跟小彰彰原本九月要去旅行的。妳知道爲什麼是九月嗎？因爲是我生日的月分啊。他說，看眞由由想去哪我們就去。我說如果出國就去夏威夷，國內的話就是北海道或沖繩吧。然後啊，旅行的時候——」

「抱歉，我現在很忙，先掛了喔。」

都還沒講到最重要的地方，對方就擅自掛上了電話。

我們是多麼相愛，有多麼幸福，今年內肯定會結婚，這些都得讓人家知道才行啊。

馬上重撥過去，對方的電話轉成了語音信箱。眞由奈對著語音信箱留言：

「剛才我還沒說完，繼續說喔。不是說原本預定九月去旅行嗎？我想小彰彰一定打算到時候買戒指給我，正式向我求婚。不，我們當然已經有婚約了，只是他大概想讓我的生日成爲我們兩人的紀念日吧，所以才會九月——」

講到這裡又斷了。重新再打一次，對方乾脆關機。

「過分。」

眞由奈喃喃嘀咕。

「過分過分過分。」

用盡憤怒與悲傷這麼說。全世界都意圖抹煞小彰彰的存在，眞由奈對此感到憤怒。

這個世界上認識高橋彰的只有我一個人。要是連我都不發聲，小彰彰就眞的會成爲打從一開始便不存在的人了。他不是死了，是根本沒有存在過。

根本無法相信小彰彰死了。因爲我既沒看到遺體，也沒摸過冰冷的身體，連葬禮都沒出席啊。這不是太奇怪了嗎！爲什麼身爲未婚妻的我非得被輕視到這地步不可！爲什麼非得說得像是沒有他這個人一樣不可！我和小彰彰彷彿都不存在似的！

打開通訊錄，找出另一個同事的名字，撥了對方的電話。可是，才嘟了一聲就轉接語音信箱。眞由奈顫抖著嘆氣，結束通話。

伸手去拿櫃子上的相框。

那是兩人坐在床上拍的照片。剛洗完澡的眞由奈沒有化妝，只穿著在家穿的細肩帶背心和小短褲。小彰彰穿T恤和西裝褲，因爲泡澡泡太久，臉有點紅紅的，表情也有點恍惚。五月連續假期時拍了這張照片。眞由奈很喜歡這張乍看平凡無奇的照片，是因爲照片中的兩人看起來就像結縭幾十年的夫妻。彼此信任，相愛，對彼此敞開心房。這張照片就給人這種有著深刻羈絆的感覺。原本堅信今後也能跟這張照片一樣，和小彰彰永遠攜手走下去。

明明失去了未婚夫，卻沒有任何人安慰自己。眞奇怪，這未免太奇怪了吧。小彰彰最愛的我，最愛小彰彰的我，怎麼會被大家這麼忽視。

突然想到，只有一個人不同。

那個女人對我說「很遺憾」。只有她承認我對小彰彰而言是特別的人。

眞由奈打了電話給那位女刑警，在切換成語音信箱時留言「有關於小彰彰的事想跟妳說，請回電」。

再次凝望手中的照片。兩人看上去如此幸福，可是現在全世界都想抹煞我們。高橋彰被當成從未存在過的人，身爲他未婚妻的我被當成隱形人，兩人之間愛的結晶則根本無法來到這個人世。

必須證明小彰彰曾經存在過。必須留下我們的足跡。怎能讓事情繼續這樣下去。

他的妻子好像跟人家說她不知道我。這是騙人的！得逼她承認自己知道才行。她必須承認，是因爲丈夫被我搶走太不甘心，太恨我又太羨慕我才會那麼說。

3

忘了從什麼時候開始，戶沼杏子內心隱約有個想法，等優斗上國中就離婚吧。以丈夫的個性，他一定不會要求監護權。所以，只要自己下定決心，離婚應該不難。這麼想的同時，也有另外一個自己確信絕對不會離婚。

杏子幾乎沒在社會上做過正式工作。短期大學畢業後，曾進入一家保險公司，疲於人際關係的她，不到半年就辭職了。之後換過幾個打工，在一間印刷公司打工時認識了丈夫。擔任排版師的他當時就是個不起眼的人，在幾個打工夥伴之間的評價不外乎是「陰沉」、「無趣」、「沒有存在感」。這些對他的評論，完全可以直接用來形容杏子。陰沉、無趣、沒有存在感、不起眼、無聊……從國中開始，杏子就知道自己是這樣的人。正因如此，她很難想像自己在職場上累積資歷的模樣，一心只想趕快結婚，建立平凡安穩的家庭。

實在不認爲這樣的自己離婚之後有辦法活下去。光是賺自己一個人的生活費都很難了，還得養兩個孩子。所以，「等優斗上國中就離婚」只是個夢想。實際上，等到那天來臨時，應該會改成「等優斗上高中」、「等優斗上大學」、「等優斗成年」、「等優斗結婚」……如此拖一輩子。

對丈夫的不滿多得數不清。

陰沉、無趣、沒有存在感、不起眼、無聊，這些杏子自己也一樣。除此之外，丈夫不做家事也不幫忙帶小孩，不知道腦子裡到底在想什麼。從他身上感受不到對家人的愛，也不覺得他可靠。最重要的是，原本跟他結婚是看上他在大型印刷公司上班的條件，誰知婚後他就不斷換工作，薪水還愈換愈少。

不過，杏子總告訴自己，哪個家庭沒有這類不滿呢。丈夫至少還會把工作賺的薪水帶回家，不會暴力相向也不講難聽話。他不賭博，酒品還不錯，用錢也不浪費。直到半個月前，杏子都還這麼想。

沒想到，這樣的丈夫在外居然有情婦。還跟高利貸借錢來供養那個女人。

「不然，媽您要出這一百三十萬嗎？」

聽杏子這麼一說，剛才一直抱怨個不停的婆婆露出被什麼哽住喉嚨的表情。

「杏子，妳在說什麼啊，我哪可能有這麼多錢。」

她語無倫次地回答。

把拋棄繼承的事告訴婆婆，她馬上哭著說「曉男好可憐」。人一死就被當作沒用的東西丟掉啦？也不想想至今都是那孩子拚命工作養家的，你們能過上這樣的生活還不是拜那孩子之賜，現在居然要像丟垃圾一樣把他留下來的東西丟掉？

開什麼玩笑，杏子心想。誰要幫他還那進貢給外遇對象的一百三十萬啊。真要說的話，這間房子原本就在杏子名下，丈夫銀行帳戶裡又幾乎沒有存款。辦理拋棄繼承根本就沒什麼問題，考慮到裝修時的貸款，拋棄繼承反而才是上策。

「那就沒辦法啦，畢竟我又付不出那一百三十萬。」

「我反對。這麼一來屬於那孩子的東西不就什麼都沒了嗎？我這個做母親的連個遺物都拿不到喔？」

詳細情形其實杏子也不清楚，只是在母親生前聽她說過有這種方法，好像她有個朋友就是辦理了拋棄繼承。

「那孩子最重視的東西是什麼？」

婆婆這麼問，杏子反問：「咦？」

「我問妳，曉男重視的東西是什麼？如果有片刻不離身的東西，那我要趁現在拿走。」

就算她這麼說，杏子也沒頭緒。丈夫沒有蒐集癖，對吃的和穿的都不在意。連結婚戒指也在不知不覺中搞丟，這種人會有什麼片刻不離身的東西嗎？這麼一說，婆婆又露出不服氣的表情。

話說回來，婆婆到底什麼時候才要回去。

已經做出好幾次希望她回去的表示了，她都充耳不聞。不只如此，還說「那孩子以前跟我說過，總有一天想接我過來一起住」，意思是她有權利在這住到滿意為止。不過，這話恐怕是她自己瞎編的吧。總之，婆婆已經住下來一個星期了。

丈夫死後，杏子才發現，原來自己早就實現了夢想。從國中時代，她一直描繪著一個擁有平凡安穩家庭的夢想，原來早在不知不覺中實現了。只是，察覺這　點時也已經失去了它。丈夫踏上黃泉路的同時，帶走了一家人平凡安穩的幸福，還不如病死或意外死亡。不，只要早點抓到凶手就好。想到這裡，內心湧現一股新的焦慮。

萬一抓到凶手後，又出現家人所不知道的丈夫另外一面怎麼辦？抓到凶手這件事，對家人而言說不定是一件壞事。

思考至此，杏子甩了甩頭告訴自己。不，不會再發生比現在更糟的事了。

婆婆才剛上二樓，史織就走下來客廳。

「妳那頭髮是怎麼回事？」

史織的一頭短髮染成了金色。杏子這才想起，昨天很晚的時候，她在浴室裡待了很久，原來是在染頭髮。

「變裝啊。」

低垂視線，嘴上這麼嘟囔著，史織打開冰箱。

「變裝？變什麼裝？」

「這樣出門就不會被認出來了。」

「有什麼必要做這種事。妳又沒做壞事。」

史織沒回答，從冰箱裡拿出牛奶。

「妳等等，我現在煮點什麼吧。」

「不用了啦。」

「反正媽媽也還沒吃早餐。」

看看時鐘，已經十點多了。父親出事後，史織只去過一次學校，而且當天還未經學校同意就早退。現在又把頭髮染成了金色，她是打算以後都不去學校了嗎？

「我說史織啊。」

杏子對坐在餐桌旁小口小口喝牛奶的女兒這麼說。她那頭原本閃著年輕無敵光澤的黑髮，現在變成乾枯的顏色，也失去了光彩。

「我說妳啊，是不打算去學校了嗎？」

穿著T恤的史織彎腰駝背，用嘴唇夾住杯緣。

「頂著這顆頭怎麼去上學？妳爲什麼要染成這樣？」

「妳好囉唆。」

史織輕聲嘀咕。

「不是囉唆不囉唆的問題，妳好好回答啊。」

「媽媽還不是沒去打工。」

「學校和工作是兩回事，國中是非去不可的地方。是不是在學校裡因爲爸爸的事被人說了什麼？該不會被霸凌了吧？」

史織把幾乎沒減少的牛奶放回餐桌，發出虛弱的聲音說：「噯，媽媽。」

「我的夢想是什麼，沒跟妳說過吧？我曾經想當幼稚園老師。」

史織用了過去式，這點令杏子有點介意，但仍盡可能用開朗的語氣回應：「就當啊，有什麼不行，妳一定當得上。」

「已經不可能了啦。我會就這樣變成繭居族，連國中都無法畢業。」

「說什麼傻話，沒這種事。爲什麼要說這種話啦。」

「因爲……」說著，終於抬起頭的史織眼裡流出淚水。那又像求助又像瞪人的表情看上去毫不設防，杏子內心一陣難受。心想，女兒還這麼小啊。

「因爲什麼，妳說說看啊。」

「我很害怕。」

「害怕？怕什麼？」

「因爲大家好像都樂在其中啊！我爸明明被殺了，大家卻像祭典一樣玩得很熱鬧。」

「大家是誰？」

「網路上的人。」

「所以不是叫妳別去看那些東西了嗎？網路上都是胡說八道，大家只爲了好玩就擅自亂寫。不能往心裡去，別管他們了。」

杏子後悔了，早知道不該買智慧型手機給女兒。升上二年級時，女兒央求著買，考慮到防犯功能和隨時都能聯絡的方便，杏子就買給她了。要不是杏子開始打工，根本就不用考慮這兩個問題。都怪丈夫頻頻換工作，薪水還愈換愈少。要不是杏子得出去打工，現在明明還不到買手機給女兒的時機。對死去丈夫的怒氣，從丹田深處熊熊燃燒起來。

「可是，大家都是普通人喔。」

史織小小聲地說。

「在網路上寫那些東西的，都不是什麼特別的人喔。都是隨處可見的普通人。想必其中也有我的朋友、同班同學，甚至或許連老師都在裡面，也可能是附近鄰居或超市收銀的阿姨、便利商店店員……大家都是跟我們一樣過普通日子的人喔。外面到處都是這樣的人，妳不覺得這麼一想就不敢外出了嗎？」

「外面不會都是這樣的人啦，也有很多好人呀。」

「不是好人壞人的問題！」

史織握拳敲打餐桌。

杏子找不到能對她說的話。總覺得，史織內心深處一定想吶喊「爲什麼？」自己也是。爲什麼？爲什麼非承受這些不可？我們明明是被害者，爲什麼非得遭到這些打擊不可？打從丈夫被人殺害後，面對的就是一連串不講理的事。

「妳肚子餓了吧？吃烤吐司配荷包蛋好嗎？」

即使杏子堆出笑臉，女兒仍板著一張臭臉。

「有香軟起司，不然烤個起司吐司吧。」

一邊往冰箱裡查看一邊這麼說。好像聽見背後的史織嘟噥了什麼，回過頭問：「嗯？妳說什麼？」

史織盯著餐桌上的某一點說：

「我想整容改名搬家。」

視線動也不動，嘴裡如此嘟噥。最後，史織抬起頭問：「可以嗎？」

「媽媽，我想整容改名搬家。這樣就能再去上學了，我會用功讀書，社團活動也會好好參加的，好不好？拜託！」

想問「為什麼」，但發不出聲音。

為什麼非得這麼做不可呢？我們明明沒有做錯任何事。我們明明只是被害者，本該站在受人同情的立場，本該是最可憐的人，為什麼非得被迫拋棄過去的自己不可呢？為什麼不能過著和過去一樣的生活呢？

沒有這麼問史織，杏子只說「媽媽不贊成整容」。

「那，改名和搬家就可以囉？」

史織的表情有了光采。

「我想想看。」

「這是可以的意思嗎？」

或許也有這條路可走，杏子心想。把姓氏換回婚前舊姓，搬到另一個地方從零開始。這樣或許眞能重拾平靜安穩的生活。

因爲血壓藥吃完了，婆婆終於在兩天後的星期天回鄉。送她去機場的一路上，婆婆都在不斷抱怨自己身體不舒服，頭暈，腰痛。對孫子們沒來機場送行及媳婦不願負擔機票錢的事也表示不滿。

從機場回來的路上，杏子再次體認到，自己跟婆婆已經形同陌路了。原本跟婆婆就不親近，連一次也沒把她當成家人過。現在丈夫不在了，婆婆更是和自己完全無關。今後再也不必顧慮她，不管她是死是活，有沒有地方住，有沒有老年痴呆，那都不關自己的事了。

杏子思考著前天史織說的話。

改名與搬家似乎可行。姓氏只要改回杏子婚前的舊姓即可，賣了現在住的房子就能搬家了。這些想法像一陣清風吹進喘不過氣的胸中。

擺闊買了三片蛋糕，杏子匆匆趕回家。史織和優斗正在家裡等著，一家三口一邊吃蛋糕一邊談談接下來的事吧。

走到家門前，發現那裡有個可疑的男人，手上拿著智慧型手機，好像在拍杏子家。

情不自禁停下腳步的杏子身旁，一個年輕女人擦肩而過。年紀大概二十歲上下吧，頭髮染成淺色，身上穿的黃色細肩帶背心和牛仔迷你裙，露出大塊肌膚。看起來就是晚上會在澀谷遊蕩的那種女生。

年輕女人走到杏子家門前站定，指著房子說「我也知道喔，這裡是殺人凶手的家」。

「眞假？噁心的感覺好眞實喔。」男人這麼回答，再次拿手機拍照。接著，他笑笑說「我會不會也被殺啊，糟糕，緊張到口都渴了」。

「要吃糖果嗎？」

女人從斜背包裡拿出糖果，一邊說「是草莓牛奶口味唷」一邊遞給男人。

「妳住這附近嗎？看過這家的人嗎？還是有沒有聽過什麼傳聞？」

兩個年輕人站在杏子家門口吃糖果聊天，簡直就像來觀光。

杏子動彈不得。其實很想跑上前質問他們「殺人凶手的家是什麼意思」，但又害怕得辦不到。不想被人知道自己是住在這個屋子裡的人。

回頭踏上原路，在社區裡繞了一圈才回來。男人和女人都不在了。

不料，安心也只是幾秒鐘的事。看見眼前的景象，杏子倒抽一口氣。

家裡的圍牆上，被人用紅色噴漆塗鴉。

「殺人凶手的家」。

那兩個人是看到這個，才會說那種話的吧。

這種事是誰做的呢。不，比起做出這種事，爲什麼非寫那種話不可呢。我們明明是被害者，是死者家屬，爲什麼會被當成凶手。

是因爲警方懷疑我的關係嗎？杏子感到心都涼了。難道懷疑我的不只是警察而已？

至今都認爲，警方怎能懷疑身爲被害人妻子的自己，簡直太過分了。現在才發現，其實過分的不只警察。

想起前天史織口中那些「跟我們一樣過著普通生活的人們」。史織說得沒錯，外面充滿了這樣的人。

這些字是什麼時候噴漆上去的呢，應該是半夜吧。爲了避人耳目，大概不會是白天。現在細想，塗鴉恐怕今天一早就有了，自己居然還渾然未覺，悠哉地送婆婆去機場。

孩子們看到這些塗鴉了嗎？一想到這個，杏子的心臟就縮了起來。

剛才用手機拍下塗鴉的男人，或許會把照片上傳網路。路過的女人或許也會在網路上寫下許多出自臆測的不實內容。這些說不定都會被史織看見。也許優斗朋友的家人也會看見，然後對優斗亂說話。

杏子絕對不希望孩子們知道這些事。

「我回來了！媽媽買了蛋糕回來，今天砸錢買貴的喔！」

丹田使力，拚命裝出開朗的聲音。

客廳裡沒有人，杏子站在樓梯下呼喊：

「史織，優斗，大家一起來吃蛋糕，快點下來！」

要是以前，優斗一定會大聲歡呼著跑下樓，今天他毫無反應。是不在家嗎？才剛這麼想，就聽見開門的聲音。

「不快來媽媽要一個人全部吃掉了喔。」

想看到優斗像以前一樣天眞無邪又慌慌張張地喊著「不要啦，等我啦」的模樣，杏子故意開了玩笑。只是，這麼做的同時，心底也仍思考著，該在什麼時候用什麼方法去把那些塗鴉擦掉。

聽見樓梯嘎嘎作響的聲音。

「優斗？史織？」

出現在視野裡的是優斗的腳。一階一階慢慢踩著階梯下樓。一股不祥的預感，使杏子臉上失去笑容。

4

案發現場周圍的三十八台防犯監視器影像都分析完了，還是沒出現嫌犯。是仇殺，還是隨機殺人？是經過縝密計畫的謀殺，還是一時衝動下的手？事件發生已經過了十五天，偵查第一階段結束，搜查總部依然連這都沒有定論。現場採集不到任何DNA、指紋或鞋印，只能從魯米諾反應推測出凶手往西逃走。蟹見圭人連日造訪的公寓就在這個方位上，另一個搜查小組已經徹底調查過蟹見圭太與佐藤眞由奈的關係，除了兩人六年前同一時期進公司外，沒有其他相關之處。

彷彿算準搜查會議結束時間似的，我城薰子的手機響了起來。不出所料，果然又是佐藤眞由奈打來的。雖然想放著不管，但又不能這麼做。接起電話說「喂」時，正好看見梶原走出去。薰子一邊把手機拿到耳邊，一邊想跟上前，課長卻說「妳不用去」，阻止了薰子。是要換組了嗎？還是不讓自己參與死者人際關係的調查？思考著這些事，姑且先以佐藤眞由奈的電話爲優先，對著話筒一如往常地問：「怎麼了嗎？」

「是有關小彰彰的事想跟妳說。」

她也說著一如往常的台詞。

「好的，什麼事呢？」

每次都說著一樣的話，簡直就像按照劇本走。

最近，佐藤眞由奈開始頻繁地打電話來。多的時候一天打來四、五次。要是薰子不方便接電話，她就會在語音信箱留言：「有話跟妳說，請跟我聯絡。」

「我想起一些事情。」

「是什麼呢？」

「妳想聽嗎？」

「麻煩妳了。」

「我想見面談。」

「是在電話裡不能說的話嗎？」

這麼一問，佐藤眞由奈像是不太認同，吞吞吐吐地說：「也不到不能說的程度啦……」

佐藤眞由奈所謂想說的話，其實就是她跟戶沼曉男之間的回憶。她像是被什麼附身似說個不停。耶誕夜命運般相遇的事，他和由美爸爸很像的事，週末一定會見面的事，戶沼對她勤於噓寒問暖的事，戶沼愛吃絞肉咖哩的事，九月兩人預定要去旅行的事，旅行時戶沼大概會正式求婚的事……全都是薰子早就聽過的內容，但也難保其中不會再出現破案的關鍵證詞。這麼一想，只好耐著性子應付佐藤。然而老實說，真的覺得夠了。

「可是，事情跟我最重要的小彰彰有關，我還是希望能見面好好談。妳應該也想知道小彰彰是什麼樣的人吧？這個世界上只有我知道他的事了。」

沉重的嘆息已湧到喉頭，薰子靜靜呼出這口氣。

「今天時間有點難抓。」

希望盡可能說服她用電話講就好。

「幾點我都可以喔，妳能來時聯絡我。」

佐藤眞由奈掛上電話的同時，薰子嘆了一口氣。

「喂，我城。」聽到課長的聲音，這才想起剛才自己被他叫住。

「什麼事呢？」

一邊回答，一邊暗自祈求自己可以不用跟著梶原去調查死者的人際關係。

「妳去被害人家一趟。」

「咦？」

意想不到的指示。負責去死者家屬那邊查案的不是富田和石光嗎，不可能再派自己去吧。難道是要換組了？可是，剛才明明看到富田和石光一起出去。

「被害人的妻子好像狀況很差，精神不太穩定的樣子，連話都說不好。」

「是因爲那些惡劣的騷擾嗎？」

搜查會議上也有人報告了這件事。兩天前，被害人家開始出現惡劣的騷擾行爲。像是用噴漆在圍牆上寫「殺人凶手的家」，朝牆內丟垃圾，信箱裡也出現寫著「是你們殺的對吧」的信。只是，負責處理這件事的人也不是薰子啊。

「妳去聽看看她要說什麼。」

「咦？」

「妳們不都是女人嗎？」

「喔……」

薰子這位上司是刑事組織犯罪防治課的課長，他一直有著「女人的事交給女人處理」的觀念，平常就很常派薰子去應付女性被害人或加害人。

「都是女人較好講話吧。妳聽她講到高興爲止，告訴她一定會抓到犯人，請她放心。」

「犯人是指哪個犯人？」

將這單純的疑問說出口的瞬間，薰子就後悔自己問了蠢問題。課長頓時傻了眼，接著大聲咆哮「當然是兩邊的犯人都會抓到啊！」

和地區課派來的新人巡察當場組成搭檔，一起前往被害者家中。彼此都隸屬地區警署，可見這起任務不受重視。薰子的職責就是聽戶沼杏子說話，讓她放心，如此而已。不需要確認不在場證明，也不用從她身上問出什麼證詞。

戶沼家的牆上還留有紅色的噴漆痕跡，不過文字部分已經清除了。因爲事前告知會來訪，按下門鈴報上姓名後，門很快打了開。探出頭來的戶沼杏子視線快速掃過薰子背後。

「沒事的，沒有可疑人物。我們確認過了。」

這麼安撫，她的視線才終於聚焦在薰子身上。嘴裡發出的聲音不知道是「啊」、「您好」還是「好的」。眼窩凹陷，眼下浮出深深的黑眼圈。眼睛與其說是哭過紅腫，不如說是極度緊張與恐懼造成的充血。

「爲什麼我們非得承受這種事不可。」

薰子一在沙發上坐下，戶沼杏子就用顫抖的聲音這麼說。她緊繃的聲音裡，有著膽怯、不安和憤怒。

「我能理解您的心情。」

「妳眞的能理解嗎？你們明明就懷疑我是凶手！」

薰子低下頭。

「沒有這回事。」

「那爲什麼要一直問丈夫被殺的時間我在哪裡做什麼？還問有沒有人能作證，分明就是要釐清我有沒有不在場證明。另外，爲什麼要把我家的菜刀全部帶走。笨蛋都知道自己被懷疑了。就因爲你們警察懷疑我，世人也才跟著懷疑我。圍牆被人亂寫字那天，有人在我家門口說『這是殺人凶手的家，怎麼辦，我搞不好也會被殺掉』。他還一邊在吃糖果！好像覺得很有趣似的！」

戶沼杏子放在大腿上的雙手握拳，不停顫抖。

「非常抱歉，任何小地方都要一一確認，這就是我們警方的工作。」

「每次來家裡的刑警也跟妳說一樣的話。可是，這一切都是警察的錯。就因爲警察懷疑我——不，就因爲你們不趕快抓到凶手，我們才必須承受這種事。我大女兒從事件發生後就拒絕上學了，小兒子好不容易願意去學校，看到圍牆上的塗鴉之後，昨天和今天都請假。我們要到什麼時候才能恢復正常生活？」

戶沼杏子口中的「承受這種事」，指的不是承受丈夫被殺的事實，而是那些惡意騷擾和誹謗。比起丈夫被殺的事，她更無法忍受自己的生活受威脅。

薰子想起富田的報告內容。他說，被害人在家庭內沒有容身之處，妻子和孩子都不關心他。現在薰子大概能懂那是什麼意思了。

然而，薰子個人的感想是，這種家庭也不罕見啊。至少薰子家就是這樣。薰子讀小學時父親過世了，當時母親表現得和平常一樣淡然。薰子自己也因爲父親單身外派的時間太長，跟父親感情不深。記得最清楚的，反而是葬禮結束時的一幕。母親難得親密地摸摸薰子的頭說「今後媽媽會工作賺錢，別擔心」。薰子是在那時候才知道，原來母親因爲懷孕而辭職，又因爲父親單身外派而無法回到工作崗位。那個總是沉默寡言、缺乏表情的母親，第一次主動說了那麼多話。薰子不免猜測，過去母親是否憎恨著父親和自己。這麼一想，內心便感到一陣絕望。說那番話時的母親笑得彷彿抑制不了內心的喜悅，又像爲這樣的自己感到不好意思。母親那樣發自內心的笑容，後來薰子也只看過一次，就是母親開了自己的藥房時。

「我們可是被害者，請趕快想想辦法好嗎。」

戶沼杏子一臉走投無路的表情，急切地提出要求。

「警方正在全力搜查。有任何事，請隨時打電話給我。」

薰子遞出印有手機號碼的名片。

「隨時？」

雙手拿著名片，戶沼杏子盯著名片這麼低喃。

「不過，遇到緊急狀況時，還是請打一一〇報警吧。那樣比較快。」

說著，薰子望向身旁的巡察。二十歲出頭的他，平常都在派出所內值勤。

「是！我會馬上趕來！」

巡察幹勁十足地回應，戶沼杏子這才露出安心的表情。

可是，實在有點奇怪。

爲什麼是現在。

被害者或家人遭受惡意騷擾誹謗不是什麼稀奇的事。然而，那幾乎都發生在事件剛曝光，新聞剛報導不久時，也都會在幾天內平息。這次的事件也一樣，剛發生那幾天，網路上確實有人惡意散播被害人和其家人的個資，出現了各種假消息、臆測及毫無根據的攻擊。只是，那些現在都消散得差不多了。說得更正確一點，世人幾乎已將這起事件遺忘。戶沼曉男遭人殺害即將滿二十天，這段時間中，社會上又發生了高中男生殺死女老師及四十多歲女性殺害兩個鄰居的事件。現在世人的注意力已轉向這兩起案件。

如果再早一點的話還能理解，爲何這些惡意騷擾現在才出現呢？怎麼想都覺得，這應該是與被害人或家屬有關的人做的事。

如反射一般地，想到了佐藤眞由奈。

「我沒收了女兒的手機。」

戶沼杏子喃喃低語。

薰子挺直背脊，答一聲「是」。

「她還是個國中生喔，一般這個年紀的孩子，手機被沒收應該會很生氣吧？可是那孩子只有形式上的抵抗，接下來就露出鬆了一口氣的表情。我想，她已經撐不下去了。自從那孩子的父親變成那樣，她就像被什麼附身似一直在看網路。她沒辦法不去確認自己在網路上被寫成什麼樣子吧。就算不想繼續也停不下來，就跟犯了毒癮一樣。刑警小姐，妳知道網路上的人怎麼說我們的嗎？」

薰子只是不置可否地微微點頭。

「他們把我們說成凶手喔。有人說是妻子殺的，有人說是女兒殺的，還有人說是全家人合謀下手的。有人說目的是爲了保險金，有人說是離婚的事談不攏，還有人說我先生挪用了公司的錢。大家都只爲了好玩就隨便寫些不負責任的內容。光是我看到的就有這麼多，我女兒看到的可能是我的好幾倍。妳覺得在這種狀況下，誰還能若無其事地過日子？更何況她還只是個國中生啊。整天把自己關在房間裡不出來，頭髮染成金色，連將來的夢想都說她要放棄了。刑警小姐，妳能理解那孩子的心情嗎？妳能理解我們的心情嗎？」

薰子想說「我會盡可能體諒」，然而就在自問這是否眞心話之際，錯失了開口時機。

「不能原諒。」

戶沼杏子像是勉強擠出聲音。

爲了傳達「我們警察也絕對不會放過凶手」的意思，薰子用力點頭。

「比起凶手，更不能原諒我先生。」

預料之外的這句話，使薰子不假思索反問了：「什麼？」

但是，戶沼杏子什麼都不再說了。

差不多到了該告辭的時間，薰子站起來。

「雖然順序反過來了，可否讓我去上個香？」

戶沼杏子緩緩抬起視線，像是嫌麻煩似的站起來。

戶沼曉男的佛壇設置在客廳旁的和室內。但是，中間的拉門拉上時，完全感覺不到那裡有佛壇。

香的味道很淡呢。薰子心想。

佛壇上有骨灰、牌位和遺照。花瓶裡沒有花，桌上也沒有供品。

薰子在佛壇前正座，上香、合掌。巡察也跟著薰子這麼做。

遺照中的戶沼曉男微笑著。可是，比起開心的笑容，那更像是顧慮什麼的客氣笑容。焦距也沒對準，不知爲何選擇這張照片當遺照。薰子站起來後就問了：

「這張照片是什麼時候拍的呢？」

「去年九月，難得全家一起去露營。」

「很難得嗎？」

「那是我們全家第一次也是最後一次去露營。我先生他不是會陪家人做什麼事的那種人，我們家也沒那種閒情逸致。」

戶沼杏子淡淡地回答。

「那眞是充滿回憶的照片呢。」

「回憶？」

她皺起眉頭，一臉訝異。

「是啊，全家人一起出去玩的回憶。」

「沒留下什麼好的回憶就是。」

她這麼說，感覺像是把口裡的沙子吐出來。

「這樣啊。」

「早知道就不去了。」

戶沼杏子自言自語地說。

離開被害人家時，已超過下午一點。

雖然課長的指示是「聽戶沼杏子講到滿意爲止」，薰子一點都不覺得自己善盡了職責。要是梶原在的話，大概又要罵「妳這個薪水小偷」了吧。

正想著先去吃個午餐吧，手機就接到來電通知。

「妳什麼時候要來？」

一接起來，佐藤眞由奈就這麼說。薰子還沒回答，她又說：「不是答應我知道幾點可以來就會聯絡嗎？我一直在等耶。」

提不起勁做的事還是先解決掉比較好。

「我現在過去，可以嗎？」

「好喔。」

從這裡到佐藤眞由奈住的公寓，大概要花一個半小時。

「那我三點前會到。」

「不能再早一點嗎？妳現在人在哪？」

不能告訴她自己正在被害人家附近。

「我剛離開警署。」

「什麼嘛，還以爲可以一起吃午餐呢。」

她說得像朋友一樣。

不知道佐藤到底在想什麼，這幾天頻繁聯絡薰子，彷彿兩人交情匪淺。然而，每次都只是沒完沒了地講著戶沼曉男的事。

「我們先去佐藤眞由奈那邊。」

薰子這麼說，巡察大聲回答「是！」，就差沒敬禮了。

「你叫田中對吧。」

「是！」

「這樣別人看到會覺得很奇怪，正常講話就好。」

「是！啊、抱歉。」

這麼回答完，又一副慌慌張張的樣子。他應該是第一次參加搜查總部吧，全身散發緊張與幹勁。

薰子回想自己當初的模樣。確實很緊張，但沒像他這樣充滿幹勁。

按了門鈴，聽見佐藤開朗的應門聲，很快就把門打開了。

「我等好久喔。」

看到笑著出來的她，薰子陷入「和被害人看到相同光景」的奇妙感覺中。

戶沼曉男也曾和現在的自己一樣，先在家中和妻子說完話後，花一個半小時來這裡找佐藤眞由奈吧。

「那誰？」

佐藤眞由奈的視線望向薰子背後。

「他叫田中。」

「妳爲什麼不是一個人來？我只想跟妳單獨講就好，上次妳不是一個人來的嗎？」

「上次」指的是前天晚上。

那天，薰子剛下班走出警署，佐藤眞由奈就打電話來說想見面談，只好順道來她住的公寓。並非期待她能提供什麼有用的證詞，也早就在電話裡聽她說了太多和被害人的回憶。只是薰子還抱著一絲希望，說不定是找到了被害人留下的記事本或紙條之類的東西，內容或許能成爲找出凶手的線索。

「上次是我正好下班要回家，才會一個人來。那麼，妳想說的是什麼事呢？」

佐藤眞由奈一臉不滿，默不吭聲。

薰子差點嘆氣，最後一刻勉強忍住。

「田中抱歉，你可以在這等我一下嗎？」

薰子轉頭這麼對田中說。

5

關於小彰彰的事，要說多少都可以，不管有多少時間都說不完。因爲，從相遇之後的每一分每一秒都充滿了回憶啊。

可是，怎麼會變成這樣呢。佐藤眞由奈現在的心情，就像面對一個空蕩蕩的盒子。這個盒子原本被施了魔法，裡面的點心不管怎麼吃都吃不完，現在魔法卻好像解除了。

「妳說想起來的事情，是什麼呢？」

眼前的女人毫不留情地問。

「不要這樣催啦。」

將玫瑰果茶放上矮桌，腦中思考著今天該說什麼好。總覺得，當自己沒東西可說的那一瞬間，高橋彰這個人就會消失了。

「是能成爲破案線索的事嗎？」

「那我怎麼會知道，思考這種事是你們警察的工作吧。妳自己上次說什麼事都可以，我才特地聯絡妳的。」

事實上佐藤眞由奈並不記得對方有沒有說過這種話。不過，女刑警沒有反駁。

一陣沉默。

怎麼辦。佐藤眞由奈著急起來。怎麼辦怎麼辦，這樣下去，連這個女刑警都不會理我了。沒有人會理我了。我是小彰彰未婚妻的事，我們一起共度的那半年時光，還有原本會出生的小貝比，這一切都將被埋葬。

眞由奈知道自己的不在場證明已經成立。那天晚上打算去買牛奶時，被公寓管理員看見了。對於這件事，起初沒有什麼感覺。然而，隨著時間的經過，她才發現自己因爲不在場證明的成立，被排除在外了。事實就是，那之後警察不再聯絡自己。被篩除的對象。不相關的局外人。不需要的東西。腦中浮現這些詞彙，早知道會這樣，還寧可自己被懷疑是凶手。

「那個啊——」

爲了打破沉默開了口，卻還沒決定該說什麼。

低頭迴避女刑警的視線，目光瞥見自己左手腕上的手錶。眞由奈臉都亮起來了，趁著對方沒注意偷笑。將左手舉到臉旁說：「這支手錶——」

「這支手錶，是小彰彰買給我的。」

「是，這個之前聽妳說過了。」

女刑警回答，表情不為所動。

這樣嗎，自己說過了嗎。完全不記得了。即使如此，一度衝進腦中的回憶已收不回。

「是白色情人節時送我的喔。噯，妳還記得嗎？今年白色情人節是星期六對吧？噯，刑警小姐，妳還記得嗎？」

「記得。」

看到女刑警無所謂地點頭，眞由奈一陣火大。

「騙人！妳為什麼會記得？白色情人節跟妳又沒有關係。」

這個又胖又壯，待人冷淡的女刑警不但未婚，也沒有男友。不過，雖然這麼想，到底是什麼時候有跟這女人確認過，還是出於自己想像，眞由奈也搞不清楚了。

「因為我幾天前聽佐藤小姐妳說過了。」

「我說過了？」

「對，在電話裡。」

「我說了什麼？」

「妳說今年的白色情人節是星期六，剛好可以見面，所以很高興。還說他買了手錶送妳，當作情人節禮物的回禮。」

「沒錯。這支手錶就是情人節禮物的回禮。他注意到我平常都沒戴手錶了。情人節我明明只送他親手作的巧克力和馬克杯，他卻送我這麼棒的禮物。」

一邊說，眞由奈一邊思考，該不會連這也跟女刑警說過了吧。算了，怎樣都好啦。只要她願意待在那裡聽自己說就好。對眞由奈而言，這個女刑警就像一塊海綿，默默吸收自己所有說出的話。她不會取笑也不會展現輕蔑的態度，不會插嘴也不會打斷。

「情人節也是星期六喔。所以那天我們也一起過了。不覺得很厲害嗎？兩天都是星期六，簡直就像上天爲了讓我們在一起特地安排的一樣。」

女刑警只是微微點頭。

「我跟妳說過情人節的事了嗎？」

眞由奈問，這次對方明確點頭了。

「是喔，那就算了。這支手錶啊——」

剛才還空蕩蕩的盒子，不知何時又重新裝滿了甜甜的點心。眞由奈相信，不管怎麼吃都不會減少。

「我光是能跟小彰彰在一起就很幸福了喔。光是這樣就是最棒的白色情人節了，可是小彰彰卻說想送禮物給眞由由。他問我不戴手錶嗎？我說倒也不是不戴，他就說那我們去買手錶吧。去了澀谷，買手錶前先吃飯。吃的是義大利菜喔。小彰彰每次約會都會事先找好人氣餐廳，那天也是，番茄醬通心粉好好吃喔。」

女刑警拿著原子筆和記事本，但手一動也不動。簡直就像在說「妳講的話沒有寫下來的價值」。眞由奈一陣焦躁，講話速度情不自禁加快。

「我們在外面的時候很少秀恩愛。妳也知道嘛，小彰彰正在協議離婚。所以，我們多半都待在家裡。不是小彰彰要求的喔，是我自己主動提的。外出的時候，也不會牽手或挽手。看起來就像上司跟下屬那樣……沒有啦，這也是我說的。」

女刑警依然面無表情，拿著原子筆的手沒有要動的意思。

「可是，終究還是被酸了，說『你怎麼帶個這麼可愛的女朋友出來』。」

「被誰酸？」

正深吸一口氣想往下說時，女刑警開了口。

「咦？」

「酸你們的人是誰？」

「當然是小彰彰的朋友呀。」

「碰巧遇到的嗎？」

「對啊。」

「公司的人？」

「不是，說是大學時代的朋友，同個研究小組的。」

眞由奈這麼一回答，女刑警拿原子筆的手就動了起來。

心想，終於獲得認可了。兩人的回憶終於有被寫下來的價值了。

「妳知道那個人的名字嗎？」

「知道。」

「可以告訴我嗎？」

原子筆放在記事本上，女刑警這麼說。不知是否錯覺，她的眼神變得比剛才犀利。

「我想想喔……」

眞由奈用食指按摩太陽穴。

「叫什麼來著呢……討厭，我一下想不起來。怎麼會這樣。」

「想不起來嗎？」

「不，我能想起來的。只是，事件和那個人有什麼關係嗎？」

「只是保險起見問一下而已。」

「給我一點時間，一定會想起來的。一想起來我就跟妳聯絡，這樣可以嗎？」

「好的，麻煩妳了。」

女刑警站起來，像想起什麼似的問：「對了，妳說要告訴我的是什麼事？」

「欸？」

「妳不是說想起什麼了，所以才打電話給我的嗎？」

「我不是已經告訴妳了？」

「告訴我什麼？」

「就是遇到小彰彰朋友的事啊。」

「對呢。」

她說得很乾脆，臉上表情說不出高高在上還遲鈍。正要往玄關走，她又回頭說「對了」。

「三天前，星期六晚上到星期天早上這段時間，佐藤小姐妳人在哪裡？」
「在這裡啊。」
眞由奈想也不想地回答。
「有人能證明嗎？」
「沒有，爲什麼問這個？」
「沒事，不是什麼大不了的事。」
女刑警直到最後都沒有改變表情，也始終和眞由奈保持距離。
眞由奈從門上貓眼窺看，確定女刑警已經走下樓。
星期六晚上到星期天早上那段時間發生了什麼事，眞由奈是知道的。小彰彰他家的圍牆，被人用噴漆寫上了「殺人凶手的家」。眞由奈親眼看到了。一大早到小彰彰家的時候，已經寫在那裡了。因爲想看他太太見到這行字時的反應，就在那裡等了一下，可是大門一直沒打開。

6

造訪大學的學務處，確定戶沼曉男大學時隸屬的研究小組指導教授還在任教。敲了研究室的門，出來迎接我城薰子的是看起來六十多歲，有頭茂盛白髮的男人。

「警方終於也來了啊。」

令人意外的是，他開口第一句話就這麼說。

「您指的是？」

「沒有啦，不是什麼大事。只是之前媒體的人來過，就想說警方應該也會來吧。」

對方請薰子和田中在一套老沙發上坐下。

「不過老實說，我不太記得戶沼同學了。畢竟是超過二十年前的學生，畢業後也沒有交流。說這種話可能很失禮，但他大概是個不起眼的學生吧。週刊雜誌記者來訪時，我才知道原來是自己教過的學生。那位記者可能不期待什麼，聽我這麼說也沒有露出失望的表情。」

「這樣。」幾十秒前的期待轉爲失望。「那麼，您知道誰和戶沼先生交情比較好嗎？」

戶沼曉男去年底換了手機。他的妻子杏子說，原本用的手機掉進浴缸故障，原有的資料無法移轉到新手機，導致現在難以掌握戶沼曉男的人際關係。負責調查物證的同仁說，他新手機的通訊錄裡只有工作上認識的人，幾乎沒有大學時代的朋友。

「原本我也是不知道，不過……」

教授言外有意的語氣，令薰子自然向前探身。

「不過？」

「拿出當時的學生名冊，上面還出現了三井良介同學的名字，我心想竟然會有這種事。」

說到這裡，教授忽然不說了。

「三井良介？」

是什麼明星或演員嗎？朝身旁的田中望去，他也一頭霧水。

「您不知道嗎？還以爲警方知道呢。三井良介同學三個月前過世了，好像是意外身亡。」

「意外身亡嗎？」

教授臉上寫著「你們連這也不知道嗎」的表情。

「也有上報喔。死因是失足墜落，聽說從新宿的天橋上摔下去了。」

「您知道日期嗎？」

「四月初。我對學生時代的他滿有印象的，看到新聞馬上認了出來。一個研究小組的學生頂多十人，三個月內竟然有兩個同屆的學生過世，實在讓人不太舒服。」

跟教授借名冊來看，他就影印了一份。說是名冊，內容也只有名字和學號而已。薰子看著「三井良介」這個名字。

「您對三井良介的印象是什麼呢？」

「總之就是開朗活潑，和誰都處得很好。雖然偶爾會有作弊或叫別人幫他簽到的問題，整體做人處事圓滑，教人很難討厭他。原本以爲他會留級，沒想到奇蹟似地畢業了。」

「他畢業後跟教授您還有交流嗎？」

「回來玩過兩、三次，不過那都是很久以前的事了。」

「您還記得三井先生跟誰比較熟嗎？」

教授歪了歪頭說「這個嘛」，露出思索的表情。

「不太記得了，總覺得他跟誰交情都不錯。」

假設三月十四日白色情人節那天，在澀谷跟戶沼曉男說話的人是三井良介。過後不久，三井良介意外身亡，那之後戶沼曉男遭人刺殺。薰子不太願意只用巧合來解釋這兩件事。但是，從俯瞰的角度看世界，這種程度的巧合其實到處都有。只因巧合而喪命的事，她至今看過太多了。

離開研究室，田中興沖沖地開口：

「我們接下來要回去找佐藤眞由奈對吧？去向她確認被害人的那個朋友是否叫三井。」

「那個喔，她應該是騙人的。」

「哪個是騙人的？」

「她根本就記得。」

「請問……妳在說什麼？」

「被害人朋友的名字啊，她不是說自己忘了嗎？」

「妳怎麼知道她其實記得？」

「她不可能不記得被害人朋友叫什麼名字。兩人交往才半年，而且不能光明正大公開。在這樣的情形下，第一次遇上被害人認識的人，她絕對不可能忘記。」

「那爲什麼——」

「大概是捨不得太早說出來吧。」

佐藤眞由奈爲何動不動就聯絡自己說要見面，原因薰子早就很清楚了。自從不在場證明成立後，警方就不再把注意力放在她身上。

被排除在外的疏離感與焦躁感令她坐立難安。不被任何人放在眼中的人，往往會想方設法吸引他人注意。以佐藤眞由奈的情形來說，就是裝作自己手上握有戶沼曉男許多情報。只要不把那個朋友的名字說出來，警方就會一直保持對她的注意力，所以她才捨不得太早說。

「可是，她爲什麼捨不得說呢？」

「她有她的考量吧。」

沒和佐藤眞由奈說過話的田中，大概無法理解薰子的意思。

走出教學大樓，一股濕氣從四面八方湧上。天空陰陰的，似乎隨時可能下雨。走在路上的學生們各個顯得無精打采，大概是天氣的關係。

「不然我們試著問問看吧。」

薰子拿出手機。

才剛接通，佐藤眞由奈就接了起來，話筒中傳來她拔尖的聲音。

「知道什麼關於小彰彰的事了嗎？」

「關於剛才妳提到的，在澀谷遇到的那個朋友——」

「不行耶，我還想不起來。」

「是不是叫三井呢？」

「欸？」

「那位朋友不是叫三井嗎？」

幾秒鐘的沉默。

「我不知道。」佐藤眞由奈的聲音裡夾雜嘆氣。「明明好像快要想起來了說。」
「所以不是叫三井嗎？」
「都跟妳說我想不起來了！」
她忽然發出尖銳的聲音。
「連是不是三井都不知道？」
「我現在很混亂！心愛的未婚夫變成那樣，會混亂也是理所當然的事吧。爲什麼妳要說那種好像在責備我的話呢？你們想知道我就得想起來嗎？」
不然，我去問戶沼先生的太太好了。薰子腦中浮現這句不懷好意的話。
「我知道了，那改天再聯絡吧。」
「好啊，再聯絡。一定要聯絡喔。」
佐藤眞由奈的語氣透露著一絲開朗。
應該就是三井了。薰子如此確信。

7

戶沼杏子一打開玄關門就倒抽了一口氣。
又來了。門外又是一地垃圾，看上去就像被烏鴉啄得亂七八糟的垃圾集中場。用過的面紙、免洗筷、糾結的毛髮和洋蔥皮之類的東西，從垃圾袋破洞外露。不知道是把整包垃圾袋丟過來時撞破的，還是故意弄破的。總共有四袋。

茫然站在門口的杏子，自己手上也提著一袋垃圾。今天是丟可燃垃圾的日子，爲了不跟附近鄰居打照面，特地一大早出來丟。

杏子朝門前的道路望去。還不到五點，路上沒有人。

是誰？爲了什麼做出這種事？光想都覺得害怕。是抱有強烈惡意的人，還是怨恨我們家人？不管哪一種都令杏子恐懼不已。自己正和這樣的人生活在同一片天空下，很普通地呼吸著同樣的空氣，很普通地走路，很普通地吃東西喝東西。

不經意聽見附近烏鴉叫聲，杏子心頭赫然一驚。得趁沒人看見時趕快清理乾淨才行。轉身回家，拿來一個大垃圾袋。用掃把畚斗把散落一地的垃圾廚餘掃進去。

這幾天都沒有看見惡意騷擾，才剛鬆了一口氣，沒想到又發生這種事。該不會圍牆上又被噴漆了吧？急忙出去確認，幸好沒有發生自己想像中的事。不過，安心也只是一下子。

「戶沼太太，早安。」

背後的聲音嚇了杏子一跳，戰戰兢兢轉頭一看，是住在隔壁兩戶的若松太太。她在這裡住很久了，是一位六十多歲的家庭主婦，母親生前和她似乎也有往來。

「最近府上的防雨窗總是關著，讓人擔心是不是怎麼了呢。沒事吧？」

「啊，沒事，不好意思。」

明明沒有做壞事卻不由自主道歉，杏子對這樣的自己感到火大。

「你們去了哪裡嗎？」

「不、不是這樣的。」

聽到杏子含混的回應，若松一副心知肚明的樣子點頭說：

「很辛苦吧？我也沒想到自己家附近會發生那樣的事。就在那邊不是嗎？」

說著，她滿不在乎地指向案發現場的方向。

「凶手還沒抓到對不對。大家都在說，這樣我們也無法安心過日子。畢竟，凶手很可能是跟你們家有過節的人吧，既然如此，那他就有可能再回來不是嗎。上次，你們家圍牆不是被人塗鴉了？那應該是凶手幹的好事吧？戶沼太太，妳心裡沒個數嗎？就連我也被警察和媒體問了好多問題，像是你們夫妻感情如何之類的。可是，那種事我們外人哪會知道嘛。」

「不好意思。」

又道歉了。

「我在這裡說說就好，妳先生外面是不是有女人？」

「咦？」

「週刊雜誌的人說的啊。人真是不可貌相呢，妳先生看起來一點也不像會外遇的樣子。戶沼太太，妳知情嗎？」

「不，我什麼都不知道。」

感覺從腳底開始發抖。皮膚表面滲出黏膩的汗水，身體裡面卻愈來愈冷。

「我覺得，妳還是跟附近鄰居說明一下比較好吧？像是凶手可能是誰，警方搜查進度到哪了，這些都由戶沼太太妳親口跟大家說一下如何？現在大家都很不安，不敢出來外面走動耶。過去我們這附近從來沒發生過這麼可怕的事，眞不知道爲什麼會這樣。」

丟垃圾的說不定就是這個女人。若松太太平常起得很早，又愛聊八卦，是個僞善者，這很像她會做的事。說不定連那些噴漆塗鴉和其他惡意騷擾，都是這女人幹的好事。或者，說不定是附近鄰居聯手做的？

「聽說武田家的奶奶嚇得臥床不起了呢。」

「不好意思。」

「哎呀，眞討厭，我太多嘴了。抱歉喏，最受打擊的人明明應該是戶沼太太才對。妳每天都有去案發現場供花對吧。戶沼太太妳也眞是可憐，有沒有什麼我能幫得上忙的地方？要是有我可以做的事，儘管告訴我喔。」

「謝謝。」

輕輕點個頭，杏子小跑步回家。背後彷彿有數不清的視線，令她想大聲尖叫。趴在餐桌上，爲了抑制顫抖的身體，不得不咬緊牙根。

爲什麼？

這句話如氣泡般不斷湧上。

爲什麼？爲什麼？爲什麼？

自己明明什麼壞事都沒做。丈夫被人殺了，我可是被害者，爲什麼非得受到這種對待不可。我們到底做了什麼？

杏子抬起頭，擦拭臉頰，才發現自己沒哭。

還是像史織說的一樣，早點搬家。換新地方生活，名字也改掉，一家三口重新來過。要賣掉母親留給自己的這棟房子，雖然也很猶豫，畢竟有這樣的苦衷，母親一定也會贊成的吧。

汗水從太陽穴往下滴。因為整天關著防雨窗的緣故，才一大早，屋裡就熱得像三溫暖。打開客廳冷氣，把電費的事從腦中趕走，也不去想生活費怎麼辦。

沒問題的，不會再發生比現在更糟糕的事。她這樣告訴自己。

真的是這樣嗎？忽然一股強烈的不安湧上心頭。丈夫被殺之後，一直告訴自己現在就是最糟的狀況，靠這個念頭撐下來。然而，難道事情不會再繼續惡化嗎？會不會以為已經跌到最底了，腳下站的地方忽然又垮掉，開了一個更深的大洞。

在不安驅使下，杏子拿起手機。

那個叫我城的女刑警來家裡，是上星期的事。從那天起，她幾乎每天打電話來關心狀況。只是，杏子從她的聲音裡感受不到一點心意。話雖如此，也不是說她表現得不耐煩或偷工減料。事實上，女刑警的表現反而可說很有誠意。只是，杏子無法從她身上感受到同樣來自一個人的，或說同為女性的情緒與同理心。

猶豫著要不要打電話時，猛然想起現在還不到六點。杏子雙手抱頭。

附近鄰居該不會全體聯手起來惡意騷擾我們一家人吧。圍牆上的塗鴉、無情的黑函、網路上的誹謗……說不定都是附近鄰居的共謀。不、不只鄰居，或許全世界的人都聯合起來對付我們了。

自己也知道思考已經失控。杏子閉上眼睛，慢慢吸氣，吐氣。把胸腔內的空氣都吐乾淨後，她激勵自己「得振作點才行」。

下一個倒可燃垃圾的日子，戶沼杏子才知道噩夢原來無止盡。

一邊想著三天前的早上發生的事，一邊小跑步去丟垃圾。一路上沒遇到別人，家裡也沒受到惡意騷擾，她便放心地打開信箱。

信箱裡放著一本週刊雜誌。看到書頁中間挾著一張淺粉紅色便條紙的那一瞬間，明明不知道發生了什麼事，卻又一切了然於胸。

身體一方面產生不想碰的強烈拒絕反應，顫抖的手卻像被逼著去做似的翻開了雜誌。

「身中多刀！路旁斷氣的中年上班族滿是謊言的每一天」

聳動的粗體字標題映入眼簾。

標題下方是一張從眼睛到鼻子都打了馬賽克的女人照片。照片下有另一行字——「在嚎啕大哭中談及與死者甜蜜歲月的情婦M子」。

女人的眉毛修得很整齊，仔細吹整過的頭髮往內捲，身上穿著無袖洋裝。即使是黑白照片，也能看出唇上塗抹了唇蜜，彷彿聞得到她身上散發一股甜膩的香水味。

杏子的視線機械式地跟著文字走，大腦像電腦一樣轉化出文字的意義。

讀完後，腦中空白了好半晌，整個人一片茫然。

只覺得文章裡寫的是陌生人的事。無論上面提到的「被害人之妻」，還是自家的照片、事件的概要、家中人口的組成……全都像個只在週刊雜誌上完結的故事，和現在活在這裡的自己一點關係都沒有。杏子有這種感覺，所以該怎麼說才好呢，內心沒有什麼情緒，彷彿自己成了一個空洞。

先生看起來不像會外遇的人啊。那一家人給人普通家庭的印象。沒聽過他們跟人有什麼糾紛。不過這麼說起來，倒是沒見過兩夫妻一起外出。

M子說她「懷了他的小貝比」。可是，因爲出了那樣的事，大受打擊流產了。「簡直就像他的魂魄帶走了我們愛的結晶」、「要是他太太答應離婚，事情就不會變成這樣了」。

腦中有個小小的自己說「隨處可見的故事」。這麼老套的故事，早就聽膩了。一點也不有趣。

正打算闔上雜誌，視線被M子的照片吸引。她戴的項鍊墜子上，鑲著一顆小寶石。是鑽石嗎？這麼想的瞬間，腦中迸出火星。接著，激烈的怒火吞噬了杏子。

一看就知道，這條項鍊是丈夫送給她的。跟高利貸借來的一百三十萬，其中一部分的錢就用來買了這條項鍊。

什麼小貝比，什麼愛的結晶啊。愚蠢至極。反正人都已經死了，現在隨她高興怎麼說就怎麼說。即使她說的是眞的，那也正好活該。流產之後，變成再也不能生育的身體最好。

杏子拿原子筆去戳女人打了馬賽克的眼睛。

丈夫和女人的合照也拿原子筆去戳了。那張照片裡，兩人坐在床上，丈夫穿T恤，女人穿細肩帶背心。M子說「我的房間就是我倆的愛巢」。
直到將兩人的臉都戳爛，杏子才停手。原子筆的筆尖正好貫穿丈夫脖子。
要是被孩子們讀到這個怎麼辦。
賁張的血脈一瞬間冷卻下來。
絕對不能讓他們讀到這個。什麼情婦，什麼愛的結晶，什麼流產，絕對不能讓他們讀到這些下流的詞彙。
是誰把這本雜誌放進信箱的呢？腦中浮現的只有一個人，M子——佐藤眞由奈。

8

吵醒我城薰子的是手機的來電通知聲。時間剛過早上六點。
薰子接起電話，還來不及說什麼，一個急迫的聲音就衝進耳膜。
「請救救我們。」
「怎麼了嗎？」
不假思索起身，睡意全消。
「請快點逮捕那個女人。爲什麼要放任她逍遙法外？現在馬上把她抓起來！爲什麼我們非得承受這種事情不可。我們到底做錯了什麼？我們什麼都沒做啊！根本就沒有做壞事！」

戶沼杏子呼吸都急促了起來。

「妳還好嗎？請冷靜一點。」

說著，薰子走下床，拉開窗簾。太陽還隱藏在厚重的雲層底下。

「當然不好，怎麼可能冷靜得下來。妳都不知道我們吃了什麼苦頭！」

「發生什麼事了？那個女人是指誰呢？」

「還會有誰，佐藤眞由奈啊！」

戶沼杏子的聲音已是幾近哀號。

三天前，有人對被害人家丟垃圾，這事薰子也知道。今天又有人丟垃圾了嗎？還是又噴漆塗鴉或寄黑函了呢？不管做了什麼，戶沼杏子親眼目睹可能是佐藤眞由奈的人下手了嗎？

掛上電話，匆匆換上外出服。正要往玄關走時，眼睛瞥見茶几上的東西。

倒掉的寶特瓶、塑膠托盤和包裝紙散落滿桌。昨晚，一如往常在下班路上繞去便利商店買了當晚餐吃的東西。巧克力丹麥麵包、小倉紅豆奶油麵包、紅豆麵包、閃電泡芙、紅豆麻糬……忽然想起佐藤眞由奈說「就是這樣才那麼胖」的聲音。

其實不是喜歡吃甜食，只是想感受甜味才吃這些東西。懷著「下一口說不定就吃得出甜味了」的心情，一口又一口吃下去，無法停止。

喝光只剩一點的烏龍茶，抗拒那種溫吞感的胃抽動了一下。

在府中下了電車，前往被害人家途中下起了雨。襯衫黏在汗濕的背上。朝車站走的人們幾乎都有撐傘，可是薰子沒有帶傘。

停下匆忙的腳步，因爲正好經過戶沼曉男遭殺害的現場。靠牆的地方放著幾束花。被雨水打濕的花看上去鮮豔欲滴，白色、黃色、紅色、紫色，各種顏色相互襯托。花瓣和葉子都不見枯萎，應該才剛放上去沒有多久。推測是昨天或今天早上放的吧。

聽見背後傳來腳步聲，薰子回過頭。是戶沼杏子。她也沒撐傘，雙手各提著一個便利商店購物袋。明明這裡是丈夫身亡的地點，她卻像是沒什麼感覺。走投無路的眼神只盯著前方，拚命邁開雙腿往前走。

薰子放棄叫她，只是跟在她後面。

戶沼杏子雙手提的購物袋裡，看起來都裝了好幾本像雜誌的東西。

約莫三十分鐘前的電話裡，她要求薰子馬上過來。結果自己卻又外出？是有這麼急著買雜誌嗎。

一直等到戶沼杏子回到家門前，掏出鑰匙打算開門，薰子才開口叫她。她嚇了一跳回過頭，花了幾秒才認出薰子。

「……喔喔，是刑警小姐。」

眼神似乎難以聚焦。

「妳還好嗎？」

她輕輕點頭，但這個動作並非出於自己的意志，只是身體的反射機能罷了。

「刑警小姐妳也來幫忙。」

戶沼杏子的眼神終於聚焦在薰子身上，眼中閃著危險的光。

「請幫我把這本雜誌全部買下來。」

說著，她從袋子裡取出一本雜誌，塞給薰子。

那是以商務人士爲對象族群的週刊雜誌，封面有政壇大老的名字，後面跟著的標題是「黑色交易．桃色交易」。

「我把附近便利商店有的全都買下來了。所以，剩下的請刑警去買。保護市民是你們的工作吧？至今什麼都沒能爲我們做，這點小事總做得來吧？」

「戶沼太太。」

下一句「請冷靜」還沒說出口就被打斷。

「我以前還以爲警察更可靠呢。可是，我錯了。你們完全派不上用場，常聽人說警察都是稅金小偷，這話果然沒說錯。警察什麼忙都幫不上。所以，至少幫我把這本雜誌全部買下來吧。我有繳稅，這點事是你們該做的。拜託盡快，別在這裡摸魚了，快點去吧。這種東西絕對不能讓我小孩看見。」

以爲她會哭到腿軟，戶沼杏子卻始終用惡狠狠的眼光瞪著薰子。

期待換組的薰子，結果只跟梶原分頭行動兩天而已。

意外的是，梶原也在追查三井良介意外身亡這條線。雖然沒有查出新的情報，但從事故現場調查書的內容看來，這起意外本就不是毫無疑點。

三井良介死亡時四十一歲，生前職業是經營牛郎俱樂部。四月七日凌晨，從新宿區百人町的天橋上摔落。當場沒有目擊者，後來由經過的路人報案，救護車趕到時三井已經死亡。死因是頭部外傷。雖然警方也考慮過遭人推落的可能性，最後還是以意外死亡結案。

「女人就是垃圾。」

將週刊雜誌丟進便利商店垃圾桶，梶原這麼啐了一句。聽起來像自言自語，但顯然故意要讓薰子聽見。

「你是指週刊報導的事嗎？」

梶原沒回答，逕自往前走。透明塑膠傘滑落的水滴濡濕了穿襯衫的肩膀，褲管底部也因雨水噴濺而濕了一片，顏色變得比原來深。

兩人此時正要去拜訪三井良介遺留的家人。他的妻子咲美和小學二年級的女兒住在橫濱市內的某處公寓。花了將近十天才聯繫上咲美，是因爲她帶女兒去歐洲旅行了。三井良介生前買過以妻子爲受益人的保險，理賠的三千萬日圓身故保險金也不是什麼不正常的數字。

三井咲美在丈夫死後，從原本住的荻窪公寓搬到橫濱的山手。荻窪的公寓是租的，現在住的則是自己買的中古屋。

「哎呀，過這麼奢華的生活，眞教人羨慕。」

才剛坐上沙發，梶原就這麼說，用刻意帶刺的語氣。

三井咲美站在面向客廳的廚房裡，一邊往杯子裡裝冰塊，一邊反問：「什麼？」

「我說，妳日子過得還眞奢華。這間公寓是自己買的吧？能住在這麼好的地方，想來妳過世的先生也能放心了呢。」

薰子怎麼也看不出咲美母女在這裡過的生活多奢華，至少不到能令梶原羨慕的程度。雖說是自己買的房子，但屋齡也有二十年了。對側聳立的高樓大廈擋住了採光，景觀也不好。

「我娘家有資助一點。」

將麥茶放在茶几上，三井咲美這麼說。

「不是還有妳先生的保險理賠金嗎？記得是三千萬來著？」

梶原無禮的提問，令三井咲美皺起眉頭，盯著梶原說：「那又怎麼了嗎？」

三井咲美的氣質，跟薰子先前想像的不一樣。比薰子小三歲的她今年三十五歲，婚前曾是酒店女公關。原本薰子以為她的外表會更冶豔，實際上一頭黑髮剪成短鮑伯頭，戴著酒紅鏡框眼鏡的她，看上去更像在大型企業祕書室上班。

「妳帶了孩子去歐洲旅行吧？哎呀，真教人羨慕呢。不過，學校不是還沒放暑假？」

「請不要這麼大聲，孩子會聽見。」

「喔，是拒絕上學的孩子嗎？那還真是辛苦妳了。果然是因為那樣吧？父親的死讓她大受打擊？或者是轉學後被同學霸凌？」

三井咲美瞪著梶原說：

「去歐洲是因為我開了進口歐洲雜貨的店，要去採購。帶女兒去也是天經地義的事吧，難道要讓小學二年級的女兒留下來看家嗎？還有，今天沒去上學不是因為拒絕上學，是身體不舒服……這樣可以了嗎？」

「是喔，開進口雜貨的店喔。想必需要一大筆資金吧，老闆是太太妳自己嗎？」

梶原嘻皮笑臉地回應。

「是我沒錯，有什麼問題嗎？」

「不不不，很了不起呢。先生意外死亡才三個月，妳就進展得這麼順利。」

「啊？你什麼意思？」

三井咲美難掩憤怒。

盯著這樣的她，梶原依然嘻皮笑臉，兀自嘟噥道「算了，沒關係」。接著，他又轉向薰子說：「喂，妳啊。」

「別在那摸魚，該辦的事趕快辦一辦。」

說完，又啐了一句「眞是沒用的傢伙」。

對三井咲美輕輕點頭說「不好意思」後，薰子才言歸正傳：

「我們今天來，是想問有關妳先生朋友的事。請問妳認識一個叫戶沼曉男的人嗎？」

「我不認識。」

三井咲美想也沒想就這麼回答。

「是妳先生大學時代的朋友，聽說和他隸屬同一個研究小組。」

「就說我不認識了。」

「沒聽妳先生提過這名字嗎？」

「沒有耶。」

「那高橋彰呢？」

「不認識。我老公人脈很廣，認識的人很多，我哪可能都記得。」

薰子拿出戶沼曉男的照片。

「是這一位。」

投以不耐煩視線的三井咲美表情有了變化。

「妳認識嗎？」

梶原往前探身。

三井咲美凝視照片，輕咬下唇，歪了歪頭。臉上表情寫著好像快想起來了，結果還是想不出來。

「感覺好像在哪見過。」

這麼喃喃低語後，再度抬起視線。

「這個人怎麼了嗎？」

「他不久前過世了。」

薰子這句話才剛講完，梶原就立刻補上「被殺死的喔」。

「三井太太，妳不知道嗎？上班族在府中路旁被人刺殺身亡的社會事件。新聞報了好多天啊。」

「難道你們認爲我先生也是被人殺死的嗎？」

梶原「不不不不」地阻止她。

「這個和那個是兩回事。三井太太，請妳回想一下，妳在哪裡見過這個人？」
「我先生是被人殺死的嗎？」
「不是不是。三井太太，請仔細看照片嘛。」
目前，戶沼曉男和三井良介唯一的關聯，只有大學時隸屬同一個研究小組。警方已經一一確認過，同一小組中沒有其他人死亡。
「或許是我誤會了吧。」
最後，三井咲美這麼說。
「什麼？」
「只是覺得好像在哪見過，實際上果然還是不認識的人。」
「好好回想起來啊，三井太太。」
梶原這句話，換來三井咲美狠狠一瞪：「我已經不是三井太太了。」
「妳不是覺得見過嗎？在哪裡見過的？」
「這人長相沒有特徵，我也只是覺得好像在哪見過而已。或許是哪個派對或活動上打過照面，眞的不記得了。」
她看起來不像在說謊。梶原應該也這麼認爲，所以不再拖泥帶水，只說了「那麼，之後如果想起什麼，再請聯絡我們」就站起來。
才剛出大樓，梶原的手機響了。他放棄撐傘，拿起手機接聽。
「蟹見嗎？」

聽得出聲音裡夾雜著驚訝。

說完「我馬上過去」，梶原就掛了電話，用力打開雨傘。薰子心想，反正他也不會告訴自己到底是什麼事，所以只是默默跟上。

「蟹見圭太被抓了。」

依然背對薰子，梶原彷彿自言自語似這麼說。

9

佐藤眞由奈啪地闔上週刊雜誌，又馬上打開。雜誌上有著馬賽克打到只剩嘴巴的自己的照片，也有和小彰彰坐在床上拍的合照，下面那句「我的房間就是我倆的愛巢」也是自己說的話沒錯。這篇報導，足以證明眞由奈和小彰彰確實存在過。

可是，愈往下讀，愈覺得那只是一篇和兩人無關的捏造故事。其中沒有愛。這篇文章裡寫的不是愛！

「身中多刀！路旁斷氣的中年上班族滿是謊言的每一天」

這種八卦新聞般的標題不是眞由奈想要的。記者應該要寫兩人有多相愛，被留下的未婚妻有多悲傷才對啊。偏偏說什麼「滿是謊言的每一天」，眞由奈完全不能接受。簡直就像在說小彰彰騙了我一樣，這麼一來，眞由奈豈不是活在謊言中的女人了嗎。明明是小彰彰的老婆用欺騙的方式拐他結婚，滿是謊言的應該是他和家人在一起的生活才對吧。

報導中一個字都沒提到小彰彰被騙婚的事，也沒提到他的婚姻生活充滿痛苦。反而寫了什麼「對M子承諾要結婚」、「兩人還計畫去旅行」之類的，這樣豈不成了婚外情嗎。眞要說起來，提到眞由奈時用的詞彙不是「未婚妻」而是「情婦」，這才是最莫名其妙的地方。

滿心以爲刊出前自己能確認原稿，沒想到雜誌社居然在沒取得當事人同意下發售。

眞由奈回想那個來採訪自己的記者。五十歲上下的男人，聽眞由奈說話時，只是一直說「好的好的」、「原來如此」，感覺就像沒把人家的話聽進去。當時眞由奈就有不好的預感了，懷疑這種男人眞能理解我們之間的愛嗎？照片的事也是，明明講好會把照片弄得看不出是誰，結果只打了不上不下的馬賽克。早知如此，還不如直接露臉。更何況，自己根本就沒拜託他把臉遮住。

眞由奈打電話給出版社時，對方一副很有興趣的樣子說「請務必讓我們聽一聽您的說法」，結果記者關心的重點不是眞由奈，根本就只關心凶手。眞由奈說著自己與小彰彰之間回憶時，他也一直打斷，一下問「凶手是誰，妳心裡大概有個底嗎？」，一下又問「有沒有誰可能怨恨他？」，不然就是「警察怎麼說？」

讀完最後一行的「只希望能早日逮捕凶手」，眞由奈闔上雜誌，接著又馬上翻開。讀到這篇文章的人從中感受到的是什麼？不管看了幾遍都難以揣摩。

看了這種文章和照片，小彰彰的老婆會覺得自己輸給我了嗎。無論是年紀、外表、對他的愛、身爲女人的魅力、回憶的美好程度……她會承認一切都是「情婦M子」占上風嗎？

對講機門鈴響起，眞由奈闔起雜誌站起來。看到貓眼外的那張臉，才察覺自己正打從心底等待她的到訪。

「不好意思突然來。」

嘴上這麼說，這個叫我城的女刑警一點也不覺得不好意思。

「沒關係啊，怎麼了嗎？想聽什麼有關小彰彰的事？請進。」

將門大大打開時，才發現女刑警背後的男人。

男人毫不掩飾嫌惡與輕蔑的暴力視線，展現完全不管別人心裡怎麼想的蠻橫態度。

——妳以爲是高橋彰的人，其實是戶沼先生。

那時也是。自己明明是未婚夫被殺掉的人，他卻連「難爲妳了」之類的慰問話語都沒有，只用一副不耐煩的口吻撂下這句話。

「我討厭這個人！」

眞由奈大喊。

「看吧。」

那個叫梶原的刑警大剌剌地擺出瞧不起人的模樣。

「既然如此，我先閃人了，剩下的妳們女人自己想辦法處理。我可沒閒到爲了這種無聊的事在這浪費時間。」

「梶原哥要去哪？」

女刑警這麼問，梶原已經下樓了。

眞由奈注意到，進入屋內的女刑警看見茶几上的週刊雜誌。不過，自己裝作沒發現的樣子說：「我來泡茶，喝花茶好嗎？」

「不用客氣了。」

「哎呀，還是妳想喝咖啡？不過咖啡對皮膚不好喔。」

「我來是想詢問與蟹見圭太有關的事。」

女刑警以鄭重的口吻這麼說。

喔，原來是這麼回事啊。眞由奈忍不住想笑。

「好啊，什麼事呢？」

眞由奈歪著頭，迎上女刑警筆直的視線。

「以前曾問過妳關於蟹見圭太的事，當時妳說，你們沒有交情？」

「對啊，怎麼了嗎？」

「蟹見圭太被捕了。」

「是喔。」

眞由奈睜大眼睛。

「不會吧，小彰彰眞的是蟹見殺的嗎？」

女刑警停頓了幾秒才回答「不是」。

「那是爲什麼？」

「因爲他惡意騷擾戶沼先生的家屬，朝他們家丟垃圾，在圍牆上噴漆塗鴉，還有放誹謗黑函在他們家的信箱裡。」

說到這裡，她的視線落在桌上的週刊雜誌，接著說「這本雜誌也被放進他家信箱」。

「妳看了嗎？我嚇一大跳呢，沒想到會被寫成這樣。週刊雜誌的記者好過分，淨是寫些聳動的內容，反正對他們來說，只要雜誌能賣就好。」

雖然很想知道這個女刑警看了沒，但又不想主動問。眞由奈的自尊不允許她這麼做。

「佐藤小姐，妳好像跟蟹見圭太聯絡了吧。」

「對啊。可是，我跟蟹見聯絡，是在你們來問我他的事情之後，所以應該不算說謊吧？都是因爲你們問了我，我才感到好奇的啊。想說，搞不好眞的是蟹見殺了小彰彰，我會這樣懷疑也是理所當然的吧？不行嗎？犯法嗎？」

「妳沒有說什麼慫恿他的話嗎？」

「慫恿？什麼意思？」

「蟹見圭太說，妳跟他說了各種事。」

「各種事是指？」

「他被原本任職的室內裝修公司解僱了。妳知道原因嗎？」

「知道呀，蟹見跟我說的。是你們警察害他的吧？就是因爲被警察當成凶手，到處調查他的事情，才會害他被解僱。他還很生氣的說自己因此被女朋友甩了呢。」

像是沒聽出眞由奈話裡的嘲諷，女刑警表情不爲所動。明明面無表情，卻一點不給人冷酷的印象，只覺得很駑鈍。

「他被公司解僱，是因為工作偷懶。謊稱出外跑業務，其實都泡在女朋友住的公寓裡。那棟公寓就在戶沼家附近。後來，蟹見違規停車的事被人檢舉，公司才發現。」

「可是，我覺得是警察害的。」

彷彿沒聽見眞由奈的聲音，女刑警繼續面無表情地說：

「蟹見圭太不只被解僱，公司還要他歸還開公司車時申報的油錢。這件事妳知道嗎？」

眞由奈用食指抵住下巴，發出「嗯——」的聲音，歪著頭說「好像聽他說過」。

「他說因為記恨，所以向對方報復。」

「欸？」

「蟹見圭太對檢舉他違規停車的人心懷怨恨。」

眞由奈不說話，等著看女刑警如何出招。

「對蟹見圭太說『檢舉你的人是被害人妻子戶沼杏子』的，是妳吧？」

「哎呀，難道不是她檢舉的嗎？」

「不是。」

「什麼嘛，我還以為是她呢。為什麼我會這麼想呢，不過，我怎麼知道蟹見會做到那個地步。」

女刑警默不吭聲，視線依然盯著眞由奈不動。從她的目光中，看不出類似情緒的東西。

眞由奈不經意地想，這女人好像一團爛泥。難以想像這個女人生氣或哭笑的樣子，也完全無法想像她愛誰或被誰愛的樣子。

「蟹見會被關進監獄嗎？」

「我不知道。」

雖然女刑警二話不說這麼回答，想也知道不可能因爲這種程度的事就被關進監獄。

「我做了壞事嗎？」

眞由奈低下頭，刻意講得像在自言自語。無論肯定或否定都好，只希望女刑警給點反應，她卻什麼都不說。

「最可憐的人明明是我！」

話語突然脫口而出。短暫驚訝後，情感立刻追了上來。

「最可憐的是我才對。」

這次語帶情感地把這句話說出口，顫抖的聲音接著喊：「難道不是嗎？」

「他被殺掉，最悲傷的是我。我是他的未婚妻。我們本該很快就結婚的耶。妳要是讀過那篇報導就應該知道，我流產了。都是你們害的，你們警察和小彰彰的家人害的。小彰彰連我們之間有了孩子都不知道就死了。我失去了所有寶貴的東西。小彰彰、小貝比、幸福的婚姻……全都沒了。明明是這麼可憐，卻沒有一個人想到我。不只如此，還把我當成局外人，我憑什麼非得承受這些待遇不可啊？這不是太奇怪了嗎？」

滔滔不絕的眞由奈領悟到，繼續這樣下去，自己將被抹煞。不只自己，小彰彰也是，流產的小貝比也是。全都會被當成沒有價値的存在，就這樣被丟掉。能留下來的，只有戶沼曉男和他的家人。

很快的，這個女刑警也不會再來了吧。
眼前的女刑警像是一團飽含雨水的爛泥，面無表情地吸收眞由奈拋出的話語。

10

丈夫被殺已經過一個月了，搜查狀況進展如何，戶沼杏子毫不知情。刑警來訪的次數減少，也從沒提供進度報告。

唯一被通知的，只有抓到惡意騷擾犯的事。不是佐藤眞由奈，是個叫蟹見圭太的男人。杏子根本不認識這個人，對方也不認識杏子。聽說他好像誤以爲杏子害他被公司解僱，單方面發洩怨氣。

杏子沒有報案。身爲一個被害者，本來就會遭人怨恨，被人背後誹謗，就是會被討厭。最重要的是，被害者就是弱者。即使有無數匿名之手對自己暴力相向，也必須忍耐到底。杏子不想再繼續當個被害人了。

「史織——媽媽去買東西喔。」

站在階梯前朝二樓這麼喊，杏子戴上口罩，打開家門。

慶幸今天下雨，可以用雨傘擋住自己的臉。

前陣子都用宅配的方式購物，但已沒辦法繼續這樣了。就算只省十圓也是非省不可。星期二超市有特賣，一盒雞蛋只要一百圓，一條吐司只要六十五圓。運氣好的話，還有其他九十九圓商品可買。

對現在的杏子而言，錢是最迫切的問題。

拋棄繼承的手續，委託最便宜的代書辦理。房子雖然也要賣，但不動產公司的意見是，可能無法馬上售出。看起來人很好的房仲說得有點呑呑吐吐，意思大概就是，一家之主被殺的這個家，看在世人眼中就是有問題。如果無論如何也想賣，只能降價求售了。

得盡快找到新工作才行，可是又放心不下孩子們。

幸好，孩子們應該沒看過那本雜誌裡的報導。

史織閉門不出，手機又被杏子沒收，完全接觸不到外界資訊。優斗雖然開始上學，但他才小學四年級，個性又比較遲鈍少根筋，所以杏子也不擔心。

杏子從自家門前右轉，走進一條小路。其實左轉比較快，但那條路一定會經過丈夫被殺的地方。

——妳每天都有去案發現場供花對吧。

是誰對自己說了這句話？怎麼也想不起來，可能是自己誤會或夢到的吧。正想做出這個結論時，記憶唐突地回到腦中，是隔壁兩戶的若松太太。

若松太太爲什麼會那麼說呢？杏子心想，我早就沒去供花了啊。既沒這份心，也沒那麼多錢。

可是，杏子腦中清楚浮現鮮豔的花束。不是杏子插的菊花，是比那分量多了兩三倍的氣派花束，黃色、紅色和紫色的花瓣，即使被雨淋濕仍傲然挺立。

是那時候。杏子想起來了。信箱裡被人放了週刊雜誌那天早上，爲了避免孩子看到，自己跑遍了附近所有便利商店。那時，不是正好經過丈夫的案發現場嗎。

雙腿動得比思考更快。

說到誰會每天去供花，怎麼想都只有佐藤眞由奈了。不過就是個外遇對象，不過就是個廉價情婦，丈夫死後她還這麼放不下。不，每天供花擺明就是來挑釁，臉皮太厚了吧。

想起週刊雜誌裡刊載的照片和那女人胸前的項鍊，杏子心頭一把怒火更是熊熊燃燒。

如果她到現在還在供花，那一定得去撤掉才行。怎能讓那女人的花繼續留在那。

杏子掉頭走回原本的路，在過家門前後的第一個轉角處右轉。

映入眼簾的不是花，是個女人。蹲在牆邊，朝靠牆豎放的花束合掌。雨傘遮住了臉，但看得出是個年輕女人沒錯。陰暗的灰色巷弄和那個女人很不搭，她看起來就像不知哪裡混進來的異物。

身上穿的是淺粉紅色的無袖洋裝，腳蹬白色高跟涼鞋。伸出洋裝外的手臂和腿緊繃滑膩。也不知道爲什麼，明明沒看見她的臉，杏子就是知道她臉上仔細化了妝，也知道她脖子上戴著鑲了小顆鑽石的項鍊，搽著粉紅色的指甲油。杏子甚至知道她洋裝底下穿的是蕾絲胸罩和蕾絲內褲。

女人肯定就是雜誌報導的那個M子了。丈夫的外遇對象，佐藤眞由奈。

就是這女人和丈夫合謀，把我們一家人的生活搞得亂七八糟。

感覺自己像個從身體出竅的幽靈。變成幽靈的自己毫不留情地毆打、踢踹、辱罵女人，踐踏那些花束。無論女人如何哭泣求饒也不放過，徹底讓她吃了一頓苦頭。沒錯，身為妻子的自己做這些事天經地義。

然而實際上，身體站在原地動彈不得。

看到佐藤眞由奈好像要起身了，杏子不假思索當場離開。不知道自己要去哪裡，只是愈走愈快。怕她會追上來，又覺得自己這樣好像落荒而逃。轉念一想，也就承認了。沒錯，自己是在逃跑。

這種挫敗感與落魄感是怎麼回事呢。

該怪身上鬆垮垮的T恤和裙子腰頭上的鬆緊帶嗎？還是該怪起床後亂翹也沒好好梳理的頭髮？或者怪早就失去彈性的膚色胸罩？又或者是暗沉的皮膚和身上的贅肉不好？還是腳上那雙穿舊了的運動鞋害的？

再次從自家門前經過，即使已經左轉了也仍未放慢腳步。總覺得只要一回頭，就會看到笑得一臉自豪的佐藤眞由奈站在那裡。這麼一想，後頸起了一片雞皮疙瘩。

成為被害者就代表輸了嗎？被害者不只是弱者，也是敗者嗎？

憎恨丈夫，憎恨那個女人。可是這一瞬間，杏子最厭惡的是自己。

那天傍晚，杏子確定找到新的打工。注意到免費雜誌上的招募廣告，也沒想太多就打了電話去問。對方說不需要準備履歷，直接過去面試就好。面試之後，當場決定錄用。那是一間位在調布的涮涮鍋店，上班時間是晚上七點到十一點。

如果那天沒有看見佐藤眞由奈，杏子或許不會這麼快開始工作。一方面還擔心孩子們接觸到外頭充斥的資訊，另一方面，雖然已經知道上次惡意騷擾的人是誰，但也難保不會出現第二、第三個蟹見圭太。最重要的一點，殺害丈夫的凶手還沒抓到，這令杏子非常焦慮。即使如此，她還是決定開始打工。除了需要錢之外，不管怎麼說，她就是覺得必須採取行動。

看到佐藤眞由奈，倉促逃跑的自己，在下意識中承認了落敗。杏子因此產生了自己的一切全都被否定的心情。如果想要重新站起來，只能開始做點新的事。

此外，老闆娘說的話也是決定性的關鍵。

「妳五官長得有氣質，很適合穿和服呢。」

涮涮鍋店的老闆娘一看到杏子就這麼說。原本以爲她在開玩笑，後來發現老闆娘一臉認眞，杏子難爲情得臉都發燙了。除了父母之外，至今大概沒人稱讚過自己的長相。腦中情不自禁一次又一次重複「五官長得有氣質」這句話。

「妳會穿嗎？和服？」被這麼一問，反射似的回答了「不會」，馬上又慌張地補上一句「啊，不過，我會努力」。即使成人式後就沒穿過和服，總覺得應該有辦法。

反正也不打算在這裡工作太久。等史織開始上學，就要換回白天上班的工作了。

「媽，工作開心嗎？」

吃早餐時，史織這麼問。因爲太突然了，杏子心臟猛跳了一下。

「妳在說什麼啊，怎麼可能開心，只覺得很累而已啊。要穿上不習慣穿的和服，就算遇到討厭的客人也得賣笑臉。上一份工作還比較輕鬆。」

自己也發現這話沒有說服力，不過史織只是在吐司上抹果醬，嘴裡發出「是喔」的聲音答腔而已。

「爲什麼會覺得媽媽工作很開心呢？」

心頭湧上一陣內疚感，杏子忐忑地問。

「沒爲什麼啊，隨便問問。」

「爲了能早一點搬家，媽媽會努力工作賺錢的。」

「搬家之後就能改名了嗎？」

看到女兒怯怯抬起的視線，杏子大受打擊。

這孩子本來不會露出這種表情的。原本的她，就像個普通國二女生一樣活潑開朗，天不怕地不怕，不太聽話又有點任性。可是，才短短一個月，那種既像受了傷的棄貓又像自卑老人的表情，已經離不開她的臉。

「對啊，改回媽媽的舊姓，不是說過很多次了嗎！」

語氣忍不住尖銳起來。

史織敏感察覺母親的不耐，但又不知道原因，只能撇開視線閃躲。

跟自己一樣，杏子心想。看到佐藤眞由奈就逃跑的時候，自己臉上的表情一定跟現在的史織一樣。

「妳要更抬頭挺胸一點！」

杏子聲音嚴厲了些，史織肩膀微微一震。

「我們沒有做錯什麼，沒有必要逃，也沒有必要躲。不需要把頭髮染成金色，也不需要把自己關在家裡。」

總覺得，這話是說給自己聽的。

史織沒有反應，啃著吐司，喝著牛奶。視線茫然地望向電視。差不多一星期前，家裡終於能開電視了。不管是新聞還是生活情報節目都不再提起丈夫的案件。事情剛發生時應該有報導吧，不過杏子也不知道。

「媽媽自己還不是一樣。」

吃完吐司後，史織才這麼嘀咕。

「媽媽怎樣？」

先吃完的杏子正一邊用手指把桌面上的麵包屑掃到一處，一邊看著電視上的白髮染劑廣告。染過的頭髮看起來充滿年輕光澤，不知道這個商品賣多少錢。

「媽媽自己還不是在逃、在躲。妳都不接電話，不管誰來都假裝家裡沒人，防雨窗也一直都關得緊緊。我也知道妳現在外出還要戴口罩，別只因開始工作了，就突然擺出一副高高在上的樣子教訓我。」

史織眼神犀利，連珠砲似這麼說。只是，剛才那膽怯的表情仍從皮膚底下隱約透露出來。

「開始打工有那麼了不起嗎？妳現在是在怪我不去學校嗎？」

「不是啦，我沒有那麼想。」

「我好羨慕媽媽。」

「咦？」

「我也想去學校。」

「妳可以去啊。」

「沒辦法。」

「爲什麼？」

「沒辦法的事就是沒辦法！」

拍著桌子，史織站起來。走出客廳之際丟下一句「抱歉」，帶著哭腔的聲音在杏子耳邊縈繞不去。

第三章　想遺忘的事

1

戶沼曉男遇害正好一個月的那天下午，蟹見圭太獲釋。

幾個小時後，新宿區的戶塚警署傳來的情報，引起了搜查總部一陣騷動。

一把沾有血跡的菜刀和一件雨衣，被人送到新宿區下落合的派出所。送來的人是個女人，說東西原本在她交往過的人車上。菜刀和雨衣都裝在一個便利商店購物袋裡，塞在副駕駛座下。

女人說她發現這包東西的日期是六月十九日，戶沼曉男遇害的八天後。整整隔了二十天，她才將東西送到派出所，理由是「我不知道上面沾到的是血」。

女人說，她一開始以爲那是垃圾，想丟掉才帶回家。袋子裡有一件拋棄式雨衣，因爲當時交往的那個對象是做防水工程的工人，她以爲雨衣是工作時弄髒的。女人既沒有丟掉那件雨衣，也沒跟男人確認那是什麼。

與男人分手隔天，女人把那包東西帶去了派出所。她的說詞是「發現雨衣裡包著菜刀，嚇了一跳」，警方的看法則是她應該早就知情，只是原本想包庇男友而已。女人發現雨衣的兩天前，男人住處附近發生過醉漢打架的傷害事件，女人可能懷疑男人和那件事有關。不過，兩人因男人頻頻外遇而分手後，女人改變了主意。

男人的名字叫末松勇治郎，三十九歲，在伯父經營的防水工程公司工作。

菜刀和雨衣上都驗出了戶沼曉男的DNA。

「我不知道，眞的不知道。不管是菜刀還是雨衣，我都不知道，是眞的。誰會在車上放菜刀啊，不是我啊。我眞的不知道。」

末松勇治郎從頭到尾都否認嫌疑。

「戶沼曉男是誰，我也不認識，根本見都沒見過，我沒騙人。」

身體顫抖，語無倫次，只是不斷強調「我不知道」。過了一會兒，突然像打嗝一樣叫了一聲後，一口氣嚷著：「我知道了！我知道了！在府中對吧？大半夜的對吧？那天下著超大的雨，有個女的！有個女的上了我的車！」

「那天我從傍晚開始，在高幡不動車站附近一間私人診所做工程。雖然一早就下著雨，但是做的是室內工程所以沒有問題，對。大約八點多結束，和前輩去吃了飯。吃一間日式料理……應該說是居酒屋吧，連鎖店的那種。呃……我想應該沒有喝酒。我不確定啦，有點不太記得了。就算有喝也是抿兩口而已……離開店的時間大約是十二點左右。我和前輩隔天都休假，可以不用趕著回家。對，應該在那間店待了兩、三個小時有。離開那間店後馬上就跟前輩分開了，我們兩人都自己開車。過了多摩川後，我往甲州街道的方向開，途中轉進一條小路。不，沒什麼特別原因，只是，就想走那條……不好意思，其實是看到原本那條路上有臨檢，沒想太多就……不好意思。

「雨下得很大，幾乎看不到前面的路況，所以我開得很慢。那地方靠近神社，是一條昏暗的單線道，路上沒車也沒人。可是開一開，突然有個人搖搖晃晃跑出來，我差點沒撞上，趕快緊急煞車。

「是個女人。她有撐傘，可是全身都濕透了。我打開車窗問她怎麼了，她說沒電車了。所以，我就讓她上車，去了我家。

「不，這沒有你想的那麼奇怪。常有的事啊，錯過最後一班電車，在路上遊蕩的女人，或是和男友吵架跑出來的女人。當然囉，現在回想起來，明明有撐傘卻全身濕透或許是滿奇怪的，可是那天雨眞的下得很大，所以我也沒太放在心上。

「她一上車就說累了，馬上睡著。這麼說起來，這點才是眞的奇怪。因爲實在太不設防了吧。在剛認識的男人車上，竟然能滿不在乎地睡著，而且還是眞睡喔。整個人橫躺在座椅上。喔對，她坐後座。副駕駛座有放東西，我才在說要把東西移到後面，她就已經鑽上車了。所以，其實我們也沒說上幾句話。

「不，當然還是有講幾句啦，只是講了什麼我就不記得了。她應該是個不多話的女人吧。喔對，我想起來了，所以我那時候就在想，她一定是被男人甩了或是剛分手吧，看上去就是一副失魂落魄的樣子。

「名字好像是叫里紗還是由香吧，總之是個很像花名的名字。不好意思，我記不太清楚了。說不定根本沒問她叫什麼名字。不過，就算問了，她說的一定也不是眞正的名字啦。年紀大概二十幾或三十幾……未滿二十也有可能。不不不，不是高中生啦。眞的，絕對超過十八歲了。話說回來，現在的女人眞的看不出到底年輕還是有點年紀呢。

「然後，因爲她睡著了，只好把她帶回我家。她大概一開始就是這麼打算的吧，什麼也沒說就跟來了。畢竟是男人跟女人嘛，該做的都做了啊，就很順其自然……不好意思。」

「隔天起來，女人不見了。我急忙確認錢包和存摺都在，家裡也沒東西被偷。我起床的時間大概是十一點多吧，快天亮時睡著的。」

「她身高不矮也不高，就很一般，大概一百六十公分？啊，對對對，差不多這樣。體型算普通，不胖。我不跟胖女人搭訕的。身上有沒有痣喔，我不記得了。頭髮大概到肩膀……不，或許還要再長一點。像哪個明星嗎？欸——我想想看喔，好像沒特別像誰呢。」

進行求證調查後，警方認爲末松勇治郎的供詞沒有矛盾之處，他和戶沼曉男之間也沒有任何關聯。話雖如此，暫時仍將他列爲頭號嫌疑人。

菜刀和雨衣及便利商店購物袋上都驗出兩個人的指紋。一個屬於把東西送到派出所的女人，另一個指紋資料庫中找不到。不過，相同的指紋也出現在末松勇治郎家中及車上。

「那傢伙好像是清白的喔。」

一如往常的居酒屋裡，石光一邊喝啤酒一邊這麼說。高舉喝光的啤酒杯，對店員高聲喊「再來一杯」。

「比起這個，爲什麼那種不起眼的大叔反而受女人歡迎啊？這世界眞奇怪。」

末松勇治郎已經有交往對象了，還整天在街上搭訕女人帶回家。也因爲這樣，從他房間裡驗出了大量屬於不同人的指紋。

「長得不帥，也不是特別有錢，爲什麼女人願意跟著那種大叔走啊。光聽我就火大。」

「所以他果然是清白的嗎？」

「富田哥是這麼說的啦。」

「石光你自己怎麼看？」

「老實說，我也覺得他不像在說謊。」

「可是，照他的供詞畫出的女人肖像畫太沒特徵了。」

「他就堅持自己記不清楚了啊。因爲帶過太多女人回家，全搞混了，而且當初也沒好好看對方長什麼樣。那張肖像畫確實不太可信，感覺末松只是被逼著隨便說了一些特徵。」

說完，石光又罵了一句「眞是的，有夠火大」。

「按照末松的供詞，凶手眞的很可能是那個搭便車的女人呢。」

「是啊，可以這麼說。不過，也很難講啦。」

對，很難講。

假設末松供詞無誤，那個被視爲凶手的女人前後行動實在太不一致了，搞不懂她到底是小心謹慎還是毫無防備。

透過自動車牌辨識系統，警方確認了案發當晚末松勇治郎座車的行經路徑，也確定駕駛座上的人是他。副駕駛座沒有坐人。不過，根據供詞，女人坐在後座，沒拍到也很正常。是爲了避開自動車牌辨識系統的鏡頭，女人才選擇坐在後座，並橫躺下去睡覺的嗎。假設她是故意的話，只能說這個人思慮太周延了。問題是，她又滿不在乎地到處留下指紋。菜刀、雨衣和便利商店購物袋、末松勇治郎的公寓及汽車後座，全都驗出了同一個人的指紋。一般來說，比起自動車牌辨識系統，應該更在意指紋才對。

對石光提出這個疑惑，他說「對啊」。

「可是，到目前爲止，那傢伙的供詞都沒有前後矛盾的地方。」

顯示凶手逃離路徑的魯米諾反應朝案發現場西側消失，末松勇治郎讓女人上車的地方就在這個方位上，甚至他的汽車後座也驗出了魯米諾反應。

現在，警方正根據末松勇治郎的供詞，以離他家最近的高田馬場車站爲中心，展開所有防犯監視器內的影像解析。只是中間正好夾了天亮後到中午前的通勤高峰時段，遲遲未能從影像中找到線索。

「學姊那邊狀況如何？」

「什麼狀況？」

「死者大學隸屬的研究小組那條線。」

「喔。」

雖說梶原在搜查會議上報告過，但這也只是眾多可能性中的一種而已。目前，梶原和薰子仍在繼續調查死者生前的人際關係。

「又有什麼事？」

三井咲美不耐煩地丟下這句話。

這是第二次來造訪，而且事前沒有先取得同意。

「我正在吃飯，請盡量長話短說。」

她似乎沒有請人進屋的意思。晚餐吃的大概是咖哩，香料味飄進站在玄關的薰子鼻腔。

「因爲三井太太妳都不跟我們聯絡啊，沒辦法，只好我們自己跑一趟。」

梶原嘻皮笑臉地說。

「啥？聯絡什麼？」

「眞討厭，妳忘記了嗎？三井太太，就是這個人的事啊。」

說著，梶原將戶沼曉男的照片舉到她眼前。

「被人刺殺了好幾刀身亡的這個人，戶沼曉男。妳上次不是答應我們，想起來的話會聯絡嗎？太太，結果妳完全沒聯絡嘛。我們雖然很忙，但也只好跑這一趟囉。那麼，妳想起在哪見過他了嗎？」

三井咲美嘆了一口氣。

「非常抱歉，在妳用餐時打擾。」

薰子低下頭，咲美依然一臉厭煩，但仍從梶原手中接過照片。無言地盯著照片看了幾秒，皺起眉頭又歪了歪頭。

梶原和薰子默默等待咲美開口。

「我還是想不出來。」

過了一會兒，她這麼嘟噥之後，抬起視線。

「沒有對焦清楚一點的照片嗎？」

「不好意思，最近的照片只有這張了，聽說是去年九月拍的。」

看三井咲美一臉不感興趣的樣子，爲了動之以情，薰子又說：

「聽說是跟家人露營時拍的。他太太說，那次露營也是一家人最後一次一起露營。」

「露營？」

三井咲美的眼神變了。重複了一次「露營？」像在跟自己確認什麼。

「去年……九月……露營？」

說著，她望向薰子。

「是的，去年九月去露營。」

「在秋川溪谷嗎？」

其實薰子不知道露營場在哪裡，但還是點頭說了「對」。

「那或許……」

盯著照片的三井咲美喃喃低語。

「或許什麼？」

梶原的聲音也嚴肅了起來。

「這個人或許跟我們一起露營了。」

「可以詳細告訴我們那次露營的事嗎？」

梶原完全搶過了對話的主導權，薰子打開記事本，拿出原子筆。

「這個叫戶沼的人有小孩嗎？」

梶原點點頭。

「我先生很愛辦活動，經常企畫各種活動。那次他辦了一場限帶家人參加的露營，邀請他在跨領域交流會上認識的人來參加。所以，那次參加的都是我原本不認識的人。」

「大概有多少人參加了那次露營呢？」

「包括太太和小孩在內，應該有三十個左右。」

薰子快速寫在記事本上。除了薰子想問的問題之外，梶原更陸續問了其他許多薰子沒想到的問題。就算三井咲美開始顯得不耐煩，他也一點都不介意。薰子不由得心想，這男人果然是個優秀的刑警。

突然，腦中浮現戶沼杏子灰暗的表情。就像是咬到什麼很苦的東西，或是看到不想看的東西時別開視線，那種難以言喻的表情。自己是什麼時候看到她露出那個表情的呢？爲什麼現在會突然浮現腦海呢？

對了，當時的她也在講露營的事。「早知道就不去了」，這麼說著，語氣像是吐出嘴裡的沙。

現在眼前的三井咲美，臉上的表情就跟當時的戶沼杏子很像。

「三井太太，露營時發生了什麼事嗎？」

聽到梶原這麼問時，赫然一驚的不只薰子。

三井咲美輕聲嘆息，先是低垂視線，輕咬下唇，之後才再次望向梶原。

「死了一個小女孩。」

勉強擠出這句話。

2

蟹見的行動，超乎佐藤眞由奈的想像。

沒想到他會做到那個地步。雖然希望他那麼做，一旦事情眞的發生了，才發現自己根本一點也沒有從中獲得滿足。

第一次從刑警口中聽到蟹見的事那天，眞由奈晚上打了電話給他。一聽眞由奈報上名字，蟹見就生氣地說「我被公司炒魷魚了啦，吼，眞傷腦筋，房租都付不出來了，看要怎麼補償我」，又突然改變話題問「所以妳是凶手嗎？」，問他爲何被炒魷魚，居然大言不慚地說有人檢舉他違規停車，害他蹺班的事被公司發現。眞由奈這才想起，蟹見這男人剛進寢具公司沒多久就辭職，那時也說過「懶得跑業務，幹不下去了」之類的話。

「被殺掉那個人的太太，好像跟警察說蟹見你是凶手。」

眞由奈這麼說，蟹見訝異得哇哇叫：「爲什麼會是我？我又不認識那個叫戶沼的人。」

「就是那個人的太太跟警察說你的車很可疑的。說她看到同一輛車一直停在大樓門口，也看過那輛車在家門前開來開去好幾次。那個太太啊，也不想想自己都四十幾歲了，還跟警察說懷疑有跟蹤狂纏上她。蟹見，你被四十幾歲的大媽當成跟蹤狂囉。」

這麼說著，故意放聲大笑，輕易就讓蟹見信以爲眞了。「把我的人生搞得一團亂，還敢在那裡裝什麼被害者，也不想想自己只是個大媽」。聽到蟹見不屑地怒罵，眞由奈忍了滿嘴的笑。

那時，眞由奈也不是沒有暗自期待蟹見對小彰彰的家人做出惡意騷擾行爲。不過，她最大的目的也只是希望小彰彰的妻子能成爲誰憎恨的對象就好。否則，只有自己受世間輕視，身爲被害人妻子的她卻獲得眾人同情、獲得重視，這口氣眞由奈無論如何都吞不下去。

女刑警那張爛泥也似的臉縈繞腦中不去。

明知蟹見是被眞由奈慫恿才做出那些事，那個女刑警卻不責備眞由奈也不來興師問罪，甚至連詳細情形都不說給自己聽。

三井的事也是。白色情人節那天在路上遇到的男人到底是不是三井，她後來也不問了。那天，三井酸溜溜地對小彰彰說「你怎麼帶個這麼可愛的女朋友出來」，小彰彰笑得一臉爲難，一定是出於害羞吧。眞由奈還想多說點當天的事，女刑警卻提都不提了。

一切都結束了。這時，眞由奈清楚地感覺到，一切都結束了。再也不會有任何人理睬我，我被所有人拋棄了，被當作不存在。無論再怎麼掙扎，終於還是被抹煞得一乾二淨了。

眞由奈站在夜晚的巷弄中。

這裡是小彰彰遇害的地方，四下靜謐無聲，頭上夜空晴朗，卻看不見星光。感覺好像很久沒看過這種沒有一絲烏雲的午夜藍。

最後一次來供花那天下著雨。小彰彰遇害的這條巷弄很少人經過，靜靜地被雨水打濕。那時，眞由奈一如往常把花束靠在圍牆上，雙手合掌祭弔。那一瞬間，忽然不知道自己在做什麼，腦中陷入一種無重力的感覺。直到感覺有人經過，重力才再度回到腦中。反射地回頭看，已經沒看到人了。

那時供的花不見了。

路燈的光照不太進巷弄內，這裡比沒有星光的夜空更昏暗。簡直就像掉入夜晚的夾縫中……不，是掉進世界的夾縫中了。

小彰彰也掉落了，眞由奈有這種感覺。覺得他從自己身邊掉落了。

小彰彰死後過了一個月。一個月，才一個月而已，現在想起小彰彰的感覺，很像在翻閱小學畢業紀念冊，看著一段從現在的自己身上剝除的過往。連那段時光是否眞的存在過都難以肯定。和小彰彰共度的時光確實存在過嗎？自己都快要無法證明了。

要是小貝比能留下來，至少還好一點。

眞由奈摸著肚子，為習慣那裡已成空洞的自己感到悲哀。

後悔沒帶花來。花店都打烊了，不過超市說不定還有開。

走出巷弄，踏上通往車站那條路，路邊是成排的櫸木行道樹。居酒屋和速食店的霓虹招牌發光，照亮呈扇形開展的樹梢。

找尋超市時，眞由奈視線停留在一處。

那個坐在花壇邊的人，不是小彰彰的女兒嗎。之前曾在巷弄裡看過她一次，那時好像是剛從學校回來吧。原本一頭剪短的黑髮，現在染成金色了。

她面前站了一個高瘦的男人，雙手插在牛仔褲袋，嘻皮笑臉的模樣。是蟹見圭太。

眞由奈雖然和他講了電話，但沒見面。最後一次看到他還是在寢具廠商工作的時候。做事沒有幹勁，抱怨又特別多的他，過了五、六年還是那副德性。

爲什麼蟹見會和小彰彰的女兒在一起呢。

在這之前，蟹見多次要求和眞由奈碰面。被警方釋放後，更是幾乎每天打電話來，不斷說著他有多痛恨戶沼杏子、警察、社會和前女友。有時用搞笑的語氣說，有時滔滔不絕地怒罵，感覺口水都要噴到電話這頭來了。另外，他還會跟眞由奈要錢。

昨天的電話裡，蟹見這麼說：

「妳以爲是誰害我被警察抓的啊？還不是眞由奈妳害的。不過，我也能理解妳的心情啦，畢竟就某種意義來說，妳也是被害者嘛。眞可憐。我看了那本週刊雜誌喔，原來妳被中年大叔騙了還被拋棄，連小孩都打掉了喔？」

不給眞由奈否定的機會，蟹見立刻又說：

「那種男人被殺也是活該啦。我看凶手應該還是他太太吧。如果是的話，早知道我應該做更多騷擾行爲才對。我啊，是代替眞由奈做了那些事的唷，我等於是代替眞由奈被逮捕的喔。妳得好好感謝我才行，要不然，就算是我也會生氣。我生起氣來會做出什麼事可是很難說的喔。如果妳想付錢給我當謝禮，我會歡喜收下的，我們見面好好聊聊吧。」

眞由奈心想，這個男人該不會是喜歡我吧。因爲喜歡才會纏著說想見面啊。這種態度也很像小學男生欺負喜歡的女生，或許可說是一種情感的表現方式。世上不乏看到喜歡的女生不知所措就產生性快感的男人嘛。

站在櫸樹下的蟹見單方面說著話，不過史織看上去也不排斥。蟹見從口袋裡伸出手，拍拍史織的頭。史織的五官一下子皺起來，用手摀住臉。蟹見蹲下來，一邊不知道說些什麼，一邊繼續撫摸史織的頭髮。

爲什麼蟹見會和小彰彰的女兒在一起呢。

能想到的原因只有一個——蟹見果然是喜歡自己的吧。昨天他在電話裡也說了，說他是代替眞由奈去做那些事的。蟹見一定是想代替我去懲罰小彰彰的家人。接近他的女兒，大概也是爲了這個目的。他認爲這麼做我就會高興了，他想爲我派上點用場。眞由奈這麼想。

然而，眞由奈不擅長應付蟹見這樣的男人。動不動就生氣、不耐煩，以爲只要用蠻力就能讓任何事情稱自己的意。他的這種地方，經常讓眞由奈想到自己那個當國中校長的父親。這麼說起來，那個叫梶原的刑警也和父親很像。

3

或許是梅雨季過了吧，陽光刺眼，我城薰子瞇起眼睛。

之前還被困在沉重漫長的雨季裡那麼久，這幾天的太陽卻熱辣得毫不留情。

還不到中午，天空已經蔚藍欲滴，日光愈發猛烈。薰子用手背抹掉太陽穴滲出的汗水。

「連手帕也不帶喔？」

梶原不屑地說。他臉上也冒出豆大的汗珠。

按了「渡瀨川」門牌下的對講機門鈴，傳出男人的聲音「請進」，大門同時打開。

渡瀨川家雖稱不上豪宅，但也一眼看得出是自地自建的房屋。一樓外牆貼了紅磚造型的磁磚，二樓外牆則漆成白色。陽台和玄關的柱子也一樣作成紅磚造型。

連結大門和玄關的小路亦鋪了紅磚，兩旁都是修剪得漂漂亮亮的草地。長滿黃綠色葉子的樹下，放著幾張歐式風格的戶外桌椅，說是庭院更像個花園。

玄關門打了開，男人探頭出來。他應該就是渡瀨川邦一了吧。那個在露營時過世的女孩的父親。

「事到如今還有什麼事？」

一副嫌麻煩的態度，但應對上仍不失社會人士的禮節。事前打來的電話中，薰子只說明了想來確認去年露營時發生的那場意外。

客廳裡開著涼涼的冷氣，陽光從與木頭露台相連的凸窗灑進室內。客廳裡放著一套焦糖色沙發，從光澤看來是眞皮製。黑色茶几上的花瓶裡插一朵非洲菊。室內裝潢雖然簡單但也看得出講究，只是從雜誌架上的繪本和電視櫃裡的卡通ＤＶＤ，還是能嗅到一絲生活味。

「你們想確認什麼呢？我等一下還得工作，請長話短說。」

渡瀨川邦一坐在沙發上這麼說。確實如他所言，他已經打了領帶，一副即將外出的裝扮。從茶也不端的態度看來，顯然希望警察趕快離開。

渡瀨川邦一是一間總公司位於埼玉的不動產公司副社長。社長是他的母親，公司創辦人是他已經過世的外公。家中成員有妻子和兩個女兒，大女兒去年九月在露營場地發生溺水事故死亡。

「尊夫人呢？」

梶原這麼問，刻意做出環顧客廳的動作。

「出去了。」

渡瀨川沒好氣地回答。

「去買東西嗎？」

「我沒什麼時間，請趕快進入正題。」

聽渡瀨川這麼一說，梶原倏地往前探身。

「你認識戶沼曉男嗎？」

渡瀨川露出訝異的表情，兩、三秒後才發出嘆氣般的「喔」。

「我看過這個新聞，凶手還沒抓到嗎？」

「聽說你和戶沼先生在跨領域交流會上認識？」

「對，應該是去年夏天的事了。說是認識，平常也沒有往來。怎麼了嗎？」

「去年九月，你們去露營了吧。」

渡瀨川的臉色立刻暗下來。這也不能怪他，畢竟他就在這次露營中失去了大女兒。

「那時，你曾聽說戶沼先生和別人起過什麼爭執嗎？」

「請問……你們今天來，不是要問沙耶子的事嗎？」

沙耶子是他過世的大女兒。

「戶沼先生是個什麼樣的人呢？」

無視渡瀨川的提問，梶原繼續說。

「像是跟異性之間的問題、金錢糾紛，或是他工作上的事、大學時代的事等等。什麼都可以，能請你回想看看嗎？」

渡瀨川歪著頭，露出陷入思考的表情。

「老實說，我不太記得了。和他就只在跨領域交流會及露營時見過這麼兩次，連當時有沒有跟他說過話都忘了……我想他應該是個沉默寡言的人吧。幾乎沒有留下什麼印象。他遇害的事件也是，要不是一起看電視的內人先認出來，我還不知道是誰呢。要是一個人看電視，我可能根本不會察覺。」

「那麼，三井良介先生呢？」

「咦？」

訝異的表情。

「三井良介先生也參加了跨領域交流會和露營吧。」

「喔，你說那個三井先生啊，露營的主辦人。」

「你知道他過世了嗎？」

「不知道，什麼時候的事？」

「今年四月。」

「原因呢？」

「他是意外身亡。報上也有小篇幅的報導，你沒注意到嗎？」

事實上，三井的報導只出現在東京區報紙的版面，渡瀨川住在埼玉的川越，幾乎不可能看到那篇報導。梶原是故意這麼問的。

「對，我沒注意到。」

儘管有些驚訝，渡瀨川並未表現出慌張的模樣。

「戶沼先生和三井先生大學時代好像隸屬同一個研究小組，你有聽他們說過什麼嗎？」

「沒有。」

「有聽說三井先生跟人發生過什麼爭執嗎？」

「我只見過三井先生兩次，私底下沒說過話。所以，我也不知道三井先生和戶沼先生大學隸屬同一研究小組的事。」

「尊夫人幾點回來啊？」

跟不上話題突然的轉變，渡瀨川冷不防「欸」了一聲。

「保險起見，也想跟尊夫人聊一聊。」

「恕我婉拒。」

他一副不願再多說的語氣。

原本渡瀨川已經不像剛見面時那麼拒人於千里之外，現在卻很明顯地瞬間恢復原狀。

「爲何呢？」

「問我太太跟問我一樣，她也什麼都不知道。」

「這點由我們自行判斷，無論任何線索我們都想要。」

「如果無論如何都要這樣的話，請你們走正常程序來吧。」

「死了一個人耶。」

「我家也是啊！」

渡瀨川的聲音裡摻雜著悲痛與憤怒。

「我家女兒也死了啊。你們有稍微爲我們……爲我太太想過嗎？沙耶子走了之後，我太太身體就出了問題。我甚至認眞擔心她是否想跟著沙耶子一走了之。現在她好不容易稍微振作，卻在電視上看到戶沼先生的新聞後，大概又想起那次露營的事了。從此之後，她就一直處於精神不穩定的狀態。以她現在的狀態沒辦法跟你們談當時的事，請不要打擾她。」

「好吧。」梶原果斷放棄。

等一下薰子和梶原還得一一造訪跨領域交流會及露營的參加者，梶原大概判斷現在不能在這裡浪費太多時間，要是渡瀨川向警署提出抗議也很麻煩。

問到渡瀨川在戶沼曉男遇害時間的不在場證明時，他一邊說「就算只是形式上必須這麼問，也教人很不愉快」，一邊操作手機行事曆，表示自己當天出差去栃木，當晚在那裡過了夜，還說可以去找同行的部下確認。

「尊夫人呢？」

梶原的提問，令渡瀨川氣得翻了白眼。

「當然在家啊。」

「有人能證明這點嗎？」

「你夠了吧。」

「所以是沒有的意思？」

「那時正值深夜吧？這種時段有誰能爲她提供不在場證明？」

「只是形式上必須問一下，請別介意。那就這樣吧。」

梶原滿不在乎地說完，兀自起身。

「絕對不准接近我太太。」

走到玄關時，渡瀨川這麼說。

「要是你們還想問更多，請先透過律師聯絡。」

盯著梶原看的眼神犀利，聽得出他這話是認眞的。

一走出戶外，全身毛孔就像瞬間打開。炙熱的陽光像要把皮膚烤焦。

走在前方的梶原回過頭問：「超市在哪？」

「咦？」

「這附近哪裡有超市啦。說不定可以在那裡找到渡瀨川的老婆啊，別愣在那了快點查。眞是沒用的傢伙。」

薰子打開手機，啓動地圖應用程式。就在她查找超市位置時，梶原已經大步向前走，拉開兩人之間的距離。

「超市的話，離這裡最近的一間，在徒步十五到二十分鐘的地方，便利商店的話倒是附近就有。」

梶原沒有回答，只是從他放慢的腳步可以推知他聽到了。

「算了，又不知道她長怎樣。」

聽到梶原宛如自言自語般地這麼說，薰子只回答「好」。

「話說回來，這張肖像畫眞是半點用也沒有。」

梶原一邊不屑地嫌棄，一邊從口袋裡拿出肖像畫。

搜查會議上，同仁說末松勇治郎的記憶模糊不清且缺乏可信度，根據他的描述畫出的女人肖像畫，給人不管看幾眼都記不住的印象。

「完全沒法當成參考的肖像畫有何屁用，到底畫來幹麼啊。」

即使嘴上這麼抱怨，梶原只要一有時間就會拿出肖像畫盯著看，彷彿要把上面的女人長相烙印腦海一般。

下一個造訪的人家端出了冰麥茶和銅鑼燒。

這是位於北青山公寓裡的一戶，夫妻兩人在此經營設計公司。兩人都四十五歲，育有兩個就讀小學的兒子。

梶原一提起那次的露營，夫妻兩人都露出沉痛的表情。

「那件事眞的是……」

妻子感嘆地說，丈夫一邊點頭一邊接話：

「眞的是，哎，該怎麼說才好呢。我到現在還會夢到當時的事。」

眞的是……妻子也這麼低喃後陷入沉默。

去年九月的露營，似乎對所有人而言，都是不願再回想起的事。記得戶沼杏子也說過「早知道就不去了」。也難怪他們會這麼想，畢竟死了一個孩子。雖然誰都沒提，所有大人除了悲痛的情緒外，內心肯定也懷著沒好好注意那個孩子的愧疚感吧。

講得無情一點，這種溺水意外其實很常見。來露營場的五歲女孩跑進河裡玩水時，腳沒踩穩被水沖走了。那條河深度只及大人膝蓋，水流也不急，大概沒人覺得危險吧。只是眞要說的話，身邊如果有大人陪著，得救的可能性應該很高。

「今天想問兩位的，是有關戶沼曉男先生的事。」

吃完銅鑼燒，又要了一杯麥茶的梶原先開口。

夫妻倆都沒反應，像在等梶原繼續往下說。

「兩位應該認識吧，戶沼曉男先生。不是一起去露營了嗎？」

夫妻倆面面相覷，只用眼神互相確認「你認識嗎？」。

「露營的時候，我們也不是跟每一位成員都有交談。」

丈夫這麼表示。

拿出照片來，妻子有了反應，望向丈夫說：「啊，這不是那個人嗎？」

「你記得嗎？有一家人不是自己開車來的，明明來露營還什麼都沒帶。這人就是那家的爸爸吧？」

「喔，說起來好像有這回事。啊，參加跨領域交流會的時候，我可能跟他交換過名片。」

丈夫站起來離開，過了一會兒帶著名片回來說「找到了、找到了」。接著又說「可是，不好意思，看了名字我還是想不起來他是怎樣的人」。

「兩位知道戶沼先生被殺的事情嗎？」

梶原這麼問，夫妻倆同時回答：「欸？」

「新聞和八卦娛樂節目都有報導啊，還上了週刊雜誌呢。」

「什麼時候？被誰殺的？」

妻子身體向前傾，好奇地詢問。

「六月十日深夜，正確來說應該是十一日了啦。他在自家附近的路邊遭人刺殺。地點是府中市，凶手到現在還沒抓到。兩位眞的不知道這件事？」

「好像聽過發生了這樣的事件……不過老實講，一點也不記得戶沼先生的名字了。」

——和我在一起的小彰彰才是眞正的小彰彰。

佐藤眞由奈說這句話的聲音，在薰子耳中響起。

被人取笑爲「幻想妹」的她爲什麼這麼說，現在薰子似乎有點能夠理解。那個在任何人記憶中都沒留下印象的戶沼曉男，一個可有可無的人，就像霧靄一般模糊不清，唯獨在佐藤眞由奈心中活得那麼鮮明。

「那麼，兩位認識三井良介先生嗎？」

這次兩人都點了頭。

「聽說他喝醉酒，失足從天橋上摔死。」

「你和三井先生很熟嗎？」

「不，只一起吃過三、四次飯而已。」

「最後一次見面是什麼時候？」

「就是露營那次。那之後就沒和露營的任何一位參加者見面了。」

「大家好像都是這樣吧。」一旁的妻子插口。「畢竟只要見了面，無論如何都會想起那時的事。幾乎所有人都看到了啊，那孩子的……臉，死掉時候的臉。大家都不想回憶起來吧，只會讓自己心情難受而已。」

可以的話，我也希望能忘記。她又這麼補上一句。

4

丈夫的手機掉進浴缸是在去年年底。戶沼杏子記得很清楚，當時自己還狠狠斥責丈夫一番。年底本就是特別花錢的時期，丈夫的疏忽害家裡硬生生多了一筆花費，杏子火大極了。

然而，最近杏子在想，那或許是故意的吧。爲了毀掉裡面的資料，故意讓手機掉進水裡。仔細想想，丈夫根本就不是會把手機帶進浴室的人。

根據週刊雜誌內容，丈夫和佐藤眞由奈相識於耶誕夜。就在那幾天後，手機掉進浴缸壞掉了。怎麼想都不是巧合。

或許丈夫眞的像雜誌內容所說，打算和佐藤眞由奈結婚。把妻子、孩子、家人、生活……不，他說不定想把整個人生都換掉。所以才打算弄壞手機，斷絕過往所有人際關係吧。

聽刑警說丈夫生前參加過跨領域交流會後，杏子開始有了這個想法。來家裡的是一個叫我城的女刑警，和一個長相凶狠，五十歲左右的男刑警。按照刑警的說法，參加那次露營的都是跨領域交流會的成員。杏子從來不認爲丈夫是會參加跨領域交流會的人，確認了好幾次「我先生眞的有參加嗎？」，眞要說的話，丈夫也不是會露營的人。

爲了改變自己的人生，他或許以自己的方式在摸索吧。

比方說參加跨領域交流會，比方說露營。

然而，那次露營眞是糟透了。其他家庭都開車參加，也各自帶來各種露營用具和烤肉食材。只有自己一家搭電車，雙手空空到場。丈夫說那樣也沒關係，其實根本大有關係。只有自己一家人明顯格格不入，肯定被其他人當成生活水準低落又毫無社會常識的一家人了。眞的很難堪，杏子一刻也不想久留。更糟的是，後來還死了一個小女孩。

身爲母親，杏子感同身受，內心難受得像要爆發。明明自己身在同　個地方，卻沒能及早察覺那個孩子的異狀，這也令她懷抱罪惡感。

幸好不是我們家的孩子——

只能這麼想了。

刑警們還問到一個叫三井良介的男人。當時不曉得他的全名，但記得三井就是主辦露營的人。他人很不錯，給人爽朗的印象，經常處於話題中心。丈夫說三井是他大學時代的朋友，杏子認爲他說謊。如果是朋友，應該會和丈夫熟稔地聊天，也一定會察覺自己一家沒有融入眾人之中。三井應該不是他的朋友，頂多只是讀同一所大學而已。

這麼跟兩個刑警說了，但又不敢追問三井和丈夫被殺的事件有什麼關係。

「再來一杯一樣的。」

聽見坐在吧檯旁的客人的聲音，杏子立刻報以笑容。一邊回答「好的，馬上來」，一邊俐落地調起兌水燒酎。

在這裡打工至今半個月了。起初擔任二樓小包廂或宴會場的服務生，後來很快就被調到常客較多的一樓，多半負責站吧檯。杏子自己也喜歡站吧檯，不管是準備水酒或是陪客人小酌聊天，都讓她覺得自己像個女人。老闆娘也稱讚她學東西學得快，又很懂得怎麼招呼客人。愈被稱讚，杏子就愈有自信，甚至開始認爲做服務業是自己的天職。

「戶沼小姐調的兌水燒酎就是特別好喝。」

吧檯座的常客過來搭話。

「因爲我放了很多愛進去啊。」

「哎呀，眞是拿妳沒轍。」

初老的常客一臉高興地笑了。

這間店雖然是涮涮鍋店，上一代店主原本經營日式料理店，到現在仍有不少只點一道下酒菜喝幾杯的常客。像這位一星期來兩、三次的客人就是。

看一眼牆上時鐘，剩下不到十分鐘就是杏子打工下班時間的十一點了。大概察覺了她的視線，客人問：「戶沼小姐，妳差不多要下班了嗎？」

「對，十一點。」

「妳不在會好寂寞呢。」

「我也覺得很寂寞呀。」

發現自己順口就能做出這樣的回應，甚至令杏子獲得些許快感。

隨著時針愈往前走，「不想回去」的念頭就愈膨脹。這種心情也一天比一天強烈。

要是能把整個人生換掉——

總覺得現在的自己能夠明白丈夫的心情了。

開始打工之後，杏子才發現，原來自己也能過上另一種人生。所謂驚訝得下巴都要掉了，或許就是這種感覺。

從國中起，杏子始終堅信自己只適合成爲平凡的家庭主婦，從未想像過其他未來。一直以來，她都知道自己性陰沉無趣又不起眼。然而，眞的是這樣嗎？難道不是因爲自己活在陰沉無趣又不起眼世界的關係嗎？不值一提的娘家，比自己更沒存在感的丈夫，平凡的家庭。

光是改變安身立命之處，自己就會跟著改變。人生也會改變。

對丈夫而言，認識了佐藤眞由奈，使他產生這個想法。
自己居然能夠理解丈夫的心情了，這令杏子打從心底恐懼。

5

「妳當時有去案發現場吧？」
眼神盯著渡瀨川家，梶原難得主動向薰子搭話。
兩人坐在停靠路肩的搜查車內。時間剛過早上九點，大約一小時前，丈夫邦一開著黑色賓士出門後，目前爲止仍無動靜。
「是，我去了。」
副駕駛座上的我城薰子也盯著前方回答。
梶原「嘖」了一聲，不愉快地說：「『我去了』，就這樣？連我是在問妳到現場時有什麼感覺也不知道嗎？」
「感覺很差，說來理所當然就是了。」
薰子老實回答，還以爲這種答案會被梶原恥笑。意外的是，梶原依然望著前方，一字一字重複著「感覺很差」。
「對，給人充滿怨氣的印象。當然，這跟凶手往死者身上同一個地方反覆刺殺多刀也有關係。」

說到這裡，薰子暫時停下來，回想案發當晚自己目睹的光景。那是個下著傾盆大雨的夜晚，毫不留情敲打下來的雨滴吞噬了一切色彩，模糊了一切有形的事物。身邊此起彼落的怒吼、無線對講機的聲音、警車閃爍的紅燈……所有東西彷彿將會忽然消失。趴倒在狹窄巷弄地上的被害人，看在薰子眼中就像趴在深黑的水底。

「深黑的水底……是嗎。」

梶原喃喃低語。

「我感覺到那裡有某種濁黑的，類似憎恨的東西。不過，也可能是我自己想太多，畢竟我參與殺人事件的經驗不多，而且那天晚上又下大雨，或許是來自視覺和聽覺的情報給了我那種感覺。」

「不要講得這麼難懂，眞是麻煩的女人。」

「不好意思。」

再過十天，戶沼曉男遇害就滿兩個月了。搜查總部決定縮編規模，包括和石光搭檔的富田在內，好幾個人已調回本廳。

戶沼曉男和三井良介有幾個共通點，大學隸屬同一研究小組，參加過同一個跨領域交流會，一起去露營過一次，還有就是——兩人都死了。查了研究小組和跨領域交流會，除了他們之外，沒有其他人以可疑的方式死亡，也沒有找到和他們交情特別深厚的人。

從那次露營的參加者身上，沒查出任何新的資訊。參加那次露營的有十六個大人，以及包括溺死女童在內的十三個小孩，總共二十九人。除了其中一個大人，其他人都實際見面談過話了。唯一一個還沒見到的是渡瀨川瑠璃，也就是溺死女童的母親。

「凶手從哪裡來，又去了哪裡呢，完全看不出來啊。末松勇治郎載的那個女人，肯定就是凶手了，明明也找到了指紋，就是找不到她這個人。只能說不是開玩笑就是遇到鬼了吧。這話妳不准跟其他人說，敢說我就殺了妳。」

今天的梶原比平常還多話，薰子覺得，他可能是想甩掉那種案情即將走進迷宮的預感。

「我也一樣。凶手像是從雨中現身又消失在雨中，也像是從水底出現又消失在水底……我到現場的時候有這種感覺。」

薰子說完這句話的同時，駕駛座上的梶原正好朝前方探身。

一輛從後面開來的計程車，停在渡瀨川家門口。

幾分鐘後，牽著小女孩的女人從門口走出來。她身上穿著深藍色洋裝，脖子上圍白色領巾，一頭長髮在腦後紮成一束。這就是渡瀨川邦一的妻子，瑠璃。手上牽的應該是他們兩歲的女兒美月。

走出門後，大約走五、六步就搭上了計程車。這段期間渡瀨川瑠璃左右張望，先讓女兒上車，自己才馬上鑽進去。

跟在計程車後方，梶原又說了那句話「好像有像，又好像不像」。他指那張派不上用場的肖像畫。

問末松勇治郎「如果看到的話，你認得出那個女人嗎？」，他一下說「大概」，一下又說「不敢說絕對認得出」。總之只給了含混不清的回答。

「那女人好像很有戒心。」

梶原這麼說。

「會不會是丈夫跟她說了什麼？」

「說什麼？刑警可能會來找妳？」

「對。」

「只有做過虧心事的人才會對刑警有戒心吧？」

「可能不是做了虧心事，只是害怕而已。聽說孩子過世時，她也接受了偵訊。」

說這話前，薰子已做好梶原可能破口大罵「少在那邊以爲自己什麼都懂」的心理準備。

沒想到，梶原什麼都沒說。但是，薰子對自己說的話抱持疑惑。

「可是，很難想像那個丈夫會對妻子說什麼。妻子就已經情緒不穩定了，他怎麼會故意去提讓她想起死去孩子的事。」

「除非做了什麼虧心事。」

「你指誰？」

薰子不假思索反問。

「兩個都是啊，笨蛋！用點腦筋好嗎？妳這薪水小偷！」

又恢復平常那個梶原了。

渡瀨川母女搭乘的計程車停下來等紅燈，和薰子他們的車中間只隔了一輛輕型汽車。

「妳剛才是怎麼說的？」

梶原望著前方開口。

「剛才？」

「妳到案發現場的時候啊，妳剛才說被害人看起來怎樣？」

「喔，是，我說因爲下雨的關係，他看起來像趴在黑水底。」

「那凶手呢？」

「什麼？」

薰子跟不上梶原的思緒。

「我說看不出凶手的實體時，妳說了什麼？」

「喔，我說我也是。」

「不是有說得更具體嗎？用了點比喻的那種說法。」

「呃，是……」

一時之間想不起來。即使薰子支支吾吾，梶原竟難得沒有表現出不耐煩的樣子。

「那時，妳是不是說了水底什麼的？」

「啊，對，我有說。我說凶手感覺像從水底出現，又消失在水底。也很像從雨中出現，又消失在雨中。」

「『雨中』那段就不用了。」

「所以是『水底』嗎？」

才開口這麼一說，瞬間背脊像被人潑了一桶冰水般發涼。全身直冒雞皮疙瘩。

「那個小孩是死在水底沒錯吧？」

「對。」

感覺臉頰肉都在抽搐。

「算了，只是個比喻罷了。更何況還是妳這個派不上用場的薪水小偷說的話。只是啊，我這個人就是沒辦法忽視搜查過程中浮上的所有可能，非得一一去查清楚才甘心。」

渡瀨川母女在本川越車站旁的超市前下了計程車。確認兩人手牽手進入超市後，薰子一個人先下車。

走進超市時，母女兩人還在入口附近。

兩歲女兒甩開母親的手，踩著踉蹌的腳步往前跑。母親在後面說「美月，小心點喔」，語氣很溫柔。

即使站在遠一點的地方看，仍感受得到渡瀨川母女氣質高雅。雖然不特別奢華，但透露著一股「過好日子的人」特有的從容與體面。從深藍色洋裝底下伸出一雙白皙透亮的腿，足以想像她每天沐浴後是如何仔細地用身體乳按摩。向日葵圖案的小洋裝穿在女兒美月身上也很適合。

兩人搭手扶電梯上了三樓，是兒童服和生活雜貨的樓層。美月像隻小狗，興奮地到處亂跑。瑠璃跟在女兒身後，腳步優雅緩慢。就算只看背影也能想見美月滿臉笑容，瑠璃平靜微笑的模樣。

一對幸福的母女。只是，十一個月前，這裡應該有另一個小孩。

薰子試著在腦中想像美月身邊有一個五歲小女孩。天眞無邪的任性妹妹，既嫌妹妹麻煩又覺得幸福的溫柔姊姊，微笑守護兩人的母親。幸福到完美的一幅光景。

察覺瑠璃回頭時已經太遲。內心驚呼「啊」的剎那，薰子與瑠璃視線相交。不過，嚇到的人或許只有薰子。瑠璃的視線輕輕掠過薰子表面，立刻回到前方的美月身上。

從三樓回到一樓食品賣場時，梶原也出現了。大概老早等在那裡了吧，只見他站在手扶電梯口的附近，裝作正在用手機的樣子。他似乎打算和薰子分頭行動，不出聲地將位置移動到看得到渡瀨川母女的位置。

渡瀨川母女約莫三十分鐘後離開超市。瑠璃大概請店家將買的東西宅配回家了吧，手上沒有提任何東西。

再次搭上計程車後，兩人直接回家。

梶原和薰子坐在車內暫時觀察了一陣子，沒有動靜。母女兩人在這棟時髦房子裡做什麼呢？即使試圖想像，腦中也難以浮現具體景象。時間就快到正午，薰子心想，母親一定正站在整潔的系統廚具前準備午餐吧，兩歲的女兒則是一邊看卡通ＤＶＤ一邊等吃飯。吃完午餐後，女兒可能會睡個午覺，母親或許會陪著睡。薰子腦中描繪出一幅寧靜的午後時光。

可是，如果五歲的大女兒也在的話會怎樣呢？兩個孩子或許會爲了搶玩具吵架，渡過一段吵吵鬧鬧的時間吧？

渡瀨川母女長得非常相像，都有一雙杏仁眼和直挺的鼻梁，膚色一樣白皙。雖然只看過照片，死去的大女兒也與母親長得像同個模子印出來似的。

——那個小孩是死在水底沒錯吧？

梶原的話浮現腦海，橫瞥身旁的他一眼，他正皺緊眉頭，緊瞪著渡瀨川家。

——所以是「水底」嗎？

自己說過的話也浮現腦海。

渡瀨川沙耶子的死沒有他殺可能，露營參加者們的證詞也沒有出現矛盾。她就是在大家碰巧都沒注意到的時候溺水了。綜合露營參加者們的描述，就是這麼回事。雖然令人同情，但也可說是典型的兒童溺水意外。

「我開始覺得像了。」

梶原這麼說。

「什麼？」

「那張沒用的肖像畫啊。」

「像嗎？」

「那種沒有特徵的模糊感覺好像有像。」

「我覺得她很漂亮啊。」

「那張肖像畫長得也不醜吧？」

讓末松勇治郎看過所有參加露營的女性照片，他從八人中篩選出了三人，而這三人的共通點就是年輕貌美。渡瀨川瑠璃、從天橋上摔死的三井良介妻子三井咲美都在這三人中。另一個女子有不在場證明，所以已可排除。

回到警署後，讓末松勇治郎看在超市偷拍的渡瀨川瑠璃照片，他振奮地說「感覺好像看過她」。

「可能是這女人喔，我總覺得看過她。」

這是廢話，畢竟都讓他看過好幾張露營時的照片了。

「你那天載的就是這個女人？」

梶原這麼問。

「或許是喔，我覺得很像。對，很像喔。」

問題是，給他看三井咲美的照片時，他也這麼說。

「你給我差不多一點！我看人果然還是你殺的吧？說什麼載了女人，根本就是你編出來的吧？」

「不是我，真的不是。我真的有載了個女人啦。」

「連上過床的女人長相都不記得了嗎？」

「誰會一直看臉嘛。」

那天傍晚，末松勇治郎的羈押期限已過，只能將他釋放。

6

佐藤眞由奈一直感到不可思議。

那個女刑警說，惡意騷擾小彰彰家人的事全都是蟹見圭太做的。可是，把貼了便條紙的週刊雜誌放進信箱的人，明明是眞由奈啊。爲什麼蟹見要說是他做的呢？

「什麼時候才願意跟我見面啦？」

電話裡，蟹見發出撒嬌的聲音。

「我沒有想跟你見面喔。」

「不用想得那麼複雜啊，就是碰個面聊聊而已嘛。」

「可是，我的未婚夫被殺了喔。」

下意識說出口的這句話，彷彿自己唯一的依歸。眞由奈繼續說：

「最可憐、最悲傷的是我喔。」

「當然是啊，所以我想幫助眞由奈呀。」

啊，這男人果然喜歡我，眞由奈終於確信。這麼一想，一切就都說得通了。蟹見惡意騷擾小彰彰的家人，爲了包庇我而跟刑警說信箱裡的雜誌是他放的，還有上次跟小彰彰的女兒見面，都是因爲他喜歡我。

想起櫸樹下的那兩人。撫摸少女頭髮的蟹見，被他撫摸的史織。蟹見一定是想偷偷爲我做些什麼吧，眞由奈心想。爲了回應他這份心意，決定不提那天晚上看見他們兩人的事。

「噯，眞由奈，妳知道犯罪被害補償金嗎？」

「不知道耶。」

「要是在犯罪事件中被殺害，被害者遺屬可以領到一筆錢喔。而且多達一、兩千萬。大概是撫卹金的意思吧。」

遺屬。眞由奈暗自嘀咕，覺得太奇怪了。說得簡直就像遺屬是小彰彰最親近的人一樣。才不是呢！和他最親近的人明明是我！小彰彰和我，我們兩人合起來才是一個完整的人！

「不覺得那個應該讓眞由奈來領才對嗎？」

明明聽得很清楚，還是情不自禁「欸？」了一聲。總覺得蟹見好像說了一件很重要的事。

「因爲，妳不是他的未婚妻嗎？眞由奈妳才是最悲傷的人吧？那個死掉的男人一定也這麼希望啊，他不是想離婚嗎？不是早就厭倦家人了嗎？叫什麼來著……那個男的。」

「咦？」

「眞由奈的未婚夫啊。」

「高橋彰，小彰彰。」

「對對對，那個小彰彰他一定也不想把這筆錢給他的家人吧。更何況，他一定有買保險，拜他被殺之賜，那些傢伙現在樂翻天了啦。」

「眞的嗎？」

「什麼？」

「小彰彰的家人眞的樂翻天了嗎？」

「對啊，他們爽得咧。」

「你看到了？」

「對啊，那個老女人外出時還刻意打扮年輕呢。我看她一點也不傷心，反而一副興沖沖的樣子。那個喔，一定是去見男人吧。」

「太過分了，小彰彰好可憐。」

既然都會謊稱懷孕騙婚，那女人肯定是很過分的人。要是沒跟這樣的女人結婚，小彰彰和我就能過著幸福快樂的生活了。

「犯罪被害補償金可以說是小彰彰用生命換來的錢吧。」蟹見以感慨的語氣這麼說。「說那是小彰彰的命也不爲過。小彰彰想把這筆錢給誰，身爲未婚妻的眞由奈一定最明白。」

「小彰彰沒有欺騙我。」

「這個我知道啊。」

「可是蟹見你上次明明就那麼說了。」

「有嗎？抱歉抱歉，現在我已經明白了。」

「還有，我也沒有墮胎。」

「欸？墮、墮胎？」

「我沒有打掉小孩。蟹見你上次不是那麼說了嗎，說我打掉小孩。小貝比是我和小彰彰愛的結晶，我怎麼可能做那種事。我要你更正，還要跟我道歉。我是因爲小彰彰死了，大受打擊才會流產。都是小彰彰的家人和警察害的。」

「抱歉抱歉，我更正，我道歉。我們先見個面吧。我站在眞由奈這邊，我會幫妳。」

「你願意聽我說嗎？」

「當然願意啊。」

「聽我和小彰彰的故事？」

「對啊，交給我就對了。」

蟹見或許是最了解自己的人。儘管他言行粗暴個性扭曲，但這也是男人表現情感的一種方式吧。正因爲他喜歡我，所以才願意嘗試理解我。眞由奈這麼想。

7

渡瀨川沙耶子溺水身亡的意外，不管怎麼檢視都找不出疑點。

露營的日期是去年九月二十一日。眾人起初在有烤肉設施的地方集合，後來因爲人太多，就轉移陣地到上游的河床邊。

在那邊搭起帳篷，生火準備烤肉時，意外發生了。孩子們喊著「沙耶子溺水了」，跑過來呼救。大人們趕過去看時，已經沒看見沙耶子的身影。根據目擊的孩子們所說，一開始幾個孩子都在淺灘的地方玩，沙耶子忽然說「想到島的地方看看」，獨自涉水往河中沙洲的方向走。似乎是走到一半時，被水沖走了。

除了唯一沒能見到面的被害人母親，參加露營的大人都提供了證詞，內容也無矛盾。

我城薰子和梶原前往造訪渡瀨川邦一的母親。

渡瀨川容子是一家不動產公司的社長，她的獨生子邦一則是副社長。容子獨居的公寓離兒子媳婦的家開車不到十分鐘車程，最高樓層一整層都是她的住家。富麗堂皇的客廳不輸高級飯店的會客廳，但容子與兒子的品味似乎大不相同，客廳裡採用形狀複雜的水晶吊燈與歐洲風格的古典沙發組，上面還放有金色刺繡的靠墊，這個人的錢花在哪裡一目了然。

「那跟我家沙耶子有何關係？你們該不會想說是詛咒或亡靈作祟之類的吧？開什麼玩笑，可憐的是那孩子耶。她才五歲啊，我絕不允許她死了之後還要被人說成這樣！」

得知參加那次露營的大人中有兩人接連死亡，即使有人因此吐露恐懼不安，也沒人像她這樣搬出詛咒那一套來說。

「沒有人說那種話吧。」

梶原顯得很不耐煩。

「我有多重視那孩子，你們是不會明白的。」

渡瀨川容子瞪了梶原又瞪了薰子。

「我能理解。」

薰子低下頭。

「她是我第一個孫子，也是我的繼承人。就算之後再生男孩，我還是打算讓沙耶子繼承公司。連她的名字都是我取的呢，這名字很好聽吧？沙耶子。」

「是。」

「根本不該去露什麼營的，竟然把我寶貝的繼承人帶去那種危險地方，還沒有好好注意她，簡直教人不敢相信。」

從這句話可以想像，意外發生後，身爲媳婦的瑠璃受到容子多少嚴厲的言語責備。

容子從客廳裡的櫃子上拿起一個相框。

「這是沙耶子剛出生時的照片喔。因爲准許媳婦回娘家生產，照片是她用電郵傳來的，畫質有點差。即使如此，還是看得出眼睛嘴巴跟我一模一樣吧？」

她拿起另一張照片。

「這是在沖繩拍的喔，那孩子三歲的時候。第一次搭飛機，她一點都不害怕，也不像其他小孩那樣哭鬧，非常聰明乖巧。你們看這個，身上穿的是我送的和服，很適合她吧？」

從她的口吻與照片中小女孩的身影看來，可以想見沙耶子受盡了祖母寵愛。

「那麼，你們今天來有什麼事？」

渡瀨川容子重新問了一次。

「從剛才開始不就一直在問了嗎？妳認不認識身亡的戶沼先生和三井先生？」

梶原回答，一副煩躁的模樣。

「我怎麼可能認識。」

「最近令郎夫妻有沒有哪裡怪怪的？」

「什麼意思？」

「比方說，是否曾對什麼表現出恐懼或防備？聽令郎說，瑠璃夫人差不多兩個月前身體狀況好像又變差了。」

容子一臉嚴肅地盯著梶原，發出充滿威嚴的聲音問：「這是怎麼回事？」

「你的意思是，邦一他們被捲入什麼事件，現在遭到警方懷疑嗎？」

「這些問題都只是問來參考用而已。」

「當作什麼的參考？」

「這就不能說了。」

「喔，是嗎？」

薰子彷彿聽見拉門刷地拉起的聲音。

「太太，這事我就只在這裡說說好了。」

梶原忽然用熟稔的語氣，把臉湊上去這麼說。

「關於意外身亡的三井先生，目前開始出現他殺的可能性。所以，我們警方必須重新聽取每一位露營參加者的證詞。不過，也只是問問大家知不知道死去的兩人是否曾經捲入什麼糾紛之類的程度。但到現在我們始終都見不到瑠璃夫人。令郎說她最近身體狀況不好，阻止我們找她談話。他說，不希望妻子再次回憶起露營時的事。這也不能怪他啦，畢竟失去了寶貝女兒嘛。只是，站在我們的立場，如果沒有拿到所有人的證詞就無法完成報告呈交上去，所以很傷腦筋呢。當然啦，她不願想起露營時的事，那種心情我們也不是不能理解。」

「開什麼玩笑，我媳婦比我還早振作起來呢。」

「喔？瑠璃夫人早就振作起來了嗎？」

「最悲傷的是我啊，沙耶子跟身爲祖母的我最親了。」

容子嘆口氣，轉爲自言自語般的口吻：

「或許眞是沙耶子的亡靈做出的事呢。那麼多大人在場，居然沒有一個人注意到那孩子，她等於是被大家見死不救了。」

說完，容子瞬間一臉疲憊，冷淡地說「夠了吧，兩位請回。」

「太太，六月十日晚上到十一日清晨，請問您在哪裡做什麼呢？」

「爲什麼這麼問？」

「只是形式上必須問一問而已。」

「我應該在家吧？」

「有人能證明嗎？」

「應該沒有吧。」

容子說得好像不關自己的事。

三井良介死於他殺的可能性，其實搜查總部並未公認。爲了顧慮當初做出意外身亡判斷的地方警署面子，目前充其量只以「重新調查三井與戶沼曉男關係」的名義展開搜查。

「接下來，就看那個老太婆會不會去跟她兒子媳婦說了。」

走出渡瀨川容子住的公寓，梶原這麼說。

「要怎麼確定她有沒有說呢？」

「妳是白痴嗎？只要她一說，那個兒子一定會採取什麼行動吧。是說，也還不能認定老太婆本身就是清白的。」

「可是她七十歲了啊。」

「那又怎樣？」

「沒事。」

七十歲這點和末松勇治郎的證詞不符。儘管薰子吞下這句話沒說，梶原似乎知道她在想什麼。

「我說妳啊，該不會無條件相信那傢伙的證詞吧？在府中讓個年輕女人上車帶回自己家，睡了之後隔天起來女人就失蹤了？」

「沒有。」

「而且還連對方長相都不記得。」

「是。」

「我是挺相信的啦。」

「咦？」

「不過，不是百分之百。」
「是。」
「那眞的是意外嗎……」
說著，梶原轉了幾下頭，脖子發出喀喀聲。
薰子自己也認爲三井良介的死應該不是意外，看來梶原有一樣的想法。
「我說的是那個小孩的事喔。」
梶原眼神都變了。
「咦？」
「渡瀨川沙耶子啊。」
「咦？」
「就只會咦咦咦，妳是哪來的外行人？偶爾也用點腦袋好嗎？這個薪水小偷！」
「可是有複數目擊者，供詞也都相符。」
「也可能是共犯啊。」
梶原的眼角露出不懷好意的笑。
「共犯？所有人聯手嗎？」
「除了渡瀨川夫妻的所有人，然後夫妻倆得知實情後展開復仇之類的，很有可能吧？」
一邊說，他一邊笑了出來。
「可是目擊者都是小孩，要孩子們串供應該很難吧。」

「妳這是在指點我的意思嗎？」
「不，我沒有那個意思。」
「未必是大人直接下的手吧。舉例來說，如果有人慫恿那個小妹妹去沙洲呢？她才五歲啊，只要對她說『能走到沙洲很棒耶』，或反過來說『不去的人是膽小鬼』就行了吧。」
薰子忽然有一種腳下開了大洞的感覺。
黑色的洞穴似乎是個無底洞，颳上陣陣陰森的冷風，令薰子微微顫抖。
言語能使人感到痛苦，也能毀壞一個人。這點自己應該很清楚才對。可是，薰子至今卻沒想過，只要一句話就能輕易將人殺死。只要是夾帶惡意圖謀，塡入負面能量的話語，想必都擁有這種駭人的力量。
想起抵達案發現場時感受到的強烈昏暗情感，總覺得現在自己也站在那種情感的入口。
「別認定什麼喔。」
聽見梶原斬釘截鐵的語氣，抬頭一看，正好對上犀利的視線。
「這不過是其中一個可能性罷了。無意間的一句話，有時也是會殺人的。」
彷彿聽見薰子的心聲似的，梶原先是這麼說了之後，又改變語氣繼續：
「我說妳啊，一開始根本沒什麼幹勁吧？」
毫無預警的指摘，使薰子一時之間爲之語塞。
「雖然現在也稱不上多有幹勁，只是隨便敷衍我而已。不過，做我們這行的，像妳那樣或許比較好，自己不痛苦，做起來也比較輕鬆。」

一切都被他看透了。感覺像是瞬間剝去身上所有的衣服，薰子既羞恥又不安，只想當場逃離。

不過，算了。梶原兀自嘀咕，接著拋下一句。

「總之，先查渡瀨川瑠璃吧。」

瞇起眼睛，只差沒伸出舌頭舔舐嘴唇，嗜虐的神色從他臉上一閃而過。

8

明明一切都在往好的方向上了軌道，爲什麼內心還是滲出小小的黑漬呢。該說是不安、恐懼、不祥的預感嗎……總覺得都不太對，不知該如何稱呼這種情緒才好。

戶沼杏子抿著嘴，站在盥洗室的鏡子前擦口紅。告訴自己，這也是當然的啊。畢竟丈夫被殺了，凶手又還沒抓到，心情怎麼可能毫無陰霾。感覺灰暗是正常的事。

即使如此，她仍然確實感受得到，自己的人生正在走上坡。

就連最擔心的史織也宣稱她第二學期會去上學了。

史織的手機原本收在抽屜裡，昨天發現不見了。當初沒收手機時，表面上看起來是杏子不讓史織一直上網。實際上，史織是自己放棄使用手機的。昨天發現手機不見後，杏子去史織的房間問「手機不見了，是妳拿走的嗎？」，史織「嗯」了一聲。「該不會又一天到晚上網了吧？」史織就說「我第二學期會去上學」。

感覺像是卸下了一大重擔。

進入八月後，杏子白天也開始打工，做的是保險公司的電話客服。丈夫被殺之前，她已經做過一年的電話客服，這份工作對杏子而言算是很輕鬆。

想要賺錢。不只是爲了生活或爲了孩子，也爲了自己那些從生活夾縫間滲出的欲望。想買新口紅，想買更有效果的化妝水，想去時髦的美容院做頭髮，想買作工精緻的洋裝，想要擁有名牌包，想要一雙高跟涼鞋。欲望像潰堤的水壩，已經難以控制。過去的自己爲何活得無欲無求，眞是太奇怪了，那樣活著簡直跟死了沒兩樣吧，根本已經放棄享受人生了嘛。像現在這樣，有想要的東西，有想做的事，杏子覺得比以前好多了。

站在全身鏡前檢查服裝儀容，今天穿的是白色罩衫配花紋喇叭裙。兩件都是便宜貨，但也都是不久前新買的。還可以，杏子這麼想，說給自己聽。

看著鏡中的自己，腦中浮現那個女人。無袖洋裝袖口伸出的肉感雙臂，胸前的單顆鑽石墜飾。等自己賺了錢，一定要買更大顆的鑽石，杏子如此下定決心。現在或許還贏不了她，但也只是因爲那女人年輕罷了。只要夠年輕，就算用的是便宜化妝品，穿的是廉價服飾，照樣能夠有模有樣。自己就只是輸在這裡而已。

杏子想起隔兩戶的若松太太及其他鄰居主婦。每次看到杏子，她們都會露出好奇或責難的神情。有人口無遮攔問起丈夫的案情，有人背地裡說自己壞話，還有人對媒體說些無的放矢的話。她們就是太閒了，沒有任何長處，除了住家和附近，她們就沒其他立足之地了。

我和她們不一樣，杏子心想。現在的我已經不一樣了。

正打算出門打工，和室裡的骨灰罈映入眼簾。已經過七七四十九日了，丈夫的遺骨仍未下葬。婆婆說，身爲次男的他不能入葬位於室蘭的家墳。「活著的時候妳已經沒讓那孩子好過了，至少死後幫他建個墳吧，這是做人媳婦至少應盡的義務。」婆婆在電話裡劈里啪啦說了一堆，哭著說那孩子眞可憐，實際上只撂下一句「我自己會在這邊祭拜」，不但滿四十九日做七時沒來，連供花或供品的錢也沒給。

察覺骨灰罈前的清水忘了替換，杏子換上了新的。想起婆婆那句「好可憐」，腦中浮現的是自己說「好可憐」的聲音。都化成骨灰了還只能放在家裡的櫥櫃上，連老家的墳墓都進不去。這個連死了都無人理睬的男人，死的時候甚至是以那種方式被殺害，眞可憐。杏子這麼想，但也就只是這麼想，既不覺得心痛，也沒流眼淚。跟看了一齣粗糙電視劇後的感想沒兩樣，心情平靜無波。

丈夫已經死了快兩個月，當初襲上心頭的那股激烈憎恨已經平息，看到骨灰罈時偶爾也會覺得好可憐。然而，怒意卻是至今未消。如果丈夫還活著，我們一家人到現在還被他蒙在鼓裡。爲了還重新裝修家裡的貸款，杏子只能外出打工，連衣服和化妝品都買不了像樣的，忍著不上美容院。同一時間，丈夫卻跟高利貸借錢買鑽石項鍊給那個女人。

婆婆說丈夫活著時很可憐，可憐的是我才對吧。杏子心想。

瞥一眼遺照，笑得軟弱的男人就在那裡。

胸口滲出的黑漬，或許是愧疚吧，她恍惚地這麼想。

涮涮鍋店的後門就在廚房旁邊。

「早啊。」笑咪咪地打著招呼進去，周圍傳來「早啊」、「妳早」的寒暄。明明是晚上卻互道早安，這種打招呼的方式，杏子也已經習慣了。

往員工休息室走去的路上，朝廚房投以一瞥，視線正好與織田交纏。彷彿他早已意料到兩人即將四目相接似的，織田微微一笑，杏子的耳朵瞬間發燙。

感受到織田的視線，是剛適應工作沒多久後的事。起初還以爲他是在觀察自己的工作表現，後來從他面對自己時的表情和聲音，杏子才發現似乎不是那樣。廚房裡除了大廚，只有擔任廚師的織田、廚房助理及負責洗碗的工讀生，很容易看出織田對自己的態度與其他人不同。即使如此，一開始杏子仍告訴自己不可能，否定了那個可能性。織田才三十幾歲，個子高大，五官很有英氣。這樣的男人怎麼會對帶著兩個小孩的平凡女人感興趣呢。一方面這麼想，另一方面也冒出自我肯定的念頭，說服自己「可能我已經改變了」。

進入員工休息室，正要換衣服時手機響起，是優斗打來的電話。

「怎麼了？媽媽在上班呀。」

不等優斗用撒嬌的語氣喊「媽媽」，杏子先快速地這麼問，語氣冷淡。

「怎麼了？不是有事才打來的嗎？」

見優斗悶不吭聲，這才刻意裝出溫柔的聲音。

「……媽媽，妳今天怎麼沒回來？」

語氣雖然怯懦，聽在杏子耳中卻像責備。瞬間，腦中閃過不講道理的怨言——憑什麼自己非得接受這種責備不可？

「媽媽有打電話回去啊，可是你們都沒接。優斗那時上哪去了呢？」

平常白天電話客服中心的打工結束後，杏子會先回家一趟，之後才再出門做涮涮鍋店的工作。可是今天，她在百貨公司逛衣服逛到沒時間先回家。

「……幾點打的？」

「六點前啊。」

「……那時我可能在從小潤家回來的路上。」

「媽媽不是每次都說，五點就要回到家嗎？冰箱裡有咖哩，自己熱來吃喔。」

「媽媽。」

「還有什麼事？媽媽很忙。」

「不要跟姊姊說喔。」

「什麼事？」

「姊姊她現在……跑出去了。」

現在？杏子重複一次，望向壁掛時鐘，六點四十五分。

「姊姊已經是國中生了，應該是去便利商店吧？馬上就會回來的。」

「我想應該不是去便利商店。」

優斗很少用這麼肯定的語氣說話。

「那是去哪了呢？優斗知道嗎？」

「姊姊之前也出去過，晚上很晚才回來。」

「很晚是幾點？」

「十點或十一點吧，已經三、四次了。」

「爲什麼不早點告訴媽媽？」

「因爲姊姊不准我跟媽媽說。」

「優斗，你現在自己一個人在家沒問題嗎？」

「還可以。」突然又裝出一副大人樣。

「姊姊那邊，媽媽會自己跟她說。」

「不要說是我跟妳講的喔。」

「沒問題，絕對不會說的。」

結束通話，杏子自言自語：「眞是的，別再惹更多事害我擔心好嗎？」

到底在幹麼，自己想怎樣就怎樣。杏子心裡湧現一股抱怨的情緒。史織不去上學，還把頭髮染成金色的時候，自己不都耐心守候了嗎。才剛說完第二學期要恢復上學讓我安心，下一步就搞出這招嗎？眞希望她不要這麼不懂事，至少能爲我著想一點。

最辛苦的是我啊。

沒錯，爲什麼至今我都沒發現這點呢。杏子這麼想。

丈夫被殺，凶手還沒抓到，不只如此，自己還被懷疑成凶手。丈夫外面有女人，家裡遭到惡意騷擾，還得承受附近鄰居奚落的眼神。沒有錢，生活卻得繼續過下去。爲了孩子，爲了家人，一路走來都在犧牲。可是，卻沒有任何人願意慰勞一下這樣的自己。自己應該有權獲得更多認同和感謝，大家都把「爲人母親就要犧牲自己」想得太理所當然了吧。

換上和服，對著鏡子重新塗口紅。看得見眼裡閃爍著光芒，感覺好像鏡中人不是自己。

店裡一樓的吧檯座上，已經坐了兩位熟悉的常客。

「唷，是杏子。」

初老的客人向她打招呼，語氣熟稔得像認識多年。

杏子嘴角自然上揚，笑得像一朵綻放的花。「您最近天天來，可以拿全勤獎了呢，眞開心。要吃點什麼？」話語流暢地脫口而出。

總覺得，站在吧檯內接待客人時，眼瞳像是不斷擴張，眼中的光芒倍增。

時間一下子就過了。

不想回家。一股類似焦慮的感覺油然而生，要是時間能就此停止該有多好。來這裡打工之前，杏子從來沒有這麼想過。回首過去，自己的人生眞的過得非常無趣啊。

一到下班時間的晚上十一點，杏子的心情就像是被人取走了唯一的寶物。換好衣服，一如往常說著「我先告辭了」，朝後門走去。偷瞄一眼廚房，沒看到織田，不禁大失所望。

此時，後門打開，走進來的是織田。杏子嚇了一跳，心臟漏跳一拍。

「啊，戶沼小姐，妳要下班啦？辛苦了。」

他笑笑地上前搭話，語氣輕鬆自然，杏子不知爲何有點失望。

「啊、對，辛苦了。」

「下次我們兩人去喝幾杯吧？」

擦身而過時，他低聲在杏子耳邊這麼說了。

驚訝地抬起頭，織田笑得彷彿兩人共享了什麼祕密。

「不要跟其他人說喔。」

那是夾雜著促狹與挑逗的表情。

下次是什麼時候？

腦中閃過這個疑問時，杏子已經走出後門了。赫然回頭，眼前只有關上的後門。

小腹深處湧上一種麻癢難耐的感覺，隨著血液流遍全身。體溫攀升，毛孔散發某種甘美的氣味。

9

造訪渡瀨川容子的一星期後，我城薰子和梶原再次前往她的公寓。這次是被找去的。

這天，戶沼曉男正好遇害滿兩個月。至今沒找到可靠線索，搜查總部內對「初階搜查方向判斷錯誤」的不滿已經來到頂點。

渡瀨川容子事前只說「有話要說」，走進她家客廳時，眼前景象令薰子大感意外。

渡瀨川邦一和瑠璃坐在沙發上。

「我覺得把事情搞清楚比較好，就叫他們來了。」

容子這麼說。

瑠璃站起身，對初次見面的兩個刑警無言低頭致意。邦一坐著不動，連眼神都故意撇開。

「你們不是說有話想問我兒子媳婦嗎？不必偷偷摸摸打探了，有什麼事儘管問吧。」

聽容子這麼說，梶原又是一副嘻皮笑臉的樣子：「不好意思喔，渡瀨川先生，你之前一直不讓我們跟尊夫人見面，現在卻變成這樣。」

「有什麼辦法，既然是社長的命令。」

邦一狠狠地回應。

「渡瀨川太太，也對您不好意思了。」

梶原的語氣是一點也聽不出哪裡不好意思，瑠璃只是禮貌地回了「不會」。雙手疊放在大腿上，其中一隻手捏著手帕。不知是否剛哭過，眼眶紅了一圈。

美麗的女人，薰子再次這麼想。皮膚透亮白皙，富有光澤的黑髮在腦後紮成一束，微低著頭，睫毛的陰影落在臉上。雖然沒有引人注目的豔麗，但給人清純高雅的感覺。

「那麼，我想請問渡瀨川太太，妳知道戶沼曉男被殺的事嗎？」

梶原這麼問，瑠璃先是抬了抬眼睛，然後小聲回答「知道」。

「從哪裡知道的？」

「電視……新聞。」

她再次低垂視線，發出微弱的聲音。

「這樣啊，妳一看到電視新聞就認出是戶沼曉男了嗎？」

「這不是廢話嗎？」做丈夫的從旁介入。「新聞都報出戶沼先生的名字了，誰不是一看就認出來？」

「可是，渡瀨川先生你就沒認出來吧？要不是聽太太提起，你還完全沒發現呢，上次不是這樣說的嗎？」

「那、那是因爲當時我正在看報紙。」

無視支吾其詞的邦一，梶原視線重新回到瑠璃身上。

「太太第一次見到戶沼先生是什麼時候的事？」

「露營的時候。」

「眞的嗎？」

「對。」

她半低著頭，臉上表情緊繃，但與其說是緊張或不安，不如說充滿了悲愴。

「妳在露營時，都跟戶沼先生說了些什麼話？」

「說了什麼話……？」

修得整齊的眉毛下垂，加強了悲戚的形象。

「至少有講過幾句話吧？」

「可能有打過招呼，我記得不是很清楚了……」

這麼說完後，她又補上一句「非常抱歉」。
「那麼，妳第一次見到三井良介先生是什麼時候的事？」
「露營的時候。」
「妳跟三井先生說了些什麼話呢？」
大概是想表示「想不起來」吧，低聲喃喃「不好意思」後，瑠璃就不再說話了。
梶原目光不離瑠璃，像在比耐心似地保持沉默。最後，打破沉默的人是邦一。
「那時人很多，誰會記得這些小事啊。不記得就表示沒說過什麼話吧？」
說完，他還說著「是不是？」徵求身旁妻子的同意。
瑠璃輕輕點頭，顫抖的手握緊手帕，看起來像在故作堅強地忍住悲傷。這令薰子感到有些錯愕。
回想起在超市裡跟蹤瑠璃時的背影，牽著兩歲女兒的手說「美月，小心點喔」的溫柔聲音，守護踩著蹣跚腳步女兒時散發的柔和氛圍。超市裡的瑠璃看上去很幸福。當然，內心真正的想法無法衡量，只是絕對跟現在這令人不忍卒睹的悲痛模樣大不相同。
「夠了吧。三井先生和戶沼先生被殺的事，到底跟我及內人有什麼關係？」
「咦？我可沒說三井先生是被人殺死的吧？」
梶原的語氣尖銳起來。
「是我告訴他們的。」
容子滿不在乎地告知。

「上次刑警先生你不是說了嗎？說那個叫三井的人也可能是被殺的。還說，所有參加露營的人裡面，唯獨沒跟我媳婦說到話。我們也是死者遺屬啊，失去了可愛的沙耶子。可是，卻得被懷疑我們做了根本沒做過的事，這口氣我嚥不下。所以，想問什麼儘管問吧。」

瞬間，瑠璃眼中清楚滾落兩顆淚珠。

「那我就問了，渡瀨川太太，發現女兒不見時，戶沼先生和三井先生人在哪裡？」

聽見瑠璃倒抽一口氣的聲音。

「請不要這樣！」

邦一大叫。

瑠璃緊閉雙眼，低著頭不斷搖頭。

「怎麼樣啊？那兩人在哪裡做什麼？妳不記得了嗎？」

梶原絲毫不理會渡瀨川夫妻的反應，持續追問。

「你有完沒完，我太太情緒不穩定。」

被丈夫摟住肩膀，瑠璃這才停止搖頭。拿起手帕摀住嘴，一邊發出「嗚、嗚」的嗚咽，一邊勉強擠出「我不……記得了……」

薰子窺伺容子，只見她用冷淡的表情凝視媳婦。

「或許是遭天譴了吧。」

過了一會兒，容子以平板的聲音這麼低喃。下巴抬得高高的，臉正對著前方，眼神卻沒有聚焦在任何一點上。

「去露營的人裡，已經有兩個人死了喔。仔細想想，這怎麼也不像巧合。沙耶子是善良的孩子，那樣的孩子不會詛咒別人的，所以，這一定是天譴。對沙耶子見死不救的大人都該遭受懲罰。」

她似乎沒發現，那群大人也包括自己的兒子媳婦。不，她是明明知道才故意這麼說的。看著容子堅毅的側臉，薰子這麼想。

「……說夠了沒有。」

邦一的聲音低沉且微微顫抖。難掩憤怒的視線朝向自己的母親，容子卻對他視若無睹。瑠璃雙手蒙住臉，抽抽搭搭地哭起來。嗚咽中，夾雜著哭哭啼啼說「對不起」的聲音。

「……對不起對不起對不起，都是我的錯。是我不好。如果死的是我就好了。對不起對不起對不起……都是我的錯，對不起……」

邦一緊抱哭得喘不過氣的妻子，在她耳邊反覆說著「沒事、沒事的，不是妳的錯，不是任何人的錯。瑠璃，沒事的。」但她似乎沒有把那聲音聽進去。

邦一狠狠地抬起視線。

「這樣你們滿意了嗎？已經夠了吧？請不要再繼續造成我們的痛苦了。」

「最痛苦的是沙耶子喔。」

彷彿望向遠方的容子這麼說。

之後就是一陣持續的沉默，只有瑠璃的嗚咽與不成話語的低喃，像是一層一層堆積在大理石地板上。

「媽媽——」傳來一個稚嫩的聲音。

小女孩站在客廳入口處，是美月。她似乎剛睡醒，帶著哭腔找尋母親。

瑠璃快速擦乾眼淚，喊了聲「美月」。

「美月，妳醒啦？來，過來這邊。」

制止這麼說了就要起身的丈夫，瑠璃說：「美月，去奶奶那邊。」

美月停下腳步，不知所措地看了看母親，又看了看祖母。最後天眞地發出「不要」的拒絕，兀自上前要求母親抱她。

「對不起，她有點起床氣。」

瑠璃這麼說，容子只是瞥了她一眼。

「可以了吧？」

邦一再次確認。

「對了，渡瀨川太太，請問六月十日晚上到十一日早上，妳人在哪裡呢？」

「請不要太得寸進尺，我上次不是說過了嗎？她在家。」

「我問的是尊夫人。」

「……我在家。」

瑠璃回答。

「確定嗎？」

「我從來沒有入夜了還在外面過。」

「有人能證明嗎？」
「我想應該沒有。」
「這樣啊。那麼，四月六日晚上到七日早晨呢？順便告訴妳，這是三井良介先生死亡的那天。」
「眞的嗎？」
一個呼吸之後，瑠璃怯怯地提問。
「妳是指什麼？」
「三井先生眞的是被人殺死的嗎？不是意外？」
「妳在意嗎？」
面對刻意挑釁的梶原，瑠璃老實點頭說「對」。
「爲什麼在意？」
梶原一副隨時都要對獵物下手的嘴臉。
「因爲我很害怕。」
低聲這麼說了之後，瑠璃低下頭，緊緊抱住坐在腿上的女兒。彷彿想守護無助的妻女一般，邦一也用力環抱她們。
「那麼，這天太太有不在場證明嗎？」
「不在場證明？」
邦一的聲音粗魯了起來，瑠璃卻沒有生氣，只是回答「如果是晚上的話，我在家裡」。

「能不能不要回答得這麼敷衍啊？妳真的在家裡？拜託好好回想一下好嗎？就算是太太也會有晚上外出的時候吧？」
「從來沒有過。」
「一天也沒有？」
「對。」
「這是應該的吧。」
一旁的容子插口。
「我們渡瀨川家的媳婦晚上怎能丟著家裡跑出門，別把我們和外面的普通人家相提並論。我家才不會迎娶那種沒家教的女人。」
「除非回娘家，否則內人晚上一定在家。」
邦一說得很自豪。
「這樣啊，眞是個好媳婦。」
「這只是她分內該做的事。」
容子的語氣不容人反駁。
「這樣的話，請她提供指紋應該也沒問題囉？」
「什麼？」
容子拔高了聲音。
「那樣對彼此來說都省事嘛。瑠璃太太的……對了，保險起見，容子夫人的指紋也可以提供嗎？」

「你不要太過分了。虧我們還特地提供協助，你這是什麼態度！提供指紋？開什麼玩笑。告訴你，我們渡瀨川家在地方上也是有頭有臉……不、不只地方上，我們連中國和新加坡都有分公司。我聽說只要一提供指紋，就會被放進警方的資料庫。這麼一來豈不是被人當成嫌犯了嗎？我真是忍無可忍了，你們請回吧。」

不知是否被容子的氣勢嚇到，坐在母親腿上的美月放聲大哭起來。

10

將花束靠牆豎放後，佐藤眞由奈閉上眼睛，雙手合十。內心呼喊著小彰彰，你在哪裡？爲什麼死掉了？眞由奈往後該怎麼辦才好？

小彰彰被人殺害，已經過了兩個月。

今天是小彰彰的月忌日（註），眞由奈來的時候，這裡卻連供花和供品都沒有。

好可憐，小彰彰。小彰彰只剩下眞由奈了呢。

午後的陽光照射頭頂，曬得發燙的頭皮流出汗水。站起身來，撐起陽傘，拿手帕按壓額頭和鼻子。

每次來這裡供花，都會思考撞見小彰彰妻子的機率。從小彰彰家門前經過時，也會想像他妻子正好從玄關出來的場景。到底是想見到他的妻子還是不想，眞由奈自己都搞不清楚了。有很多話想跟她說，想指責她不願離婚的事，也想罵她爲何謊稱懷孕騙小彰彰結婚，更想告訴她，小彰彰打從心底愛的人是眞由奈，而且我們預計今年內就要結婚了。想讓她知道我們有多麼幸福。

在自己腦中高興怎麼講就能怎麼講，可是，一旦來到小彰彰曾經生活過的地方，不安就會急速膨脹。

——妳以爲是高橋彰的人，其實是戶沼先生。

一接觸到戶沼曉男這個男人留下的痕跡，瞬間就會產生小彰彰將完全消失的恐懼。

掛著「戶沼」門牌的家，不管看幾次都覺得死氣沉沉。防雨窗明明已經打開，整棟房子看來仍像一個老舊的箱子。就連柏油路面反射的陽光都亮得刺痛眼底，唯獨那個家陰陰暗暗的，像是蓋在潮濕的陰影下。

快步經過門口，停下腳步，回過頭。蕾絲窗簾動也不動，不知道裡面到底有沒有人。難以想像小彰彰住在這棟屋子裡的模樣。

眞由奈回到府中車站前，搭上公車前往國分寺站。

很快地找到了對方指定的家庭餐廳。

已經過中午用餐時間，店內只坐了半滿的客人。以爲蟹見圭太還沒到，沒想到他已經來

註：與忌日的月分不同但日期相同。

了。一邊看攤在桌上的漫畫雜誌，一邊用叉子插起一塊肉往嘴裡送。他抬頭端起啤酒杯時，眞由奈以爲兩人視線相交了。結果大概是錯覺，蟹見仰頭喝乾啤酒，用手背抹抹嘴巴。

再次對上視線時，看到站在收銀台前的眞由奈，蟹見露出「咦咦？」的表情。這男人不記得我的長相嗎？才剛這麼想，又打消了念頭。哪有男人會喜歡上連長相都不記得的女人。

「眞由奈？」

蟹見大聲喊過來。

眞由奈回答「對」，在他對面坐下。

「妳變漂亮了呢，一眼還認不出來。」

原來是這樣啊，眞由奈接受了這個說法。原來他不是不記得我的長相，只是我變漂亮了啊。的確啦，當初和蟹見一起進公司時，眞由奈的體重還比現在多三公斤，化妝和髮型可能也都比較俗氣。

低垂視線，用指尖撥了一下劉海，這才抬頭看蟹見。

「蟹見都沒變呢，一眼就認出來了。」

眞由奈下意識地對蟹見露出笑容。

「妳看起來比想像中有精神嘛，原本還以爲會是一副慘樣，太好了太好了。」

這句話令眞由奈臉上笑容瞬間消失。

「我怎麼可能有精神，當然是勉強自己笑的啊。寶貴的未婚夫被人殺死了耶，你怎麼連這都不懂？虧我還以爲蟹見一定能明白。」

「我懂我懂，妳怎麼可能有精神嘛，寶貴的未婚夫都被人殺死了。」

蟹見面前放著鐵板漢堡排，還有快要喝光的一杯啤酒。看眞由奈只點了冰紅茶，他就問：「不吃飯嗎？」

「我怎麼可能有食欲。」

「是喔。啊，我要再點一杯啤酒。」

蟹見高舉啤酒杯。

「所以呢？到底什麼事？」

眞由奈問。

「什麼什麼事？」

「你不是說想見我嗎？死纏爛打要約我出來。」

「妳在說什麼啊，眞由奈。不是妳自己說要講小彰彰的事給我聽的嗎？」

這男人怎麼這麼嘴硬啊。眞由奈拿他沒轍，心想他或許只會用這種扭曲的方式表達情意，簡直連個小學男生都不如。

「不是吧，是蟹見先說想跟我見面的啊。」

蟹見嘟嚷「是那樣嗎」，又咧開嘴角說「算了，就當作是這樣吧」。插起一塊漢堡排送入口中，幾乎沒咀嚼就吞下去。接著，他把臉湊上來說：「那個啊……」

「妳能不能當我女朋友？」

「啊？」

「希望妳當我女朋友。」

眞由奈並不吃驚，早有今天來會被告白的預感。說不定，他從當初進公司時就對自己抱持好感。

既然如此，又何必說那些壞心眼的話，打從一開始就表現出來不好嗎？一方面這麼想，另一方面，心裡又有個聲音說「這怎麼行」。畢竟，我的魂魄已經跟著小彰彰走了啊。我和他之間有著永恆的愛。

「可是，我未婚夫才剛被殺死喔。」

無須刻意，聲音裡也帶有哭腔。

「他女兒是個閉門不出的繭居族。」

「咦？」

「你在說什麼？」

哭腔瞬間消失，腦袋完全跟不上蟹見說的話。

「他們夫妻感情好像也不怎麼樣。」

「小彰彰嗎？」

「妳想知道更多？」

蟹見臉上滿是別有企圖的笑容。

眞由奈一點也不想知道更多。蟹見說的那個人不是高橋彰，是戶沼曉男。眞由奈總覺得，只要知道愈多戶沼曉男的事，小彰彰就會消失不見。

——妳以爲是高橋彰的人，其實是戶沼先生。

低沉沙啞的嗓音流過耳朵深處。

「告訴我更多。」

她這麼回答。

只要全部否定就好，如此說服自己。只要將戶沼曉男的人生全盤否定，戶沼曉男就成了虛僞的存在，以高橋彰身分活過的小彰彰才是眞的。

「那妳做我女朋友啊。」

蟹見撒嬌著說。

儘管看起來只覺得在開玩笑，或許這就是這男人的眞心吧。

眞由奈知道自己受異性歡迎。小彰彰也說過「眞由由是療癒系，一定很受異性歡迎」。可是，偏偏是在這種時候被這種男人愛上。

「當然不用當眞，做個表面就行了。」

「做表面？」

「說得正確一點，是演我前女友。」

「什麼意思？」

「不用馬上決定也沒關係，妳考慮一下。在妳考慮好前，我先來想一下劇本怎麼寫。」

蟹見喝光第二杯啤酒，站起來說了聲「那就這樣囉，謝謝請客」。

「我會再聯絡妳。」

說完，對眞由奈露出笑容。

11

新宿的某間咖啡店內，戶沼杏子從刑警那裡得知三井良介已經死了。

前一天，刑警打電話來說有事想問，於是跟他們約在離白天打工處不遠的這間咖啡店。結束打工，杏子一到店裡，叫我城的女刑警和長相凶狠的梶原刑警已經坐在位子上了。

根據梶原的說明，丈夫遇害的大約兩個月前，三井良介從新宿某處的天橋上摔下去，就此身亡。

「你們上次沒提三井先生已經死了的事吧？爲什麼不提呢？是在試探我嗎？想暗中偷偷摸摸打探消息嗎？還在懷疑我嗎？」

「暗中偷偷摸摸打探消息原本就是警察的工作。」

梶原以高傲的態度回應。

「三井先生的事，和我先生的案件有什麼關係？」

「這個還不清楚。」

「該不會……三井先生也是遭人殺害的吧？」

「目前姑且還算是意外身亡。」

「什麼叫姑且……」

杏子朝默不吭聲的我城望去。只見她雙手放在腿上，正襟危坐凝視杏子。不過，眼神看起來依然一點心都沒有。

「妳先生和三井先生大學隸屬同一個研究小組，之後，他們在跨領域交流會上重逢，又和大家一起去參加了露營。」

「我沒聽他說過跨領域交流會的事就是了。」

「露營時死了一個小女孩呢。」

一聽到這句話，那張稚嫩的臉龐頓時浮現杏子腦海，胸口一陣難受。

蒼白僵硬的臉頰，半張的嘴唇，眼皮有點閉不緊，露出底下的白眼。緊貼在身上的紅色T恤和連身吊帶褲看上去非常沉重，杏子想起自己當時腦中還閃過了「得先幫她換下那身衣服才行」的念頭。

「那時，妳先生在做什麼？」

聽到梶原這麼問，杏子皺起眉頭。

「什麼意思？」

「就是那個孩子溺水的時候啊。」

「意外發生後的事，我不是跟你們說過了嗎。」

「請再詳細說一次。」

「沒做什麼啊……跟其他人一樣。」

那時，在河邊玩的孩子們跑過來呼救，說沙耶子溺水了。所有大人立刻往河邊跑，其中當然也包括丈夫。杏子還記得自己看著他比別人跑得慢了點的背影，暗忖這人眞是一點也不可靠。沉在河底的小女孩，最後是被一個大家都叫他「赤間先生」的男人找到的。小女孩運氣不好，腳夾在岩石縫隙間拔不出來。

「請具體告訴我們，當時妳先生都做了些什麼。」

這麼說起來，印象中，那時丈夫好像沒有踏入河裡。他的衣服一點也沒有弄濕。不過，沒踏入河裡的應該不只他？不對……眞的是這樣嗎？其他男人的衣服不是都濕了嗎？大家都拚命找尋那個失蹤的小女孩。

然而，杏子只回答：「我先生和其他人一起找那個小女孩。」

「他有做出什麼奇怪的行動嗎？」

「沒有。」

「那三井先生呢？」

「我不太記得了，應該沒什麼奇怪的事吧。」

儘管參加了露營，杏子一家人從頭到尾都打不進團體。其他家庭說不定根本沒發現這裡有一家人被孤立了吧。看著身爲中心人物，總是發揮領袖本色與眾人開心互動的三井，杏子忍不住想，爲什麼自己的丈夫跟人家差這麼多。三井擁有一切，包括看似要價昂貴的轎車及講究的露營用具。他會搭帳篷，會生火，社交能力高，善於待人接物，具備引人注目的光采。

要是能和像他這樣的男人結婚，自己想必會過著不一樣的人生。既不必爲了還整修房子的貸款出去打工，也可以毫不手軟買下任何自己想要的衣服與化妝品。假日全家人開著高級車出門兜風，過著和現在完全不同的生活。

原來如此，那個三井也死了嗎。死得比丈夫早，甚至可能也是被殺的。這麼一想，心中湧上一股伴隨著傷痛的滑稽感。

「是人都會死呢。」

杏子如此嘀咕。

「什麼意思？」

「沒有啦，我只是在想，連那麼受上天眷顧的人也會死啊。」

「三井先生真的那麼受上天眷顧嗎？」

「看在我眼中是這樣沒錯。」

「渡瀨川先生呢？」

梶原露出試探的眼神。

「什麼？」

「渡瀨川先生也是受上天眷顧的人嗎？」

「是啊，不過……」

「不過他小孩死了？」

杏子點點頭。

參加那次露營的人，除了搭電車去的自己這一家，在杏子眼中都是受上天眷顧的人。

「你們和渡瀨川先生沒有互動嗎？」

「對。」

「和他太太也沒有？」

聽梶原這麼一問，杏子才想到，那天唯一主動向自己一家打招呼的人，就是渡瀨川太太。只是當時，受上天眷顧的她對杏子而言光芒太耀眼，只顯得自己更加悲慘而已。

「請問，去年露營的事，和我先生的案件有什麼關係嗎？」

「這個我們正在調查。」

「不用了。」

這句話衝口而出，杏子持續注視梶原的眼睛。

「不用調查了。我先生的事就這樣算了，請不要再繼續擾亂我們的生活。警察對我們做了什麼？都只是些過分的事而已吧？知道我們被你們害得多慘嗎？不但被當成凶手，被人背後誹謗，惡意騷擾，我女兒拒絕上學，兒子晚上尿床，婆婆像個白痴一樣，生活一團糟。」

「不用抓到凶手也沒關係嗎？」

「對，沒關係。」

「妳先生被殺了啊？」

「已經兩個月了還抓不到凶手的人，少用那麼高高在上的態度說這種話。」

杏子氣沖沖地起身。

「別再管我們了。」

說完，她錢也不付就當場離開。即使感受到周遭眾人的視線，憤怒仍抵銷了羞恥心。已經夠了。這是她最真實的心境。

好不容易一切漸漸穩定下來。好不容易人生開始走上坡了。萬一在警方的搜查下再度爆出什麼丈夫的祕密，我們一家三口說不定又得回到關緊防雨窗，躲在家裡不敢出門的日子。絕對不想再承受一次同樣的事了，杏子心想。已經辦妥拋棄繼承手續，只等房子賣掉，就能離開這個只有無聊主婦的社區，搬到新的地方改名換姓重新來過。

可是——

走出店外，熾烈的陽光照射下，溫熱的汗水從杏子全身上下毛孔滲出。不過，這種感覺還不壞。

為了整理自己的思緒，她再次抬頭挺胸。可是——

可是，不想搬得太遠。可以的話，希望繼續涮涮鍋店的打工，就算辭掉這份工作，也不想離東京太遠。

杏子快步走向車站。被刑警們拖延了將近一小時，得趕快回家才行。沒時間了，今天的晚餐就用速食餐包的親子丼打發吧。收下晾好的衣物，洗米煮飯，自己沖個澡、化好妝，必須在六點十五分出門。

心裡忽然有個卡卡的感覺，好像忘了什麼。重新梳理一次回家後該做的事。

對了，是史織。上次優斗是什麼時候說的呢？說史織晚上跑出去，很晚才回家的事。算了，今天沒時間，明天再好好問史織吧。這麼一想，覺得一個課題已經解決了。

杏子的思考很快地轉移到衣櫃裡。

今天穿什麼好呢？最近這麼想的時候，第一個浮現的念頭都是內衣。就決定穿黑底粉紅刺繡的成套胸罩和內褲吧。這是杏子鼓起勇氣，跑到都是年輕女孩的內衣店買的東西。設計精美不說，價格也不算貴到買不起。

——下次我們兩人去喝幾杯吧？

織田的聲音在耳中迴盪。

——不要跟其他人說喔。

那之後，已經過了一星期，織田還什麼都沒表示。

第四章　可憐的母親

1

「可惡，有夠悶熱。」

站在渡瀨川瑠璃娘家那片已經夷爲平地的原址前，梶原這麼恨恨地說。

單側一線道的縣道旁，隔著馬路的對面是一座葡萄園。周圍是深綠色的群山環繞，或許因爲這樣，空氣裡沒有一絲風，灰雲低垂。放眼望去多是大片的水田與田畝，偶爾才有零星住家。

渡瀨川瑠璃婚前舊姓山本。娘家在山形縣長井市經營一間豆腐店。山本豆腐店歷史悠久，過去還曾進貢皇室。只是四年前，在瑠璃父親手中結束了營業。結束營業的一個月前，瑠璃的母親因病過世，或許不無影響。

瑠璃是兩姊妹中的長女。她在老家住到高中，趁著考上短期大學的機會，離家搬到東京生活。短大畢業後，進入百貨公司工作，二十四歲那年嫁給大她十歲的邦一。五年後，生下長女沙耶子。

瑠璃的丈夫邦一說，她除了回娘家之外，從來沒在晚上出門過。如果這話是眞的，那就表示瑠璃已經有三年的時間未曾夜間外出。因爲在她母親過世的一年後，父親也像追隨母親腳步似死去，她再也沒有可以回去的娘家了。

之所以來山形，是因爲無論瑠璃現在居住的川越或婚前生活的東京，都找不到任何與她關係親近的人，遑論得到值得參考的證詞。

——那女人肯定隱瞞了些什麼。

第一次在渡瀨川容子的公寓見到瑠璃並向她問話那天，一出公寓大樓梶原就這麼說。一臉「一切都在我意料之中」的表情。

——她表現得太好了。

沒錯，就是表現得太好了。我城薰子感到恍然大悟。

在婆婆與丈夫面前的她，完全是個「因失去愛女而悲傷不已的母親」。當然，這樣本來也沒錯。只是，她無論表情或動作，甚至更進一步的說，就連流淚的時機和身體顫抖的方式，瑠璃的表現全部完美無缺。一點也沒有上次在超市跟蹤時看到的警戒態度，就只是個陷入悲傷谷底的母親。

梶原和薰子決定先找對面的葡萄園打聽消息。

自稱第二代園主的男人說，他繼承這座葡萄園時，瑠璃已經搬去東京了。

「所以，我只在山本太太和山本先生的葬禮上見過她。」

「對她有什麼印象？」

「什麼印象喔……嗯，是個美女。」

「有說過話嗎？」

「只有寒暄過。這麼說起來，她回娘家生產時也有見到過。」

「那是什麼時候的事？」

「嗯——五、六年前吧？」

那就是生大女兒沙耶子的時候了。二女兒美月出生時，瑠璃的父母皆已往生，她也沒娘家可以回了。

「您和山本家熟嗎？」

「不，一點也不熟。山本家的豆腐不是曾進貢皇室嗎？老闆雖然不會那樣，但老闆娘的態度就有點瞧不起人了呢，大概沒把我們看在眼裡吧。」

離開葡萄園，又去了一個叫五十嵐的地主家。這戶人家和山本家雖然只相隔兩三戶，不過中間夾了一大片田畝，走過去也一身汗了。

北歐風格的大房裡，主人的孫兒們似乎放暑假回來玩，聽得見屋內幾個孩子高聲喧譁。

「吵吵鬧鬧的，眞是不好意思。」

五十嵐太太把麥茶端來玄關。她年約七十，給人穩重和藹的印象。問了關於山本家的事，她就用手托著臉頰說「我們跟他們家不熟耶。」

「您認識山本家的女兒瑠璃嗎？」

「聽說她嫁得不錯？山本太太爲此很開心的樣子。她還說，這樣豆腐店什麼時候收起來不做都沒問題了。只是，後來山本太太總怨嘆瑠璃遲遲懷不上孩子，好不容易第一個孫子出生，以爲接下來兩老可以安享晚年時，山本太太和山本先生卻相繼過世，也眞教人同情。」

「聽說瑠璃小姐當初有回來娘家待產？」

「對，是這樣沒錯。」

「您最後一次看到她，是什麼時候的事？」

「應該是山本先生過世的時候吧。」

「瑠璃小姐小時候，是個怎樣的小孩？」

梶原拋出一個又一個問題，逼得五十嵐太太應接不暇，露出為難的表情：「怎樣的喔……」

「就是個普通的孩子啊，長得很漂亮的千金小姐。雖然山本太太老說她不聽話，一點也不可愛，女孩子不都這樣的嗎？」

這話倒出人意料。從現在瑠璃給人的印象，還以為她小時候應該是個文靜內向，順從父母的「好孩子」。薰子回想瑠璃清雅的氣質與白皙細緻的皮膚，訝異連這樣的女孩也會被說「不可愛」。

「山本太太原本一直要瑠璃招贅，好讓她繼承家裡的豆腐店。因為她自己就是這樣，畢竟人家山本豆腐店可是進貢過天皇的呢。」

說到這裡，五十嵐太太露出促狹的笑容。

「所以啊，瑠璃說要去東京讀短大時，山本太太猛烈反對。不過，別看瑠璃外表那樣，個性可是很好強的，到後來幾乎可說是離家出走。結果最後嫁給了有錢人，挺不錯的啊，山本太太也常掛在嘴上炫耀喔。」

「原來如此，瑠璃小姐個性很好強啊。」

梶原確認了一次。
「也不是真的那麼好強啦……」
五十嵐太太面露困惑神情，收回前言。
「可是您剛才不是那麼說了嗎。」
「請問……瑠璃她怎麼了嗎？難不成是有關沙耶子的事？」
「您知道啊？」
「聽說她溺死在河裡了吧，好像差不多一年前的事？」
「去年九月的事。」
「山本家不幸的事接連不斷呢……」
自言自語的語氣背後，似乎聽得出「幸好不是我家」的弦外之音。
屋內那群孩子們喧鬧的聲音更大了點，聽起來有男有女，大概四、五個小孩吧。
「瑠璃小姐好像有個妹妹？」
瑠璃有個小八歲的妹妹，戶籍登記在老家這邊，人卻下落不明。
是啊。這麼回答，五十嵐太太表情暗了下來。
「你說的是小葵吧。小葵的事是山本家的禁忌，不能提的。」
「怎麼回事？」
「她連國中也沒好好讀完就離家出走了。」
「不知道她人在哪裡嗎？」

五十嵐太太搖搖頭。

「離家出走後，應該一次也沒回來過。就連自己爸爸和媽媽死掉時都沒看她回來。」

五十嵐太太嘆口氣，小聲嘀咕道：「這孩子眞的是……」

離開五十嵐家時，正好有兩個騎著腳踏車的高中女生一邊開心聊天，一邊從面前經過。兩人身上都穿運動服，曬出健康的膚色。薰子心想，當年瑠璃應該不是這樣的高中生吧。總覺得，高中時的她應該就和現在一樣，有著細緻白皙的肌膚和一頭烏黑閃亮的秀髮。

到最後，她終究戰勝了自己的母親。不只如此，她也沒讓母親嘗到落敗的滋味，反而嫁給有錢人，盡了做女兒的孝道。

——生下妳是我的損失。

得知獨生女將不會成爲藥劑師時，薰子的母親沒有發怒。只露出一瞬間驚訝的表情，短暫沉默後，喃喃低語了這句話。當時，薰子以爲自己與母親就此訣別了。當上警察後，即使每隔兩、三年仍會回靜岡老家一趟，心早就與母親分道揚鑣。

然而，升任巡察部長不久，她才發現事情不是自己以爲得那樣。爲了父親的忌日回老家做法事時，把自己升官的事告訴母親，她只一臉無趣的樣子說「關我什麼事」。當時，薰子氣得像是青筋爆裂。幾乎不記得用了哪些話語狠狠痛罵母親，只記得自己撂下一句「妳以爲我想被妳生下來嗎？」

「妳最近好嗎？媽媽很好喔。」

收到這則完全不像母親會寄的訊息，是那一星期後的事。薰子沒有回覆。要是當時有回覆就好了，後來不知這麼想過多少次。問題是，就算要回，到現在薰子也不知道究竟回什麼。

搭乘花長井線，從長井車站前往赤湯車站。

和瑠璃老家的朋友約好兩點見面。

走進東京沒看過的家庭餐廳，在桌上放好一枝紅色原子筆，這是和她約好的認人記號。

「妳在幹麼？」

聽到梶原受不了的聲音時，薰子才赫然心驚，停下手邊的動作。不知是否熱昏了頭，她有點恍神，在冰咖啡裡加了四顆糖漿。

「帶回家我還能理解，再貪小便宜的人也不至於全部加進去吧？」

「不好意思。」

「難怪妳胖成這樣。」

薰子想起佐藤眞由奈也說過類似的話。

「我吃不出甜味。」

「啊？」

這間店冷氣不夠強，梶原心情比平常還差。

「我沒有甜的味覺。」

「什麼跟什麼。」

「鹹的和苦的都吃得出來就是了。」

「妳連舌頭都是傻的嗎？」

一副對這話題不感興趣的樣子，梶原啐了這句後，兀自仰頭喝下自己的冰咖啡。喀啦喀啦咬碎冰塊，又破口大罵「可惡，冰得我牙痛」。

察覺有人來了，薰子抬起頭。

眼前的人緊張地看了看桌上的紅筆，又看了看薰子。她應該就是大槻美樹了。薰子起身問「是大槻小姐嗎？」對方回答「是」。大槻舊姓早川，和瑠璃國、高中都是同學，聽說也是瑠璃最親近的朋友。

「我在電話中也說過，和瑠璃已經好幾年都沒聯絡了。」

大槻美樹忐忑不安地這麼說。她雖然仔細化了妝，臉上細紋和毛孔仍很明顯，看上去比實際年齡顯老。

「妳最後一次見到她，是什麼時候的事？」

梶原這麼問，大槻美樹遲遲回答不出來。嘴裡嘟噥「嗳」、「嗯」、「什麼時候啊……」頭左右歪來歪去。

「她回娘家待產時，妳們沒見面嗎？」

啊，美樹抬起眼睛。

「是沙耶子對吧？她死掉了對吧。」

「妳聽瑠璃小姐說的？」

「不是，我看新聞知道的，好可憐。我嚇了一跳。」

「那麼，她回娘家時妳們沒碰面？」

梶原拉回原本的話題。

「沒見面。她有聯絡我，說要回家生小孩，找時間見面吧，最後還是沒見成。」

「爲什麼？」

「我很期待看她的小孩，可是她卻不知什麼時候就回東京了。她婆婆好像很嚴格，不知道是不是因爲這樣。」

「很嚴格？她這樣跟妳說的嗎？」

「不是，只是我自己從瑠璃的語氣猜測的……啊，我知道了，最後一次見面，應該是在我婚禮上。所以已經是七年前的事了。」

「剛才妳說妳們已經好幾年沒聯絡，大概幾年？」

美樹又「嗳」、「嗯」、「那是什麼時候了啊……」嘟嘟噥噥了半晌，歪著頭說：

「我說不定惹瑠璃生氣了。」

說著，抬起眼睛望向兩人。

「什麼意思？」

「我也搞不太清楚……打電話給她，語氣總是很冷淡，傳訊息給她，她也不回。這類事情持續了一陣子之後，我們慢慢就疏遠了。所以，我根本記不清楚最後　次聯絡是什麼時候的事。換了現在的手機之後連一次都沒聯絡，至少有四年了吧。我猜瑠璃大概在躲我，可是我一點也想不出自己做了什麼討人厭的事啊。」

最後幾句是用自問自答的語氣說的。

「妳以前都和她聊些什麼。」

「聊什麼喔？嗯——聊一些普通的事情啊，像是互相報告近況的感覺。還有就是聊班上同學的事吧，不過，最常聊的還是小孩的事。」

啊，原來是這樣！美樹這麼驚呼後，突然打住話題，兀自點了幾下頭後又說「我可能在她面前表現得太高高在上了」。說這話時，視線從提問的梶原轉移到薰子身上。

「瑠璃雖然比我早結婚，但我比她早生小孩。所以，我經常給她育兒上的建議。瑠璃可能覺得很厭煩吧，仔細想想，對我冷淡正好是在她生了小孩之後的事。我是爲她好才告訴她那麼多，但她說不定有被瞧不起的感覺吧。女生朋友之間不是常有這種情形嗎？」

見對方徵求自己同意，薰子條件反射地點了頭。或許看穿薰子的敷衍，美樹眼中浮現失望神色，一邊轉移視線一邊說「沒小孩的人大概不懂」。

「瑠璃小姐疼小孩嗎？」

視線回到梶原身上的美樹激動回應「當然」。

「畢竟是好不容易才生下的孩子啊。瑠璃不是嫁給有錢人嗎？爲了替家族生下繼承人，我想她一定承受很大的壓力。雖然生的是女孩，幸好她婆婆好像不是那種介意性別的人，所以眞的太好了。我是沒見過她的孩子，但聽說沙耶子的耳朵和指甲跟她先生長得一模一樣？瑠璃老是說『連這種地方都像眞厲害』。結果卻發生了那樣的事，眞是太可憐了。」

美樹似乎不知道瑠璃生了第二個孩子的事。

「瑠璃小姐是個怎樣的人？」

梶原這麼問，美樹還沒想好怎麼回答，他又接著說：「例如個性好強，容易鑽牛角尖，或是難以預期她會做出什麼之類的。」

「我沒有那種感覺喔。」

美樹斬釘截鐵地否定了。

「與其說她個性好強，不如說她很實際，想法也很務實。瑠璃從國中就有點認清世俗的超然傾向。她長得不是很漂亮嗎？也滿受異性歡迎的，可是她總會說，那是因爲我們住在這種鄉下地方，要是去了東京，像自己這種程度的女生完全不會有人注意。她常說自己是『還算過得去的等級』，不奢望太遠大的目標，『只要在還算過得去的等級裡當第一就好』。」

「沒當上第一的話，不是會一直想爬上第一的位置嗎？忍不住跟比自己爬得更高的人比，產生嫉妒的情緒，她說不喜歡自己這樣。瑠璃她媽媽好像就是那樣的人。其實瑠璃他們家經濟狀況滿差的，所以她以前常說，想變成有錢人過好日子。不過，還算過得去的等級就行。她說那樣比較適合自己。這不是一個國中生會說的話吧？總之，後來她就離家了，上短大的學費也是用學貸付的。」

說到這裡，美樹輕聲笑著補充「短大也是還算過得去的等級」。

「所以啊，瑠璃的婚姻應該正符合她的理想吧。雖然不是什麼頂級大企業，但她先生也算是還過得去的公司富二代。還有，他們不住東京對吧？住在埼玉，而且還是埼玉的川越，眞的很有瑠璃的風格。川越在埼玉也算等級還不錯的地方，不是嗎？你們東京人覺得呢？」

梶原什麼都沒說，薰子只好答腔「對啊」。

「那麼，妳的意思是，她不是那種不知道會做出什麼事來的人，是嗎？」

「是啊，雖說個性上有比較冷酷的一面就是了。」

「那她也沒捅過什麼妻子囉？」

「沒有，要說捅妻子的話，應該是瑠璃她妹吧。」

「葵小姐嗎？葵小姐有什麼問題？」

美樹又開始把頭歪來歪去，嘟噥著「嗯——什麼問題喔……嗯——」，最後才豁出去似地開口說：

「她太像小孩子了，或者說發育遲緩？」

「什麼意思。」

「總之就是個怪小孩，也可以說缺乏常識。」

「像是怎麼樣呢？」

「像是全裸在外面走動，把田地破壞得亂七八糟，滿不在乎地偷別人東西……之類的。她還曾拿走瑠璃的內衣，小時候也就算了，國小高年級了還這樣就有點那個了吧。」

「聽說她離家出走了？」

「我覺得她是追著瑠璃離家的，但瑠璃說小葵沒去找她。瑠璃的媽媽很嚴格，家裡只有瑠璃會幫小葵說話。」

「聽說葵小姐的事在山本家是不能提的禁忌？」

「是沒有到禁忌的程度啦，只是把她當作不存在，慢慢地其他人也就對小葵的事情難以啓齒了。畢竟她一個女孩子家，卻鬧出了那些有的沒的事。」

「有的沒的事？」

「請問……你們爲什麼要問這些？瑠璃出了什麼事嗎？」

「正如妳所知，她女兒過世了。」

「可是那不是去年的事嗎？瑠璃做了什麼嗎？」

臉上是擔心得皺起眉頭的表情，眼裡卻閃著好奇的光。

「不不不，只是和她的小孩有關而已。」

「該不會是瑠璃殺的吧？」

美樹用驚訝的聲音這麼問。

「殺誰？」

梶原故意裝傻。

「就是……她的小孩啊。」

這麼回答後，美樹隔著桌子往前探身。

「我先跟你們把話講清楚喔，瑠璃不可能做出那種事，絕對有哪裡搞錯了，那可是她最疼愛的寶貝女兒。」

「這樣啊，她這麼寶貝她的女兒啊。」

梶原露出扭曲的笑容，毫不掩飾赤裸的惡意。

「那當然啊，畢竟她是個母親。」

原來如此原來如此，梶原滿意地嘀咕。

「那麼，對一個母親來說，危害自己孩子的就是敵人囉？」

「這不是廢話嗎？」

美樹不假思索回答。

大槪美樹是兩人來山形的最後一個問話對象。到目前爲止，沒問到任何對解決案件有幫助的線索。然而，除了抱怨天氣太熱之外，梶原沒有任何不滿。即使沒說出口，他似乎已經掌握到了什麼。

薰子自己也完全不打算把渡瀨川瑠璃排除在搜查對象外。

2

「其實我爸爸是被人殺死的。在我家附近，身中多刀死亡。凶手還沒抓到。」

雙手交握在胸前，刻意裝出軟軟的假音這麼說的蟹見圭太，放開雙手後又說：「我認爲第一道關卡就是要讓她這麼說。」

和一星期前一樣的家庭餐廳裡，佐藤眞由奈坐在蟹見圭太對面。

「那個丫頭一定對我有意思，絕對沒錯。所以她才更不想被我知道吧，口風緊得跟什麼一樣。說什麼她爸爸是病死的，也連姓什麼都不跟我說。眞傻，殊不知我全都知道啦。」

一邊說著，一邊以沒有教養的方式笑得噴出嘴裡的食物。蟹見今天也跟上次一樣，點了鐵板漢堡排和生啤酒。

蟹見說他去搭訕了從家裡跑出來的史織。還說他一開始以爲事情會很簡單。

「我只問她怎麼啦？妳看起來好寂寞，沒事吧？她就哭了，我想這下一定很好搞定。」

眞由奈想起櫸樹下的兩人，摀著臉哭泣的史織和撫摸她頭髮的蟹見。他說的就是那天晚上的事吧。

「後來我們又見了兩次面，現在感覺很不錯喔，也有每天傳LINE。」

「妳看。」蟹見朝眞由奈出示手機螢幕。眞由奈心想，讓我看他們傳LINE的內容，蟹見應該是故意想激我吃醋吧。

「妳在做什麼？」「關在家裡」「出來玩嘛」「我是很想啊，可是……」「可是？」「沒事，祕密」「有什麼事都可以跟我商量喔」「謝謝！」

兩人的LINE聊天畫面充滿貼圖和表情符號。尤其是史織，使用了很多「謝謝」貼圖。

「蟹見，你想做什麼？」

「總之先撈錢。」

蟹見先是不假思索這麼回應，接著又說：「當然是爲了眞由奈妳啊。」

「因爲這是小彰彰的遺願嗎？」

「當然啊。」

「可是，要怎麼做？」

「我打算讓那個丫頭拿錢出來。不過啊，她爸被殺掉的身故保險金好像還沒入帳，這倒是我沒料到的事。」

小彰彰沒保壽險。眞由奈認爲這是小彰彰留給自己的某種訊息，代表他根本不想留錢給家人。他一定是希望把一切都留給我，眞由奈這麼想。

小彰彰愛的人只有眞由由，感覺就像他在耳邊這麼對自己訴說。

——不覺得那個應該讓眞由奈來領才對嗎？

想起蟹見說的話。

那是什麼時候呢，印象中好像是蟹見提起犯罪被害補償金時的事。

——小彰彰想把這筆錢給誰，身爲未婚妻的眞由奈一定最明白的吧。

現在終於清楚蟹見爲何那麼說了。那一定是小彰彰想透過蟹見的嘴告訴自己的話。

「你說，他們夫妻感情很差？」

「嗯？喔，夫妻感情啊，對啊對啊，那丫頭說的。說他們夫妻倆平時幾乎沒有對話。」

「幾乎沒有，就表示還是有一點囉？」

「眞由奈自己直接去問她不就知道了嗎？」

「咦？」

「去問那個丫頭啊。」

「直接是什麼意思？」

「下次我讓妳們見個面。」

「什麼意思?」

「就是說,我會跟那丫頭說妳是我的前女友,介紹妳們見面。」

蟹見賣了好大關子的計畫,就是要跟史織私奔。

「那丫頭說她想去個很遠的地方,想在跟現在不一樣的地方用不同的身分重新來過。這不是正好嗎?只要我說『那跟我一起逃得遠遠的吧』,她一定會心花怒放捧著錢來。」

說到這裡,蟹見不悅地嘖了一聲:「就差那麼一點了。」

「都已經成功鼓吹她翻出家裡的存摺,竟然說她找不到印章。不過,裡面餘額也才不到二十萬,現在還不到採取行動的時候。」

「你真的要跟她私奔嗎?」

明知不可能,真由奈還是這麼問,下意識嘟起了嘴唇,做出鬧脾氣的表情。

「怎麼可能,只是裝的啦、裝的。錢一到手就說再見啦。」

「說得也是。」

蟹見喝光啤酒,喘口氣又說:

「說是要賣房子。」

「欸?」

「還說已經掛出售了。」

現在才賣?真由奈怒上心頭。

活著的時候把小彰彰綁在那個陰陽怪氣的房子裡，等他死了才要賣掉？現在才賣也太遲了吧。為什麼不早點放他自由？

「賣房子的錢就由我來接收，眞由奈妳收下犯罪被害賠償金。」

「你覺得小彰彰希望我收下那筆錢嗎？」

「對啊對啊。」

「因為我是他的未婚妻？」

「對啊對啊，因為妳是未婚妻，沒錯。所以，我們努力合作吧。」

「這是小彰彰希望看到的對吧？」

「對啊對啊，妳終於搞懂了。」

「那我該怎麼做呢？」

「把那丫頭逼到想跟我私奔就行了。」

「所以我就是在問你，我該怎麼做啊。」

從不認為蟹見跟小彰彰相似，可是不知為何，眞由奈就是覺得蟹見繼承小彰彰的遺願。

「那就要靠眞由奈妳發揮演技了啊，我已經想好一套完美劇本了。」

「可是，那孩子說不定認得我的長相啊。照片都大大刊在週刊雜誌上了，之前我也曾在小彰彰家附近跟她擦身而過。」

「那種雜誌都是大叔在看，她不可能看過啦。再說，照片不是都打馬賽克了嗎？」

「可是……」

真由奈想起第一次看到史織時的事。小貝比流產的三天後，真由奈見到了史織。那天史織在哭，在生氣，濕潤的眼睛裡閃現怒火，狠狠瞪著真由奈。可是，史織自己似乎沒發現她在瞪人，臉上的表情彷彿在說，她是世界上最不幸、最可憐的人。

我的小貝比可是死掉了呢，最悲傷的是我才對。真由奈想起當時的心情——絕對不能原諒，她暗自發誓。

「我們闖進去吧。」

蟹見湊上臉來。

「闖進去？」

「小彰彰家啊。先去找到存摺和印章比較好吧？」

過去只是經過，從來沒進去過的那個家。真由奈有個感覺，進入那個家的行爲，就代表其中一方將完全從世界上消失。毋庸置疑，消失的一定會是戶沼曉男，她這麼說服自己。

3

我城薫子和梶原造訪山形的隔天，搜查總部再次決定縮編。從本廳來的刑警只留下一人，搜查總部可說近乎解散。連梶原也很快就要回歸本廳了。

「沒辦法啊，搜查陷入瓶頸了。」

走出會議室，梶原這麼說。接著，又自言自語道「老子可沒陷入瓶頸就是了」。去了一趟山形，即使讓他證實了某些想法，實際上卻沒能找到任何線索。

「這下妳覺得爽快了吧。」

梶原對薰子露出不客氣的笑容。

「什麼事呢？」

薰子這麼一問，他又故意裝得若無其事的樣子，模仿薰子說「什麼事呢」。

「我可以不用再當妳這個薪水小偷的保鏢，是覺得滿爽快的啦。」

說完，梶原改變語氣：

「可是啊……那個女人絕對有鬼。」

不用問也知道，「那個女人」指渡瀨川瑠璃。

「不確定只有那個女人還是那對夫妻都有鬼，總之可疑的味道十足，大有問題。」

戶沼曉男遇害那一夜與三井良介摔死那一夜，渡瀨川瑠璃都沒有不在場證明。相反的，丈夫邦一則都有明確的不在場證明。這兩天邦一都去出差，也已取得員工和客戶的證詞了。

「那女人這兩個晚上一定都外出了。」

「那麼，是她一人獨自犯案嗎？」

「妳眞的是白痴。」

梶原用吐口水般的語氣說。

「誰說那女人是凶手了？我說過幾次要妳用用頭腦啦？」

「不好意思。」

「眞要說的話，什麼『想在還算過得去的等級裡當第一』，這種只想偷懶的半吊子目標也讓人很不爽。最不爽的是竟然還眞讓她實現了。」

一邊鑽進搜查車，梶原繼續抱怨，薰子也趕緊坐上副駕駛座。一如往常，梶原並未告知要去哪裡，兀自踩下油門。

車子開上都道十七號線，一路向北開。看來是要去渡瀨川家所在的川越。

「是那樣嗎？」

薰子默默脫口而出，這時都已經上車超過十分鐘了。

「啥？」

梶原做出不耐煩的反應。

「渡瀨川瑠璃眞的只是想偷懶的半吊子嗎？」

「有什麼話想講就講清楚，煩死了。」

「她說出『想在還算過得去的等級裡當第一』這句話時，還是個國中生呢。在周遭理所當然認爲她會繼承家業的狀況下，一個國中生像那樣對父母的期待明確表示拒絕，這不是一件容易的事。實際上，她不但完成自己的夢想，也滿足了母親的需求，這樣的她能說是一個只想偷懶的半吊子嗎？」

梶原沉默了半晌，才歪了歪頭嘟噥「不懂妳在說什麼」。

「講白一點，妳就是想像渡瀨川瑠璃那樣就對了。」

「啊，不是的。」

薰子倉皇否認。

「我看妳到死也不可能啦，長相就差太多了。」

說著，梶原從鼻子裡「哼」了一聲。

自己眞的想像渡瀨川瑠璃那樣嗎？薰子自問。或許吧。又如此自答。

渡瀨川瑠璃當面拒絕了母親的意願。相較之下，自己既做不到那樣，也沒能滿足母親的願望。薰子認爲自己和母親斷絕了兩次親緣。第一次是當上警察時，第二次是痛罵了母親時。隨後，母親就死了。這時才恍然大悟，親緣根本沒有斷絕。別說斷絕，反而扭曲糾纏，變得比原本更粗大。母親死去三年了，那扭曲糾纏的親緣至今仍如假性懷孕的腹部一般，不斷膨脹增大。

「我可能跟女人合不來。」

回過神時，嘴上已說出這句話。

「啊？」

「該說是合不來嗎？我也不知道。」

「妳沒頭沒腦的在說什麼啊？」

「畢竟生下來第一個認識的女人是母親。」

大概覺得麻煩了吧，梶原不再說話。

明知對方不耐煩，薰子仍無法控制脫口而出的話語。

「總覺得，這起事件不管走到哪，最後面對的都是女人。這樣的我，眞的派得上用場嗎？不，我也知道自己本來就派不上用場。但是，這樣的我眞的有資格參與搜查嗎？」

察覺車內陷入沉默，薰子非常後悔。想說不好意思，又覺得說了更後悔，只好閉上嘴巴。

梶原無言打了方向燈，渡瀨川家就快到了。

「不是那樣吧。」

盯著前方的梶原說。

「什麼？」

「正因爲不懂，所以才會想搞懂啊。察覺自己不懂的傢伙更強吧，不是嗎。」

薰子忍不住望向梶原。

無法從那張粗獷的側臉讀取任何情緒。不久，梶原揚起嘴角，嗤之以鼻地說「反正，妳再怎樣強也只是個笨蛋薪水小偷。」

發現自己忘了呼吸，短短呼出一口氣，發出類似在笑的聲音。

目的地的房子出現在左側視野裡了。

「好，走吧。」

把車停在渡瀨川家正門外，梶原這麼說。

「來稍微試探一下那個女的吧，就當我留給妳的紀念品。」

下車後，梶原按了電鈴。暫時沒有人回應，他又以近乎騷擾的方式持續按鈴，對講機終於傳出女人生硬的回應聲。

「是渡瀨川瑠璃女士？不好意思，我們是警察，可以開一下門嗎？有點事想跟妳談談。」

對講機沒有反應。梶原提高音量繼續說：

「是這樣的，昨天我們去了渡瀨川太太妳娘家所在的山形縣長井市。哎呀，眞是個悠閒的好地方呢。原來太太妳娘家是開豆腐店的啊，還曾進貢皇室，眞是厲害啊。附近鄰居也跟我們聊了不少喔。」

「請進吧。」

門打開，穿白洋裝的渡瀨川瑠璃出來迎接。從說著「請進」的她身上感受不到一絲緊張。客廳裡沒看到她女兒的身影，客廳旁的房間門敞開著，看得見裡面鋪著棉被。察覺薰子的視線，瑠璃說「她在睡午覺」。只有說這話時微微露出笑容。

刑警爲何來訪，又爲何去了她山形娘家，渡瀨川瑠璃都沒有主動問原因。將麥茶放上茶几，自己也淺坐沙發，雙手放在腿上。表情有點嚴肅，擺出準備傾聽來意的姿勢。

「渡瀨川太太，妳認爲我們今天爲何而來？」

一口氣喝光杯中的麥茶，梶原也不兜圈子了。

「我不知道。」

「眞的不知道？」

「對，要再來一杯茶嗎？」

瑠璃正要起身，梶原伸手制止。

「太太，妳對『想在還算過得去的等級裡當第一』這句話有印象嗎？」

瑠璃點點頭，不置可否。

「這是從妳學生時代朋友口中聽到的話，是誰我就不說了，總之，聽說妳從國中就以『在還算過得去的等級裡當第一』爲目標，是吧？現在夢想實現了呢，眞好啊。是說，看在我這種月領低薪的人眼中，何止是還算過得去，妳過的根本就是極盡奢華的生活呢。這就是妳所謂的還算過得去嗎。哎呀，目標還眞是遠大，現在是不是心滿意足了呢。覺得自己很幸福吧？恭喜妳啊。」

梶原故作誇大地低下頭。再度抬起頭，換個語氣說「不過啊」。

「女兒身亡的事，破壞了妳的幸福，使妳成爲一個可憐人，站上受周遭同情的立場。還有，妳那個婆婆，個性實在很尖酸刻薄呢。妳被她罵慘了吧，她一定會說什麼都是妳的錯。對了，妳女兒的死，眞的是意外嗎？」

聽到這裡，原本低垂視線的瑠璃詫異地抬起頭。

「老實說，渡瀨川太太妳認爲那是意外嗎？」

「不是意外，會是什麼？」

「就算是意外，那眞的是無法避免的意外嗎？現場那麼多大人在，爲什麼她還是沒能得救呢。講得難聽一點，都是沒看好自己小孩的太太妳不好。實際上妳　定也被人這麼說了吧？」

梶原補上一句「眞可憐」，但語氣裡一點都沒有同情的意思。

瑠璃黑色的眼瞳微微顫動，眼中浮現的淚水瞬間滑落。她哭得很安靜。

「我們的看法是，令嬡的意外和戶沼曉男先生的事件之間，或許有什麼關聯。」

梶原口中的「我們」，只不過是自己和薰子。

「當然，我也認爲三井良介先生的死，和戶沼曉男先生的死有所關聯。」

這是唬人的。三井良介摔死的意外經過多次查驗，還是沒有發現新的事證。大致上來說，兩起案件之間應該沒有關聯。

「太太，妳心裡沒個數嗎？」

瑠璃依然低垂視線，好一會兒都沒反應。最後，她擦乾眼淚，抬起頭。

「我不知道，到底怎麼回事？」

「我在這說說，妳也聽聽就好。殺害戶沼先生的凶手，是個女人。」

瑠璃表情不變，那張臉依然是爲死去孩子流淚的可憐母親。

「所以啊，我們請所有參加露營的女性都提供了指紋。當然，這麼做只是保險起見喔。只要能抓到凶手，大家都很樂意協助。唯一不願配合的，就只有渡瀨川太太妳了呀。爲什麼不行呢？能不能請妳提供指紋呢？遇害的戶沼先生，他太太每天都在哭。說他們家有兩個孩子，今後不知道日子該怎麼過下去了。孩子們也很可憐呢，父親被人那樣殺死，他們受到太大的打擊，現在都振作不起來了。渡瀨川太太，妳應該能夠理解他們的心情吧？」

像是把梶原說的話當成耳邊風，瑠璃既不肯定也不否定。

「有目擊證人喔。根據對方證詞繪製的肖像畫啊，和渡瀨川太太妳很相像呢。不，我說這話不是在懷疑妳。只是，爲了盡快破案，希望妳配合提供指紋而已。拜託了，這是請求。是我們警方的請求。」

說完後，梶原也保持了沉默。

耳邊只剩下蟬聲與行經屋外的車聲。不知是否梶原剛才那番話提高了室內溫度，冷氣機發出運轉的聲音。

「可以不要告訴我婆婆嗎？」

瑠璃小小聲地說。

「妳是說提供指紋的事？當然可以啊。」

「不是。」

「啥？」

「我女兒發了高燒。」

停頓了兩三秒，瑠璃略顯遲疑地說：

「之前，刑警們問我有沒有不在場證明時，我回答自己晚上都在家。」

「對啊對啊，我記得呢。妳說自己六月十日晚上到十一日早上都在家。很不巧的是，沒人能爲妳證明這一點。」

「那時我先生去出差了。」

「去栃木對吧，妳先生的不在場證明因此成立。」

「那天夜裡，我女兒發燒，我帶她去醫院看急診了。」

「幾點的事？」

梶原一邊問，上半身一邊前傾。

「應該是晚上十一點左右。」

「妳們怎麼去的？」

「叫計程車。」

「幾點回來？」

「我想應該是兩點前。」

「回來也是搭計程車嗎？」

「對，我有固定配合的車行。」

「這件事妳確定嗎？」

「對。」

「爲什麼之前不說？」

對不起。瑠璃這麼說著低下頭，柔順的黑髮落在洋裝領口。

「因爲上次我婆婆也在，所以我說不出來。」

「爲什麼？」

「要是她知道我送小孩去急診，一定會罵我連孩子的身體健康都管理不好，或是說些『連孩子發燒都沒發現的人哪有資格當媽』、『妳想害死美月嗎』之類的話。」

梶原深深嘆氣，像是要發洩內心的失望與憤怒。

趁他還沒開口，薰子提出疑問：

「過去容子女士也曾對妳說過那樣的話嗎？」

「是我不好，婆婆會那麼說也是沒辦法的事。可是，只要婆婆責問我，外子就會幫我說話，害他們母子感情失和。我求求你們，這件事請對我婆婆保密。」

梶原問了計程車公司是哪間，丟下一句「保險起見請容我們確認」就從沙發上起身。

「之前一直沒說清楚，眞的非常抱歉。」

送兩人到玄關，瑠璃低下頭這麼說時，薰子把從去山形時就感到難以理解的事問出口：

「爲什麼妳會回娘家呢？」

面對這個問題，瑠璃顯得有些失措。

「我的意思是，生沙耶子的時候。我們從妳在山形時的老朋友哪裡得知，妳是因爲討厭老家才會到東京來。既然如此，爲何選擇回娘家待產？如果是我，應該不會回娘家待產吧。」

「刑警小姐也有小孩嗎？」

「不、不是的，我只是舉例。」

瑠璃輕輕笑了笑。

「我也不想啊，可是沒辦法。正好那時在新加坡成立分公司，先生得在那裡出差一陣子，婆婆又跟朋友計畫去搭郵輪旅行。如果我出了什麼問題，她就不能玩得開心了。所以，爲了放心出去旅行，婆婆堅持要我回娘家待產。」

「原來是這樣啊。」

一方面心想「她果然不想回娘家」，另一方面也覺得，她應該很想回娘家讓母親看看自己離家之後過得有多幸福吧。

一小時之後，渡瀨川瑠璃的不在場證明正式成立。

詢問計程車公司，六月十日晚上十一點七分確實有派車到渡瀨川家接母女兩人，從醫院送她們回到家的時間則是隔天凌晨一點十三分。也和醫院急診室確認過，正如瑠璃所說，她當時的確帶了發高燒的女兒美月去看診。

戶沼曉男遇害的時間在十二點五十分至兩點中間。末松勇治郎則表示那個女人上他的車是一點左右的事。這麼一來，渡瀨川瑠璃犯案的可能性完全消失。

然而，梶原依然緊咬著她不放。

「這樣的話，那個女人隱瞞的到底是什麼？」

在這個疑惑沒有解開的狀況下，搜查總部繼續縮編，梶原也必須回歸本廳了。

心想暫時沒有機會再見面，沒想到，四天後薰子接到梶原打來的電話。

「妳知道嗎？」

劈頭就這麼問。

「什麼？」

「看這樣子是不知道吶。眞是的，還是一樣沒用。告訴妳，輪到渡瀨川邦一了。」

「咦？」

「昨天，他從新宿車站月台跌下去。」

「後來呢？」

「『後來呢』？妳誰啊，耍什麼大牌。想知道就自己去查啊，薪水小偷。」

「對不起。」

「不覺得時機太巧了嗎？」

「嗯？」

「我們才剛試探完那女人就發生了這種事。這麼一來，她的不在場證明成立，先生又變成了被害人，未免太完美了吧。我就是看這點不爽。」

說完這些，梶原兀自掛了電話。

接到新宿署聯絡前，薰子還以爲渡瀨川邦一死了。不過，聽說他只是手臂和肩膀骨折。渡瀨川邦一從新宿車站山手線月台跌落，是昨晚十一點四十分的事。當時他正準備前往品川的飯店，發現自己不小心下錯到反方向的月台，打算回頭時就跌下去了。聽說當下月台人多擁擠，多虧察覺騷動的車站職員按下緊急停車的按鈕，才沒有釀成大禍。那天渡瀨川邦一和工作夥伴聚餐，似乎喝了不少酒，被認爲是酒後不小心造成的意外。但是，他本人堅持「總覺得有人推了我」，因此目前警方正在調閱月台上的監視器。

「和戶沼曉男的事件不知道有沒有關係呢。」

薰子的部下石光這麼說。

搜查總部縮編後，薰子改與石光搭檔。負責調查被害者相關人士的也只有他們兩人。

「會不會是被同一個凶手盯上了？」

「你自己想啊。」

未經深思這麼說出口後，薰子自己比石光還吃驚。這語氣未免和梶原太像。

「學姊，妳怎麼了？」

「沒有啦，沒什麼。那麼，石光的看法呢？你繼續說。」

「我是覺得，應該不是同一個凶手犯的案啦。否則這手法也太粗淺了吧，真想殺人的話，應該趁電車進站時推下月台才對啊？」

「只不過，這已經是第三個了。參與那次露營的八個男人，在這五個月當中就死了兩人，一人遇到意外事故。」

「這麼說來，果然還是同一個凶手？」

石光輕易就改變了想法。

今後必須考慮到這幾起案件皆出於同一凶手的可能，這是課長的判斷。然而，直到新宿署的搜查工作告一段落，薰子他們都被禁止直接找渡瀨川邦一問話。

4

不想回家的心情一天比一天強烈，甚至到了懷疑自己「這麼不想回家眞的沒問題嗎？」的地步。

戶沼杏子插進鑰匙，把門打開。撲面而來的混濁空氣差點讓她吐出來。最近，她發現家裡很臭。黴臭味與灰塵的氣味，還有生物分泌物的氣味。如果把一顆放在陰暗處的石頭翻過來，大概就會聞到這種氣味。這氣味不是最近才產生的，一直以來都有，只是因爲習慣了才沒注意到。

這種氣味來自自己，來自丈夫、來自孩子，也來自趁特價時買的納豆、吐司和雞蛋。來自一家人死氣沉沉的生活，來自那些放棄擁有的夢想與希望的殘骸。

杏子感到厭倦。

打開客廳電燈，冷氣已經關了，但從室溫可以得知一小時前還開著。餐桌上有看似喝過麥茶的茶杯，滿地都是零食渣。流理台裡堆積著亂七八糟的髒碗盤，瓦斯爐上用過沒洗的平底鍋還放在那。平底鍋邊緣黏著乾掉的豆芽菜，看到這個，杏子想起自己晚上出去打工前急著炒了菜。

這就是我的現實嗎？杏子恍惚地想。黏在平底鍋緣的豆芽菜彷彿象徵著自己。

有股想要丟棄一切的衝動。把平底鍋和髒碗盤全部一起裝進垃圾袋，眞想把這個家塞進去丟掉。

客廳的門打開，穿著T恤和運動褲的史織走進來。只瞄了母親一眼，就像沒看見似逕自打開冰箱。

強忍煩躁的情緒，杏子對著史織的背影說「我回來了」。女兒依然背對這邊，只回答了一聲「嗯」。

「『嗯』什麼？還有其他該說的話吧？」

煩躁明確轉變爲瞬間翻湧而上的火大。

「我爲了養你們，白天晚上都在工作，妳可以不要這麼自私嗎？稍微幫一點忙會怎麼樣？髒碗盤不用我說也可以自己洗起來啊。吸塵器難道不會用嗎？別再讓我更累了好嗎？」

什麼都沒拿，史織又把冰箱門關上，繼續背對母親。

「別杵在那裡不說話，妳倒是回話啊。」

「……妳剛說『我』？」

「咦？」

史織終於朝母親轉過身。

「講到自己的時候，妳用了『我』吧？以前都自稱『媽媽』的。」

「碰巧而已。」

「爸爸死了，妳其實很高興對不對？」

「妳在胡說什麼。」
「覺得自己自由了？」
「夠了喔。」
「接下來換嫌小孩礙事了嗎？」
「我要生氣了喔。」
「媽媽，妳變了。」
史織的聲音冷淡。
「什麼啊，我哪有變，一點都沒有啊。」
杏子的聲音激動嘶啞。
「以前妳從來不會讓我們連吃三天咖哩。」
「我很忙啊，有什麼辦法。再說，今天不是還多炒了青菜嗎？抱怨那麼多就不要吃。」
「妳以前不會說這種話的。」
「不要揪我的小辮子。」
「妳沒發現我染頭髮了吧？」
被史織這句話殺了一個措手不及，杏子頓時語塞。
眼前的史織已恢復黑髮。她什麼時候染回去的呢？感覺好像很久沒看到黑髮的女兒了。
「我有發現媽媽染頭髮了喔，妳染了明亮的淺色。」
女兒彷彿看透連自己都沒察覺的內心深處，令杏子湧上一股又羞又愧的感覺。

「若松家的阿姨說『妳爸死了之後，妳媽好像變年輕了呢』。」

「那個人活著就爲了講人閒話，不要理她。」

史織雙手往後擺，整個人靠在冰箱上。眼神既像指責又像挑釁，但同時也非常陰鬱。

就是這樣我才不想回家，杏子想。不想看女兒這張臉，更不想聽她口出憤恨與抱怨。

史織的視線忽然往下轉移，嘴裡喃喃地說：「爸爸或許眞的很可憐。」

這話聽在杏子耳中就像在否定自己。

「爲什麼？可憐的是我們吧？妳爸在外面養女人，錢都拿去給她，還買鑽石項鍊送她。我們一直被妳爸欺騙啊，這樣史織還要站在爸爸那邊嗎？」

「室蘭那個老太婆不是說過嗎？說爸爸很可憐。那時，我只覺得這老太婆胡說八道什麼，但是最近，我開始有點懂她的意思了。爸爸可能很寂寞吧。」

「爲什麼妳甚至要站在奶奶那邊？」

婆婆至今仍會定期打電話來，開口就是問「曉男的墓進行得怎麼樣？」，明明墓地的錢她自己一毛都不出，就只會指揮人，臉皮眞的有夠厚。

想起婆婆，厭倦的情緒比剛才更鮮明了。

「爸爸爲什麼會被殺呢？」

史織依然望著下方，動作像是想踢走腳邊的小石頭。

「好像跟露營有關。」

聽杏子這麼一說，史織驚訝地抬頭。

「去年秋天，我們不是去露營了嗎？說不定是去露營的關係。」

「爲什麼？」

「我也不知道，可是警察問了我一堆事，像是露營時妳爸有沒有哪裡特別奇怪之類。」

猶豫了一下要不要連三井良介死掉的事都說出來，最後決定還是不說了。

「爲什麼？」

「就說我不知道了啊。」

幾秒鐘的沉默後，史織擠出一句「那次露營眞的好討厭」。

「是啊。」

「眞想忘了那次的事。」

「是啊，不但我們自己丟臉，還發生了那種事。」

「爸爸那時眞的爛透了。」

史織的聲音尖銳起來。

「爸爸怎麼了？」

「其他人的爸爸都下河去找那個小孩，只有爸爸沒下去。」

果然只有丈夫沒下水啊。這麼一想，除了生氣之外，更覺得丟臉了。

「他不會游泳，又討厭衣服弄濕吧。妳爸就是這種人啊。」

「不光只是這樣喔，他還說了那種話。」

「哪種話？」

「那個小孩的媽媽當時都陷入混亂了，爸爸還指責對方說，妳爲什麼不看好自己的孩子，身爲母親這樣不行吧。他幹麼說那種自以爲是的話啊，自己連下河都不願意，只會在那邊空手走來走去，居然有臉說那種話。我那時眞的覺得爸爸好不識相。」

杏子不知道這件事，但也不意外。

不難想像他是怎麼滿不在乎地對人家說「爲什麼不看好自己的孩子」。他一定是想展現優越感吧。既沒有車能開去，又不會生火，連點討喜的話都講不出來，被周遭的人當成空氣一般視若無睹。所以他才想靠講這種強勢的話來一口氣扭轉立場吧。

正如史織所說，丈夫的言行舉止就是不識相又雞腸鳥肚。

「總不會因爲這樣就死了吧？」

怎麼可能。杏子笑了。

「要是每個人都爲了這點小事就被殺，人類早滅亡了吧。」

「也是。」

史織總算有點笑容了。

鬆了一口氣後，杏子又想起一件事。

「史織，妳晚上是不是跑出去過，很晚才回家？」

「很晚是多晚？」

「十點、十一點啊。」

「是優斗告的狀吧？我只是去便利商店買麥克筆。」

看一眼牆上時鐘，史織丟下一句「我要睡了」就走出客廳。時間已經接近十二點半了。總覺得年輕的史織散發的熱度令室內溫度一口氣上升，杏子打開冷氣。看一眼髒亂的廚房，不由得嘆氣。

這就是現實嗎。剛才想的事再浮上腦海。這就是我的容身之處嗎？我只有這裡能待了嗎？有件事還沒告訴任何人。今天中午，不動產公司聯絡說，房子可能快賣出去了。不只如此，對方開出的價錢幾乎跟杏子提出的要求差不多，條件可說很不錯。房仲還問杏子有沒有申請犯罪被害補償金，他說只要去申請，就能獲得一筆不小的補償金。杏子根本不知道還有這種制度，房仲問「警察沒跟妳說嗎？」，杏子才想起警方還在懷疑自己的事。為了平息再度襲上心頭的怒意，杏子對自己說算了，隨便警察怎麼想，自己只要能拿到錢就好。

杏子想起廚師織田。他現在正在休中元節的假。

「我再買伴手禮回來喔。」休假前一天，織田偷偷對在員工休息室裡的杏子這麼說。「哎呀。」杏子微笑回應，織田就露出惡作劇般的笑容說「只有戶沼小姐才有」。接著，他把聲音壓得更輕，一邊說「那麼到時候——」一邊慢慢撫摸杏子的頭髮。看到杏子瞬間臉紅的模樣，說著「好可愛」的織田走了出去。

於是杏子明白，織田口中的「到時候」指到時候瞞著大家，兩人單獨去喝酒，之後進行比撫摸頭髮更親密的行為。

然而，現在自己卻只能在這裡洗孩子吃過的髒碗盤和黏了乾豆芽菜的平底鍋。簡直就像除了做這種事之外別無可取之處的女人。

只要待在家，滿腦子就都在想這些，莫名煩躁起來，坐立不安。好像非得現在馬上離開這裡去個什麼地方才行。

被織田撫摸過的左側頭部還熱熱的。掌心的觸感至今仍清晰，彷彿他仍在撫摸著自己。杏子把手擦乾，走進和室。忽然想看一下存摺。

打開放有丈夫骨灰罈的櫃子抽屜時，瞬間浮現一股不太對勁的感覺。銀行存摺和這棟房子的權狀，放在從上往下數來第二個抽屜。只是，現在這兩樣東西放的位置，和自己記憶中的有些不符。這種感覺，就好像看見有人模仿自己的筆跡寫字。

檢查了一下，沒有遺失任何東西，做出可能是錯覺的結論。以防萬一，杏子快步走出和室，想去檢查印章還在不在。

第五章　最悲傷的是誰

1

渡瀨川瑠璃走在昏暗的巷弄內。

剛才走過的環狀七號線上車水馬龍，現在這條寬度勉強可供一輛車通過的巷弄內卻是安靜無聲，走進來之後連個人影都沒看過。

聞到線香的氣味。

這不是錯覺，因爲這一帶本來就有不少寺院。巷弄右側是一道長長的寺院圍牆，左側則有行道樹和水泥高牆聳立。

一邊走，瑠璃想，天好藍。

實際上天空並不藍，只是亮。但她就是這麼想。

時間已經過晚上十點了。和巷弄裡沉重的昏暗相比，天空的顏色更繽紛熱鬧。地面和天空彷彿各自流動著不同的時間。

線香的氣味愈來愈濃。

兩側開始出現墓地。數不清的卒塔婆（註）豎立其中，彷彿朝天空伸長了手。那全都是死

註：日本佛教徒立於墓前的塔型長條木板，上書有經文。

者的手，死了仍尋求著某種救贖。這幅光景，看在瑠璃眼中只覺滑稽。

把肩背包換到左肩。光是多放了一把菜刀就變得這麼重，是因爲那東西能奪走一個人的生命嗎？可是，反過來說，也代表一個人的生命輕得可以掛在肩膀上。

除了自己和對自己而言重要的人，其他的人命都沒有價值。應該每個人都是這麼想的吧。除此之外的生命，就只是「其他的許多人」而已。葡萄園裡少了一串葡萄，誰都不會在意，就跟這一樣。

除非那串葡萄是特別的葡萄，那又另當別論。

這麼一想，忽然覺得很好笑，瑠璃的嘴角扭曲起來。

——進貢皇室的豆腐。

想起母親說的話。

那個人就只會緊抓著這個不放。都已經是幾十年前的事了，不過就只是個豆腐，替代品要多少有多少。

瑠璃恨死了那樣的家。

自己求的不多，只求能活得隨心所欲。

懷孕那時，覺得已經獲得所有想要的東西了。自己想要的東西就是溫柔的丈夫和可愛的孩子，加上稍微富裕一點的生活。終於明白，自己想要的就只是這樣而已，心情平靜下來，心想「已經不求更多了」。只要不貪心就不會失去什麼，對當時的瑠璃而言，這是理所當然的想法。

可是，事實並非如此。

每踏出一步，都能感受到憎恨不斷從丹田底下湧出。拚命克制想跑上前的雙腿，不斷小口呼氣，身體開始顫抖。

巷弄盡頭是有著厚重大門的寺院。走到底左轉，前方的人影映入眼簾。從腳步看來，那個人好像心情很好，正在漫無目的地散步。

那傢伙果然不知道自己做了什麼——

腦中有什麼破裂了。超越極限的憤怒奔流而出，瞬間將瑠璃吞噬。

打開包包，右手緊握裡面的菜刀，腳步自然而然加速。

那傢伙沒有發現。彷彿聽得見正在哼歌的那個背影，大概把自己做了什麼全忘光了吧，活得毫無一絲罪惡感。

距離那毫無防備的背影，只剩下二十公尺了。

握住菜刀的手更用力，腳步愈來愈快，剩下十公尺。

2

我城薰子的視線沒有離開過坐在偵訊室椅子上的渡瀨川瑠璃。

瑠璃挺直背脊，雙手疊放腿上。臉朝正前方，視線卻低垂，不與任何人四目相接。

昨晚十點二十七分，她因違反槍刀管制條例，被警方以現行犯身分逮捕。地點是離新高圓寺不遠的堀之內路旁。從一條陰暗巷弄底轉出來時，清楚看見她的手上握著利刃。

「等一下！」薰子大喊，瑠璃身體失去平衡。壓制住她的人是石光，瑠璃沒有反抗。右手遲遲沒有放開菜刀，是因爲手指太用力而僵硬的緣故。好不容易從她手中拿走菜刀，薰子的視線回到前方暗處時，已經沒看見人影。然而，那裡剛才確實有個人。因爲瑠璃就是握著菜刀往那人跑去的。

薰子只瞥見那個人影幾秒鐘的時間。大喊「等一下」時，視野角落裡的那個人也有轉過頭來。只是當下，薰子的注意力都放在持有菜刀的瑠璃身上，石光似乎也一樣。

「那是什麼人？」

昨晚已經問過幾十次的這個問題，石光又問了一次。

「妳爲什麼帶著菜刀？想拿那把刀做什麼？」

和外表給人的印象不同，石光非常有耐性。他一點也沒有露出厭煩的樣子，反覆詢問同樣的句子。

「就我看來，妳像是要拿菜刀去刺殺走在前面的人，對嗎？如果不是的話，妳可以說明一下當時在做什麼嗎？」

故意用超乎必要的語氣強調語尾，這是爲了激怒對方。不過，瑠璃從頭到尾面無表情。

「渡瀨川太太，妳打算刺殺誰？認識的人嗎？還是不認識的人？應該是認識的人吧？那是誰呢？」

被逮捕後，瑠璃一個字都沒有吐露。

像是徹底扮演一個人偶。看著她排除一切情感的臉，薰子這麼想。看來她接下來也打算什麼都不說了吧。

眞不像她會做的事。薰子又這麼想。

那麼毫無防備且粗糙的犯罪手法，和瑠璃給人的印象相去甚遠。不過，渡瀨川瑠璃確實有手持菜刀襲人的一面。

無法忘記昨晚她的表情。

失去血色的蒼白面容，張大的眼睛裡閃現異樣光采，狠狠瞪視虛空。緊咬下唇，一縷髮絲跑進嘴裡。剎那間，薰子想到的是般若。一開始，瑠璃甚至沒有發現自己被石光壓制，一心還只執拗地想上前追殺那個該殺的對象。

話說回來，瑠璃下手的目標到底是誰？

已經與所有參加露營的人聯絡過，昨晚沒有人在堀之內。

昨晚將近九點，瑠璃離開了丈夫入住的醫院。她在醫院前搭上計程車，搭到新宿車站西口下車。之後，轉乘丸之內線到新高圓寺。從車站到案發現場，約徒步二十分鐘的距離。

從離開醫院到現場，中間她都沒有表現出猶豫的神態。可見這次的行動全在計畫之中。

和她丈夫跌落新宿車站月台的事有關嗎？梶原曾說時機太巧，就在瑠璃的不在場證明成立後，她的丈夫也成了被害人。一切都太完美了。就差沒說邦一跌落月台的事是自導自演。

「妳先生嚇到了喔。」

石光這麼說，瑠璃的嘴角有些微抽動。

「他說一定是哪裡搞錯了，他不相信。也難怪他啦，一般人怎麼想得到自己妻子竟然意圖殺人呢。妳女兒現在好像在妳婆婆那邊。美月小妹妹，才兩歲。找不到媽媽一定很不安吧？妳什麼都不說的話，不知道什麼時候才能見到孩子的面喔。」

瑠璃抬起視線，嘴角鬆了一下。似乎想說什麼，最後還是改變了主意。

「怎麼了？要是有話想說，最好趕快說清楚。」

石光這麼問的時候，瑠璃的視線已再度下垂。

一直到傍晚，邦一委託的律師來會面，對瑠璃的偵訊才告一段落。瑠璃一句話都沒有說，薰子和石光意見一致，認為再這樣拖下去也沒意義。與其如此，倒不如趕在明天之前多去找一些證據或線索。距離送檢還有一天又幾小時，繼續這樣下去，不起訴的可能性很高。

薰子按壓太陽穴，回想昨晚看到的景象。

從巷弄盡頭左轉時，看見瑠璃右手上的菜刀。當時她的前方十公尺處有個人，薰子喊「等一下」的瞬間，那個人曾經回過頭。對方應該有看到瑠璃被以現行犯逮捕的一幕，也應該有聽見薰子和石光說「放下菜刀」、「在此以現行犯將妳逮捕」的聲音。

由此可知，對方應該知道自己是瑠璃下手的目標，為什麼當場離開了呢？一旦無法確定對方是誰，就無法以殺人未遂的罪名問罪瑠璃。

現場沒有目擊者，附近也找不到與渡瀨川家有關聯的人。正打算出發打探消息時，警署接到指名找薰子的電話。是個叫田茂松子的人，薰子對這名字毫無印象。

「那個，我是聽五十嵐家的人說的。」
對方是個說話帶有含混腔調，聽起來上了年紀的女性。
即使聽到五十嵐這名字，薰子仍未馬上想起來，重複了一次「「五十嵐？」
「就是，我聽五十嵐太太說，上次有刑警從東京去問了關於瑠璃的事？」
終於想起來了，是瑠璃娘家附近那戶姓五十嵐的地主。
「請問，是瑠璃殺的嗎？」
語氣裡夾雜著怯懦。
「您指……？」
「去年，瑠璃的小孩不是死在河裡嗎？那個……難道不是瑠璃殺的嗎？」
「您爲什麼這麼認爲？」
田茂不吭聲了。薰子再問一次，她依然不回答。
「田茂女士，您現在在山形嗎？」
薰子換了個話題。
「我在千葉，三年前搬來的。」
「從山形搬過去是嗎？」
短暫沉默後，田茂才喃喃低語「好嚇人啊」。
「您很害怕，是嗎？因爲害怕所以搬了家？」
沒有回應，但感覺得到她肯定這個答案。

「您怕的是什麼呢？」

「怕下次搞不好輪到我了。」

「輪到您？您指什麼呢？」

「瑠璃她媽和她爸，不是陸續過世了嗎？所以，我擔心下一個會不會輪到我了。」

「這是怎麼回事？」

田茂又嘟噥一次「好嚇人啊」，接著便沉默不語了。

她說不定會直接掛掉電話。薰子強忍馬上提問的衝動，盡可能用溫和的語氣說：

「對了，田茂女士，您和渡瀨川瑠璃是什麼關係？」

從田茂的呼吸聲中，感覺得出內心的糾結。

薰子直覺認爲，插在田茂喉嚨裡那句話，將會成爲解決一連串事件的關鍵。

這一瞬間，心臟猛地跳了一下。加速的心跳化爲耳朵深處咚咚作響的脈搏聲，手心滲出汗水。薰子自我分析，這是出於緊張。

即將出現超乎想像的事物了。薰子無法不這麼想。不讓田茂注意到自己深深吐出一口氣，等待那句話從她喉嚨裡脫落。

3

約好的那天，一早就下起大雨。

小彰彰死掉那天晚上雨也下得很大。這不是巧合，或許是小彰彰的遺願。佐藤眞由奈從中感受到註定的命運。

眞由奈現在來的地方，是與府中車站相通的大型購物中心。

時間已過十一點半。四樓的咖啡店內，蟹見和小彰彰的女兒應該已經碰面了。自己也得趕快去那間咖啡店才行。

等一下，眞由奈要以蟹見前女友的身分找上咖啡店裡的他們，接著逼迫蟹見從「還錢」或「跟自己結婚」中二選一。蟹見會說「我跟妳已經分手了」，眞由奈就要說「還沒有分手」。當然，兩人都會使用假名，設定上，眞由奈的父親是黑道，被逼得走投無路的蟹見向史織提議兩人一起逃離這裡。

就算對方是國中生，這種劇本也不可能騙得了人吧。第一次聽蟹見描述時，眞由奈這麼想。可是，現在改變主意了。這一定是小彰彰的遺願。

小彰彰希望那筆錢由我收下。他一定不想把錢給他的家人。小彰彰就算死了也會優先思考我的事。他愛的是我。這證明了他是高橋彰，小彰彰才不是戶沼曉男。戶沼曉男是虛僞的存在，得讓他家的人明白這點才行。

站在咖啡店入口時，察覺自己雙腿打顫。

往店內望一眼，看到蟹見了。坐在他對面的是一個黑髮女孩。上次在櫸樹下看到時，她還是一頭金髮，現在好像染回了黑色。蟹見對她露出討好的笑容。

幾個初老的女人鬧哄哄地從站在店門口的眞由奈身邊走過。

小彰彰，你看著吧。

在心裡對小彰彰這麼說，眞由奈邁開腳步。等一下要對蟹見說的第一句話是「你在這裡做什麼」，接著大吼「這女人是誰」。

蟹見發現眞由奈了，刻意裝出驚訝的表情。

「哎呀，史織，妳在這裡做什麼？」

眞由奈還沒開口，剛才經過身邊那老女人三人組中的一個就先這麼說了。

「對喔，還在放暑假。什麼嘛，那就好。要不然，看到妳大白天的卻在這種地方混，阿姨會擔心妳是因爲爸爸的事件拒絕上學呢。對了，聽說凶手還沒抓到？大概知道是誰了嗎？警察有沒有說？」

「若松太太，妳太大聲了。噓——」

「有什麼辦法，就很恐怖啊。這可是殺人事件，妳不住附近才會無關緊要，誰知道凶手會不會還在附近遊蕩啊。要是被波及那怎麼辦？問了他太太也只會說不知道，我看只是不肯跟我們說吧，怎麼可能不知道。」

蟹見忘了演戲，看了看那個初老的女人，又看了看史織。

「我說史織啊，妳眞的什麼都不知道嗎？妳媽沒說什麼？對了，妳媽最近每天都很晚才回家，是不是開始做那種晚上的工作了啊？警方好像也懷疑過妳媽，現在沒問題了嗎？妳爸媽感情不太好是不是？」

史織站起來，推開女人就往外跑。眞由奈只瞄到一眼她的側臉，嘴唇咬得很緊。

「啊，等一下呀史織！」

蟹見急忙追上，一邊追，一邊回頭對眞由奈丟下一句「錢給妳付」。

「那什麼態度啊，連招呼都不打。有那種父母，難怪有這種小孩。」

聽著背後女人抱怨的聲音，眞由奈帶著帳單走向收銀台。

衝下手扶電梯，跑出購物中心時，還看得見兩人過馬路的背影。史織快步往前走，蟹見從後面幫她撐傘。

追上兩人時，正好穿過小彰彰被殺死的那條巷弄。兩人全身都淋濕了，髮梢也在滴水。

「沒事的啦，我會保護妳。」

聽見蟹見這麼說，但沒聽見史織的回應。

眞由奈站在正準備進入家門的兩人背後，蟹見回過頭看到她，好像嚇了一跳。大概沒想到眞由奈會跟上來吧，脫口而出的「妳是怎樣」，語氣聽起來不像在演戲。

把鑰匙插入鎖孔的史織也回過頭，眼睛和鼻頭都泛紅，含淚的眼睛盯著眞由奈。

「啊，這傢伙是我前女友。我好像被她跟蹤了。」

蟹見急忙這麼解釋。

史織似乎不記得眞由奈的臉。只見她表情不變，視線也立刻轉移，逃也似跑進家裡。蟹見隨即跟上前，眞由奈也跟在後面，感覺自己像是被這棟房子吸了進去。站在玄關才再次意識到，自己正身在小彰彰家。

屋內空氣悶熱混濁，夾雜著霉味和雨的味道。眞由奈強烈地感覺到「這是別人家」。

蟹見追著史織跑上樓，兩人賽跑似蹚蹚跑上樓的腳步聲與眞由奈關門聲同時靜下來。玄關剩下眞由奈一個人。

家中沒傳出其他聲響，只有雨聲宛如耳鳴般繚繞。

脫下涼鞋，踏入屋內。腳底有沙沙的灰塵感。正對玄關的門微微敞開，從縫隙間窺看裡面，確定沒有人。

門後是餐廳和客廳，空氣中瀰漫咖哩的氣味。廚房裡放著還沒洗的平底鍋和盤子，餐桌上有廣告傳單及喝到一半的杯子，椅背上掛著膚色絲襪。眼前的光景似乎到處都黏膩地沾滿了居住其中的人的唾液、汗水與皮脂。

難以想像住在這裡的小彰彰。

眞奇怪，眞由奈心想。

明明無法想像小彰彰住在這裡面的樣子，卻看得見一個跟他長相一模一樣的中年男人。身穿舊T恤和長褲，叼著牙刷。搔著一頭剛睡醒亂翹的頭髮大打呵欠。邋遢地躺在沙發上看電視，或是坐在餐桌邊發出咻咻的聲音吃泡麵。

那個有著小彰彰外貌的男人，完全融入這個充滿生活感的地方。明明五官長得和小彰彰一模一樣，臉上卻是真由奈從未看過的，像是早已放棄人生的表情。

打開拉門，小彰彰的笑容映入眼簾。斗櫃上，框在黑色方框裡的小彰彰。

不對，那不是小彰彰。

方框裡的人看起來很疲倦，臉上掛著軟弱的笑容。感覺像是鏡頭都已經對著自己了，無可奈何只好露出微笑。

那才不是小彰彰。可是，不然的話，小彰彰去哪了呢？

照片前有個銀色的骨灰罈。小彰彰或許被放在那裡面。

是啊，小彰彰死了。燒成骨灰了。只有這些骨灰和我記憶的小彰彰才是真正的小彰彰。

「妳在做什麼？」

聽見背後傳來聲音，真由奈抱著骨灰罈轉身。

「喂，妳在做什麼？」

女孩用顫抖的聲音重複了一次。

接著是一陣慌亂的腳步聲，蟹見衝進來喊：「史織！」

「妳幹麼拿那個？」

細長的眼睛，厚厚的嘴唇，瘦削的臉頰。她身上有那個明明不像，卻和小彰彰長得一模一樣的中年男人影子。

「妳該不會就是爸爸的外遇對象吧？」

「不是。」

才不是外遇對象。我們之間才不是那種膚淺的關係。想接著這麼說，聲音卻發不出來。

「妳就是佐藤眞由奈？」

「不是的，史織。」蟹見介入兩人之間。「這女的是我前女友啦，不叫佐藤眞由奈。」

「妳是來偷爸爸骨灰的嗎？」

「不是。」

不是來偷，是來要回去的喔。我是他的未婚妻，這理當屬於我。

「歡迎帶走啊。」

史織這麼說。只有一邊臉在笑，也可能是臉頰抽搐。

「那種東西我們家不需要，妳儘管帶走。每次講到骨灰怎麼處理就只會吵起來，那種東西沒了還比較好，放在家裡只是礙事。」

「過分。」

眞由奈用力抱住骨灰罈。

「過分的是妳吧？居然還叫爸爸借錢養妳。」

「借錢？什麼意思？我不知道。」

「少裝傻了啦。妳知道自己把我們害得多慘嗎？被網路上的人亂寫了一堆有的沒的，家裡還遭人惡意騷擾，我都不能去上學了。全都是妳跟爸爸害的。爸爸就是遭天譴才會被殺，或者，其實根本就是妳殺的吧？」

「我才沒有殺小彰彰！」

「小彰彰？那誰啊？爸爸嗎？妳叫我爸小彰彰喔？」

史織笑出來，又立刻沉著一張臉說：「簡直像個笨蛋。」

「都幾歲的人了，還叫什麼小彰彰，噁心死了。」

「我們是眞心相愛的！」

「是喔？那爲什麼爸爸每天都會好好回家呢？他可以不回來，跟妳住一起就好了啊。」

「小彰彰很想離婚啊。」

「爸爸才沒那種勇氣，想離婚的人是媽媽好不好。」

「才沒這回事！」

「妳不過就是個小三，在那說什麼啊。」

「才不是！我不是小三，我們是相愛的！我們兩人合起來才是一個完整的人！」

「這樣的話，爲什麼妳還活著？既然那麼相愛，一起去死不就好了。兩人合起來才完整不是嗎？那妳還活著不是太奇怪了？現在就去死啊！快去死吧！」

「史織。」蟹見把手放在史織肩膀上。「冷靜點，沒事的，我會想辦法。」

「放開我！」

甩掉肩上的手，史織狠瞪蟹見。

「你騙了我。」

「不是啊，我眞的不知道啦。」

蟹見又對眞由奈說「喂，妳快點把那個還來」，試圖拿走她手上的骨灰罈。

「我也是被這傢伙騙的啊。」

「虧我還那麼相信你。」

「相信我啦，史織，我說的是眞的。」

史織的視線回到眞由奈身上。

「我會恨妳一輩子。」

毫不掩飾憤怒，劍拔弩張的表情。

「我會憎恨妳一輩子，詛咒妳永遠不幸福。」

那一瞬間，眞由奈覺得自己好像眞的被詛咒了，感覺像是有人把一顆黑色不祥的種子埋入自己肚臍深處。

明明我才是最可憐的人——

未婚夫被殺，小貝比沒了，所有幸福都被奪走的我，爲什麼非得被講得這麼難聽不可？爲什麼非被人如此憎恨不可？反過來了吧？應該只有我有憎恨的權利才對。

「妳走吧。」

「對啊，走啦。」

「你也一樣。」

史織用雙手去推蟹見的胸。

「妳在說什麼？我不走啊，我怎能就這樣走。」

蟹見逼近史織。

「我最討厭你了。」

「我可是最喜歡史織了喔。」

蟹見乾脆豁出去笑了。

不經意地感到一股視線，眞由奈回過頭，正好看見斗櫃上的照片。頂著小彰彰的臉的男人，臉上浮現模稜兩可的笑容，給人優柔寡斷感覺的軟弱表情。明明朝向這邊，視線卻像穿透了眞由奈的身體。在那裡的，是眞由奈不認識的男人。

——妳以爲是高橋彰的人，其實是戶沼先生。

耳朵深處響起的不是那個刑警低沉沙啞的聲音，是眞由奈自己的。有著小彰彰外表的中年男人似乎把小彰彰吞掉了。

好想大叫。眞由奈摀著嘴巴衝出和室。總覺得要是不快點離開這個家，連和小彰彰共度的那些日子都會消失。

打開玄關門的瞬間，門外傳來「哇」的聲音。

是三個小男生，大概國小四、五年級左右吧。站在眞由奈正前方，穿藍色雨衣的男孩有著與小彰彰相同輪廓的臉，眼睛形狀及嘴唇的位置也和小彰彰一樣。

不對。眞由奈猛然驚覺，他不是像小彰彰，他像的是那個有著小彰彰外貌的中年男人。

「啊，再見。」

雖然感到困惑，男孩仍跟眞由奈打了招呼。大概把自己當成他姊姊的朋友了吧，男孩接著朝屋裡喊「姊，妳在嗎？」，眞由奈也條件反射似點了頭。男孩輕輕低頭致意後，又喊著「我回來了」走入屋內。「姊──小潤和小空來家裡玩，我們可以一起吃咖哩飯嗎？」

另外兩個男孩也跟著進來，門再度關上。

走出來後才發現忘了雨傘，不過已經無所謂了。

小彰彰就是戶沼先生嗎？這個念頭就像盈滿的水滴般落下。

那個說我可愛的人，那個抱著我說愛我的人，那個對我說結婚吧的人，其實是一個我不認識的大叔嗎？

眞由奈站在小彰彰被殺的地方。沒有花也沒有供品，只有大顆大顆的雨水打在柏油路面上。毫無任何顯示這裡曾有一個人喪命的印記。

小彰彰。嘴裡這麼低喃的同時，背後受到強烈撞擊，整個人跌在地上。

「妳這混帳，搞什麼鬼啊！」

頭上傳來蟹見的聲音。

理解他從背後踢了自己的瞬間，側腹部也被踹了。骨頭發出悲痛的哀號，無法順利呼吸。先是想到自己可能會死，又轉念一想，乾脆就這樣死在小彰彰死掉的地方吧。然而，「才不要，我不想死」的念頭隨即強烈湧現。

「爛女人！敢給我礙事！去死啦！醜女！」

爲了躲過衝擊力道，眞由奈蜷縮起身體，用力抵抗。明明想呼救，咬緊牙根的嘴巴怎麼也無法打開。

只能默默等待暴力離開。不知道過了多久，世界忽然重返。濕漉漉的身體，綿綿不停的雨聲，毫不容情的雨滴，悶熱的空氣，堅硬的柏油路面。雖然已經感覺不到蟹見的氣息，依然保持著相同姿勢又多等了一會兒。

雨水流進睜開的眼裡。只要吸氣，被踢踹過的側腹部就是一陣強烈刺痛。

雙手撐在柏油路上，眞由奈緩緩直起上半身。戰戰兢兢回頭，確認蟹見已經不在了。

眞由奈朝平時供花那道圍牆望去。

「小彰彰……」

頹坐在地上對他說話，感覺發出的聲音無法傳遞到任何地方。

「小彰彰……」

喊的明明是小彰彰，腦中浮現的卻是那黑框裡的中年男人。露出軟弱無力的笑容看著相機，鏡頭另一端的應該是他的家人吧。他總是用那種模稜兩可的表情面對家人嗎？

他打算回家，在半路上死了。他的意念在這裡中斷了嗎？還是說，死後意念脫離身體，最終還是回到家裡了呢？

感覺到背後有人靠近，眞由奈身體緊繃起來。以爲又要遭受暴力衝擊，緊張得腦中一片空白。

「小彰彰是什麼？」

是個女人的聲音。眞由奈緩緩轉過頭。

撐著透明塑膠傘的女人，一臉疑惑地低頭看眞由奈。她看上去像二十幾歲，也可能只有十幾歲。焦糖色的頭髮，粉紅色腮紅特別醒目的妝容。穿的是水藍色的細肩帶背心和牛仔迷你裙，露出白皙的肌膚。

「妳在哭嗎？」

說話的聲音稚嫩，有些口齒不清。女人深邃的眼神凝視眞由奈。

「妳難過嗎？」

「難過啊。」

彷彿受到引導似做出回答。

「當然難過啊，這還用問嗎？小彰彰死了，在這裡被殺死了。我怎麼可能不難過。小彰彰是我的未婚夫啊，我們是相愛的啊，我們本來都要結婚了。」

每一次大聲說話，側腹部都會痛。只有自己感覺得到的痛楚，像是小彰彰存在過的最後證據。

「可是，小彰彰不是高橋彰。小彰彰是戶沼曉男。小彰彰是假的。」

眞由奈一邊哭一邊激動地訴說。小彰彰死後明明把眼淚都哭乾了，怎麼覺得現在才第一次哭出來了呢？

「明明我才是最可憐的人，明明最悲傷的是我。」

「不用難過啊，因爲那個人是壞人。」

女人毫不猶豫地這麼說，爽朗的表情，臉上沒有一絲陰霾。

「壞人？」

「嗯，壞人。」

「爲什麼？因爲他說謊嗎？」

女人沒有回答，只是遞出雨傘說：「給妳。」

「可是……」

「沒關係，給妳。」

眞由奈接過雨傘。

「要吃糖果嗎？」

女人伸手進斜背包裡摸索，又說著「給妳」，朝眞由奈攤開掌心。

「是草莓牛奶口味。」

咧嘴一笑。像幼兒一樣天眞無邪。

「等等，妳要去哪？」

眞由奈拉住作勢離去的女人。這個突然出現的女人，好像只有自己看得見似的。

「我要逃了。」

女人回答，臉上還殘留著笑容。

「知道嗎？逃的時候要小心攝影機。外面到處都是攝影機。因爲我是逃跑的專家，所以我知道。」

呀——都濕了！女人發出歡鬧的聲音，踩出水花跑掉了。

等看不見女人背影後，眞由奈才慢慢站起來。

心想，我真的難過嗎？這麼一想，馬上又回答自己，當然難過啊，這還用問嗎。然而，總覺得內心並沒有自己希望的那麼悲傷。

伸手按壓疼痛的側腹部，才發現手裡捏著糖果。

4

偵訊第二天，從早上就開始下雨。

渡瀨川瑠璃的指紋，和戶沼曉男命案中被視爲凶手的指紋不同，也和三井良介意外現場採集的幾個指紋不相符。她帶的菜刀和戶沼曉男的刀傷形狀不一致，也沒驗出魯米諾反應。或許因爲過了一段時間，也可能因爲見過律師，瑠璃看起來已經重拾自我。和徹底扮演人偶的昨天不同，現在的她就是「渡瀨川瑠璃」。

「那裡誰也沒有。」

被問到究竟想刺殺誰時，她這麼回答。

「有吧，妳帶著菜刀追上的那個人。」

石光這麼說。

「我沒看到任何人，也沒發現有人。」

「不可能吧。」

「是眞的。」

「妳說這種話，誰會相信。」

「可是，我說的是眞的。」

「那麼，妳的意思是，自己突然拿起菜刀在無人的路上奔跑嗎？」

「對。」

「對是什麼意思？」

「就是這個意思。可是，不好意思，我記不太清楚了。」

「妳是想說自己失去記憶了嗎？」

石光依然故意用強調語尾的刺耳語氣說話。

瑠璃輕咬下唇，低下頭像在找尋掉落的話語。過了一會兒才低聲說「我不知道」。

「不知道什麼？」

「我先生發生意外後，我就一直睡不著……我不知道自己爲什麼去那個地方，回過神時已經走在那裡了。」

「然後，回過神時已經拿出菜刀了？」

面對石光挑釁式的訊問，瑠璃毫不猶豫地回答「對」。

「我以爲自己帶了水果刀，因爲想去醫院幫先生削水果。看來我眞的是累了，竟然連菜刀和水果刀都搞不清楚。」

「妳以爲這種解釋有人會相信嗎？」

「可是，是眞的。」

她的聲音雖然細，從中聽得出堅定的意志。

我城薰子從椅子上站起來，開了這天第一次的口。

「昨天晚上，我和田茂松子女士見了面。」

清楚看出瑠璃的表情緊張了起來。

「妳應該還記得吧，田茂松子女士。接生沙耶子的助產士。」

瑠璃低著頭，深藍色罩衫的胸口上下起伏，看似呼吸困難。如果不是外面有雨聲，大概連她的呼吸聲都聽得見。

「渡瀨川太太，妳當時回娘家待產了吧。生產時，請助產士到自己家裡接生。那位助產士就是田茂松子女士。田茂女士是一位資深助產士，當年妳出生時，聽說也是她接生的。」

——山本太太說，我們家是進貢過天皇的，怎能讓她在男醫生面前大張雙腿。雖然瑠璃不想要我接生就是了。

想起昨晚田茂說的話。

正如田茂在電話中說的，她三年前從山形縣的長井市搬到千葉的柏市，和大兒子一家住在一起。田茂解釋自己之所以決定搬到大兒子家，除了年紀大、腰腿不好之外，另一個原因就是「很害怕」。

七十二歲的田茂松子有著一頭髮尾齊平的白髮，給人與年齡相符的柔和印象。她說自己在東京出生，結婚後才搬到山形，說話時摻雜著標準腔與山形腔。

「這件事從來沒對別人說過。」田茂如此開口。她還說，原本打算今後也不說的。只是，得知警察正在調查瑠璃，她才下定決心。

——畢竟我也怕有個萬一。

田茂所謂的「萬一」，是自己可能被殺。

「田茂女士很怕妳。」

瑠璃依然低垂著視線，薄薄的眼皮偶爾會抬起，唯獨嘴唇始終抿得很緊。

「田茂女士認爲，妳的父母看似病死，其實都是被妳殺害。她擔心下一個被殺的就是自己，所以從妳面前消失了。因爲害怕，她還叮嚀我絕對不能讓妳知道她住在哪。」

說到這裡，薰子稍微停頓，重新打量瑠璃，但仍毫無反應。

「田茂女士還懷疑沙耶子也是妳殺的。爲什麼田茂女士有這種想法，妳心裡有數嗎？」

薰子保持低頭看瑠璃的姿勢，製造了沉默。急速變大的雨聲壓迫鼓膜。

戶沼曉男遇害那晚雨勢更激烈。趴臥在地的他，看上去就像沉在黑水底。想起當時鑽入毛孔那種討厭的感覺，薰子後頸一陣發麻。

「葵小姐。」

說這句話時，自己發出的聲音像是全被瑠璃吸走了。她是否早料到會聽見這個名字。

「妳的妹妹，好像一直下落不明對吧。田茂女士說她很擔心，不知道葵小姐是不是還活著。她爲什麼這麼說，妳應該很清楚吧？還是由我講出來比較好？」

瑠璃依然緊抿雙唇，深深吸氣。心口想必脹得難受，她卻像正默默承受那份痛苦一般，動也不動一下。

「沙耶子是葵小姐的孩子吧？」

瑠璃閉上眼睛。

「渡瀨川太太，妳似乎一直受不孕症所苦，聽說是子宮畸形。可是，婚後第五年，妳奇蹟似懷孕了。因爲先生到新加坡出差，所以回娘家待產。田茂女士說那時的妳懷胎八個月。然而，後來妳早產了，很可惜的是，孩子沒能救活。聽說是個女孩子呢。田茂女士還說，妳頑強拒絕提出死產證明，看來是無法接受事實。不過，以結果而言，這麼做對妳反而有好處。因爲下落不明的葵小姐突然睽違多年回到老家，還挺著一個大肚子。葵小姐平安產下女嬰，後來妳們做了什麼？」

瑠璃沒有睜開眼睛。

──小葵因爲有點那個，生下不知道爸爸是誰的孩子也無所謂，還是一副天眞無邪的樣子，開心地嚷嚷著好可愛、好可愛，小葵的寶寶好可愛。

「妳無論如何都需要爲夫家生一個繼承人，所以決定把葵小姐的孩子當成自己生的。這件事是妳、葵小姐、令尊令堂及田茂女士五個人的祕密。田茂女士似乎認爲這樣不好，但是她說，當時的妳非常可怕，要是反對妳的意見，說不定會被殺死。」

那時瑠璃的臉一定就像般若，跟手握菜刀追趕想殺死的人時一樣的表情。

「田茂女士還說，事實上她也曾經差點被殺掉。」

田茂女士說，祕密生產那夜的半年後，瑠璃突然來找她。在那之前連一次都沒聯絡過，所以田茂女士也覺得很奇怪。和瑠璃有一搭沒一搭地聊天時，忽然覺得很睏。

——後來仔細想想，茶裡可能被下了什麼藥。我醒來的時候，覺得腦袋昏昏沉沉的，沒看到瑠璃，還想說她是不是先回去了。結果，隔著窗戶看到她在我家後院。說是後院，那裡就只是長滿雜草的空地而已啊。才在想說她跑去那裡做什麼，正好跟窗外的她對上視線。瑠璃說看見一隻很少見的鳥才跑出去，但我總覺得很怪。大概一個月後吧，水電行的人在我家煙囪裡發現被人塞進去的布。幸運的是剛好買了新火爐，請人來裝的時候才發現。水電行的人說，要是繼續那樣下去，或許會釀成意外。這時，我忽然想起站在後院的瑠璃，搞不好她那次來是想封我的口。之後，瑠璃她媽和她爸不是相繼死去了嗎？雖然有聽說是病死，但是刑警小姐，那兩人眞的是病死的嗎？

田茂女士語氣激動地講完了這些，又不安地摩挲自己的手臂。

「渡瀨川太太，前天晚上妳想殺的究竟是誰？」

已經確認過了，那晚沒有一個露營的參加者來過堀之內。

「田茂女士擔心葵小姐是不是也被妳殺了。可是，葵小姐應該還活著吧？前天晚上，妳想殺的是否就是葵小姐呢？」

瑠璃總算睜開了眼睛。

「錯了。」

她回答得斬釘截鐵。

「不是葵小姐的話，那麼是誰呢？」

「錯了。」又重複了一次，瑠璃的視線筆直望向前方。焦點沒有放在薰子或石光身上，總覺得她凝視的是自己。

「我想生的不是繼承人。」

「嗯？」

「刑警小姐，妳剛才不是說了嗎？說我無論如何都得爲夫家生下繼承人。可是，我只是想生個孩子，不是生繼承人。」

「錯的只有這個嗎？」

「不，田茂女士說的全都不對。恕我失禮，田茂女士年紀大了，說不定開始老年痴呆了吧？接生我大女兒沙耶子時，就已經有點令人擔心了。」

「那麼，妳的意思是，田茂說的都是謊言囉？」

「對，我想不通她爲何要說那種話。前天晚上我的確因爲承受不住壓力，或許眞的有從包包裡拿出菜刀。可是，就像剛才說明過的，我沒發現有人走在前面，當然也沒打算拿菜刀做什麼。只是精神狀態瀕臨極限。這和沙耶子有什麼關係？沙耶子會死都是我的錯，都怪身爲母親的我沒有好好看著她。這種事我當然知道。」

淚水從瑠璃眼中滾落。她像是沒發現自己在哭，雙眼眨也不眨，只是盯著前方。

「最悲傷的是我。爲什麼我非得被說成殺了沙耶子的人不可呢？說我見死不救可能還有點道理，畢竟我眞的沒有救她。可是，我怎麼可能對自己寶貝孩子下手呢？」

「我並沒說妳殺了沙耶子。」

「妳明明就有說！」

瑠璃發出近乎哀號的聲音。

「我只是說田茂女士這麼懷疑而已。」

「……太過分了。」

如此低喃後，瑠璃雙手摀住臉，放聲大哭起來。淚水滲出手掌，沿著纖細的手腕與白皙的手臂流下。

壓力大到極點、精神錯亂的妻子。失去孩子的可憐母親。面對不講道理的偵訊被逼到走投無路的嫌犯。眼前哭泣的她，完美地詮釋了這三個角色。

「我已經……無話……可說了……」

她哽咽著勉強擠出這句話，之後果然就什麼也不說了，只是不斷哭泣。

「妳這沒用的東西！」

沙啞的聲音從手機那頭轟炸過來。

「到底要沒用到什麼地步啊！薪水小偷！妳是白痴嗎？是白痴嗎？早就知道妳是個白痴，沒想到真的這麼白痴喔？派不上用場的沒用東西，現在馬上給我負起責任遞辭呈啦！」

即使已經把手機拿到距離耳朵十公分的地方，梶原的怒吼依然接連敲打著耳膜。

只能慶幸這裡是午餐時段的家庭餐廳，若不是周圍這麼吵，恐怕三桌外的人都能聽見。

「不好意思。」

「不好意思個頭啦，妳到底在搞什麼！」

不用問也知道，梶原一定是聽到關於渡瀨川瑠璃的事了。原本已經移送檢方的她，最後仍以嫌疑不足爲由獲得不起訴處分並釋放。

「好恐怖喔。」

隔著桌子坐在對面的石光講得一副不干己事的樣子。

「我好不容易找出那女人可疑的地方，都盯上她了，妳到底在幹麼啊，想全搞砸嗎？」

薰子猶豫著是否該把從田茂松子那裡聽來的事告訴已經離開搜查線的梶原。田茂告訴自己時，原本就有先說「這件事只在這裡告訴妳」。她大概是怕內容公開後，自己無法全身而退吧，斬釘截鐵地表示既不打算報警也不打算出來作證。

「告訴妳，我可是很忙的。離開你們那邊之後還連一次都沒回過家呢！沒空跟妳講這種無聊的電話！白痴！」

說完，梶原逕自掛掉電話。然而不可思議的是，薰子一點也沒有不悅。

「不愧是梶原哥，執念眞夠深的。」

笑著這麼說的石光雙眼充血。

薰子自己的眼睛也一樣充血，眼皮紅腫。這是因爲兩人昨晚熬夜檢查了防犯監視器的影片。然而還是一無所獲，沒有發現瑠璃可能持刀相向的對象。

「那個老太太說的事情是眞的嗎？要是至少找到嬰兒遺體就好了。」

一邊吃咖哩，石光這麼說。

「是啊。」

「申請不到搜索令嗎？」

「應該沒辦法吧。」

往冰咖啡裡加了四顆糖漿，再用吸管攪拌。石光早已見怪不怪，沒多說什麼。

薰子吃一口乾巴巴的鬆餅，配冰咖啡吞下去。

「要是眞有嬰兒遺體，你覺得可能在哪？」

壓低聲音這麼問。

「最可疑的應該是她娘家吧？父母都死了，卻沒把那塊地賣掉啊。會不會是埋在地下或院子裡了？」

起初薰子也這麼認爲。但是，仔細想想，那說不定是不可能的事。就算早產，她會把生下的嬰兒葬在自己那麼厭惡而逃離的娘家嗎？最重要的是，薰子怎麼也不認爲瑠璃會把這麼明顯的證據，留在那麼容易找到的地方。

「要是不可能找到遺體，至少希望找到山本葵。」

「……簡直就像個幽魂。」

往冰咖啡裡追加一顆糖漿，薰子這麼嘀咕。

「什麼？」

「山本葵啊。只存在眾人記憶裡，卻沒有實體的幽魂。」

薰子反覆回想壓制瑠璃當下的事。當時前方回過頭的那個人影是女人嗎？長什麼樣？可是，不管怎麼回想，浮現腦海的只有氣息。實際的長相就像塗黑，依然那麼不清晰。

「話說回來，假設叫田茂的老太太說的都是眞的，渡瀨川瑠璃就是個殺人魔了。」

「嗯——」

「不過，她父母都是病逝吧？」

「母親是心臟衰竭，父親是蜘蛛膜下出血。」

「死因有可疑的地方嗎？」

「當時都是正常按照病死處理了。」

「長女溺水死亡的事好像也沒有疑點。」

「沒有。」

「這樣的話，就是那個老太太自己幻想囉？也不知道是不是眞的有什麼煙囪裡的布，說會被殺只是她自己這麼認爲而已吧？」

「但這也表示眞的就是這麼可怕。」

「什麼東西這麼可怕？」

「渡瀨川瑠璃。」

「原來如此……」

石光嘴上不當一回事地帶過，並不代表他沒在用腦袋。薰子認爲，作爲一名刑警，石光遠比自己優秀多了。

「說不定她比我們想像中還普通。」

一旁正好有小孩發出怪聲跑過去，石光沒聽見薰子喃喃低語的這句話。

——我只是想生個孩子，不是生繼承人。

想起在偵訊室內說的話，渡瀨川瑠璃第一個否認的是這件事。

就算只有一次也好，如果自己也曾被這麼說的話，或許就能原諒母親的一切，也能放過自己了。

5

偏偏這種日子下大雨——

結束電話客服中心的打工，趕著從車站走回家的戶沼杏子恨恨地想。包鞋裡都是水，走路時發出啾滋啾滋的聲音，感覺得出泥水都飛濺在小腿肚上了。油脂與汗水在粉底上形成一層膜，臉上的妝全花了。

一回到家馬上沖個澡吧。早已決定好要換上哪套內衣和外出服了。可是，現在偏偏下起這種大雨，說不定該改成赤腳穿涼鞋比較好。這麼一來，最好換條更長的裙子來搭配。啊，不行，手邊沒有那種裙子。怎麼辦，還是早點出門，路上找間廁所換上絲襪好了。

只想趕快出門，一分鐘也不願耽擱。可是，杏子還是選擇了繞遠路。就算看到櫃子上的骨灰罈和遺照也不會湧現特別的情緒，唯獨抗拒經過丈夫喪命的地點。與其說是抗拒，不如說有罪惡感。對丈夫死了也不感到悲傷的罪惡感。對自己等一下將要做的事產生的罪惡感。

打開家門，玄關瀰漫一股咖哩的味道。心想這樣頭髮和衣服豈不都要沾上咖哩味了嗎，不由得煩躁起來。

優斗在客廳裡打電動。只見他靠在沙發上，地上放著洋芋片零食和可樂。頭也不回一下，只有拿著遙控器的手指動個不停。杏子說「我回來了」，優斗仍用後腦杓對著這邊，冷淡地回應「妳回來啦」。

這孩子什麼時候變成這樣的？杏子心目中的優斗，是會在自己回家時跟前跟後，嚷嚷著「媽媽，我跟妳說喔，我今天啊——」的孩子。自己又是從什麼時候開始習慣優斗背對母親的身影了呢？

瞥一眼廚房，堆滿了髒碗盤和杯子。早上明明洗過碗盤才出門，現在流理台少說又多了四、五個盤子，上面都是乾掉的咖哩殘渣。杯子也全都用掉了。

「爲什麼廚房這麼髒？」

「小潤和小空來打電動，大家就一起吃了咖哩。不行嗎？」

「也不是不行啦……」

儘管這麼回答，內心確實升起一股火大的情緒。優斗沒有做錯什麼，這點杏子也很清楚。只是，仍難免感覺自己受了委屈。爲什麼都是我？腦中浮現這句話。

「可是，你也可以先把吃完的盤子泡到水裡啊。媽媽不是說過，咖哩乾掉的話會很難洗。小學四年級就會洗盤子的人也很多吧？」

「噯，今天晚餐吃什麼？」

「咦？」

「我想吃漢堡排或炸雞塊。」

優斗依然背對著杏子這麼說。

「你在說什麼啊，昨天媽媽不是預先煮了一大鍋咖哩嗎？」

「全部吃完了。」

「不會吧？」

拿起鍋蓋，只看見焦黑的鍋底。心想，要把這洗乾淨可有得累了。不只是鍋子，盤子、湯匙和杯子也全部得洗乾淨才行。洗了又髒，髒了又洗，然後再被弄髒，沒完沒了。煮飯也是一樣。不管怎麼煮怎麼煮，孩子們都像吃不夠，貪心地要求更多更多。爲什麼非得洗那些一定會髒的東西，非得煮那些一定會消失的食物不可呢？這到底有什麼意義。總覺得自己一輩子都耗在這上面了。

「爲什麼都是我」的念頭比剛才更強烈。

「媽媽沒時間，叫姊姊隨便弄點東西給你吃。」

說著，正要走向浴室時。

「媽媽……」

被優斗的聲音叫住，杏子回過頭。優斗向後扭轉上半身，臉上掛著杏子熟悉的，軟弱又稚嫩的表情。

「怎麼了？」

「剛才有奇怪的人來家裡。」

「怎樣奇怪的人？」

難道是殺害丈夫的凶手嗎，心臟劇烈跳動起來。

「應該是姊姊的朋友。」

「怎樣的人？」

「一個男生，跟姊姊去了那邊。」說著，優斗指向拉門。

「姊姊好像很生氣，說什麼不要再聯絡了，最討厭你，然後姊姊就哭了。那個男生也生氣走掉了。還很凶地吼我，叫我滾開。」

原本已經要平息的怒氣，又一口氣湧上來。

才國二而已，居然趁母親不在家時帶男人回來，還在家裡吵架？就在我這個作媽媽的爲孩子犧牲奉獻一切的時候？

「史織在二樓嗎？」

氣得聲音都在顫抖。

「嗯，她關在房間不出來。」

在憤怒的驅使下，正想衝上樓時，倏地全身無力。

突然有個念頭，已經夠了。轉念一想，算了吧。大家都想怎樣就怎樣好了啊，都自私地活下去就好。沒錯，反正都是自己的人生，自己決定自己想怎麼做吧。

「我等不及了。」

出現在約定碰面的地方，織田這麼說，伸手環抱杏子的背。

新宿車站東口旁的大樓前，杏子學生時代也經常與人約在這裡碰面。

「我也等不及了。」自然而然地把手放在織田背上，杏子心想，另一個自己重生了。隔著馬球衫的布料，感受織田的體溫與結實的肌肉，體內溫度攀升。

太陽下山後下了一會的雨，現在已經停歇。雨後特有宛如南國的熱氣與濕氣籠罩地面。

「去哪好呢？」

對方這麼問的時候，杏子知道自己在想什麼。織田大概也在想著一樣的事。

只要兩人在一起，去哪都好。往北也好，往南也好，國外也好，想和他一起遠遠離開這裡，去某個遠得回不來的地方。反正不愁沒錢。現在還沒拿到，但房子快要賣掉，到時錢就匯進來了。犯罪被害補償金也申請好了，存摺帶在身上，印章也總是放在包包裡隨身攜帶。所以，哪裡都去得了。馬上就能動身。不過，杏子沒這麼回答，只說了「去哪都好」。

「我想趕快跟妳獨處。」

織田那蘊含熱意的眼神直視杏子。

「好啊，我也是喔。」

一邊想著自己一定擁有同樣的眼神吧，一邊陶醉地仰望織田。

織田摟著杏子的肩膀往前走，杏子心想，就像是被他擄走。

走在擁擠人群中，拐了幾個彎，進入一條兩側都是愛情賓館的小路。依偎著織田，踏進其中一間。掛在入口的「休息五千五」映入眼簾。

不記得多少年沒和男人肉體交纏了，也不想數。絲毫不擔心自己的身體已經不敷使用，光是想像那個瞬間，身體就會興奮喜悅到顫抖。

一進房間，織田立刻抱上來。

「啊、等等。」

發出驚呼的嘴唇被堵住。織田激烈地吸吮杏子的唇，大手粗魯地摸上乳房。

違心的話不經意脫口而出。

嘴仍被堵著，裙子往上掀起。想要受到更激烈的對待，嘴上說的「不要，別這樣」化為喘息，身體漸漸柔軟地打開。

「有感覺了嗎？」

織田輕咬杏子的耳垂，在她耳邊如此低喃。

「很久沒做了？」

挑逗的聲音令她全身起了雞皮疙瘩，下半身像是熱得快要融化。

彷彿從自己身上脫離了，所有細胞汰舊換新，誕生了一個全新的自己。新的自己好美，人生只為自己而活。

既像是被拋向一個沒有重力的世界，又像是沉溺在一個永不結束的夢裡。

身體分開後，感覺還像在性交之中。

枕著那粗壯的手臂，撫摸男人上下起伏的腹部，杏子想到香檳。雖然沒喝過，總覺得現在自己體內就像香檳一樣冒出甜美辛辣，充滿香氣的泡沫。

在男人的體溫與擁抱下，杏子心想，真正的我就是這樣的女人。擺出這副連內臟都暴露也無所謂的毫不遮掩的姿態。自豪地發出歡快的叫聲，向男人索求更多更多。不但不以爲恥，反而能將這種姿態轉化爲一種魅力，只有天選的女人才能做到。自己就是具備這種資質的女人。

杏子想起在那窄巷裡看見的佐藤眞由奈。那是個雨天，她的臉都被雨傘遮住了。可是，無袖洋裝裡露出的手臂和腿豐滿緊繃，全身散發一股青春氣息。當下杏子覺得自己輸了，只能落荒而逃。

如果是現在就不會逃了。現在的自己比佐藤眞由奈更像個女人。只要和織田在一起，永遠都能當個女人。堆積脂肪的身體變成了高度熟成的肉感軀體。再也不用穿失去彈性的膚色內衣，不用煮咖哩或炒青菜，也不用再洗黏著食物殘渣的碗盤。這不是夢。自己就快要拿到一大筆錢了，要去哪裡都行。剛才織田不也問了嗎？去哪好呢？織田一定也希望兩人一起遠走高飛。

「我去沖澡喔。」

織田在杏子耳邊這麼輕聲低喃。溫柔地拿開杏子的手才起身。昏暗的橘色燈光勾勒出腹部有肉的偉岸身軀。

在還留有男人味道的床上，杏子遊走於現實與夢境間。感覺就像泡在跟體溫差不多的熱水裡，自己好像變回了胎兒。沒有任何不安，一心貪戀著舒適的感覺，只等待降生世界的瞬間來臨。自己現在不也正要降生在一個全新的世界嗎？

燈光忽然大亮，杏子眯細了眼睛。

圍著浴袍的織田蹲在冰箱前看裡面有什麼。「要喝啤酒嗎？」光線太過刺眼，看不清轉過頭來的他，下半身一陣蠢動。「不用了，還不想喝」，躺在床上的杏子嬌聲回答。

聽見拉開拉環的聲音，然後是織田喊「戶沼小姐」的聲音。一邊想現在還叫戶沼小姐太見外了吧，一邊發出甜膩的聲音回應：「怎麼啦？」

「所以眞相到底是什麼？」

「什麼？」

終於習慣了明亮的燈光，杏子凝視坐在沙發上的織田。

「哎唷，就是事件的眞相啊。」

「咦？」

「結果是隨機殺人魔下的手嗎？或者凶手是認識的人？最近新聞都不報了，但應該還沒抓到凶手吧？」

瞬間，男人的溫度與氣味都消失了。下意識回答：「你在說什麼？」

「不用隱瞞了啦，大家都知道啊。」

織田一手拿著罐裝啤酒，朝杏子露出笑容，還爲了讓她安心似，用力點了幾下頭。

杏子爲自己的愚蠢而錯愕。因爲沒人提起就輕易結論，以爲大家都不知道丈夫的事。然而，大家根本都知道。裝作不知道的樣子，其實都在背後講些有的沒的閒話吧。這麼說來，電話客服中心的同事們或許也都知道了。那些女同事說不定只是裝作對自己不感興趣，實際上早就在網路上寫下惡意留言。或許還有人偷拍自己的照片放在網路討論區，大家也可能互相傳閱著週刊雜誌。

「所以到底是怎樣？有找到可疑的人嗎？那是不是叫嫌犯？」

「沒有。」

聽見自己發出嘶啞的聲音，像是體內的氧氣漏了出去。

「是喔——」織田不以爲意地答腔，又笑著問：「戶沼小姐，妳餓不餓？」

「這裡可以叫外送喔。妳想吃什麼？好像不是很想吃拉麵或披薩那類東西，不如從居酒屋菜單裡面隨便點幾樣？」

織田拿起內線電話的話筒，一邊看菜單點菜。串燒拼盤、高湯煎蛋捲、炸雞軟骨、炒麵……看著那張吐出日常瑣碎單字的嘴，杏子開始懷疑這真的是織田嗎，產生一股難以接受的情緒。織田的長相不是應該更精悍嗎。他的眼角不是應該更緊實，眼珠不是應該更黑更亮嗎。給人強勢印象的那張臉，不是只在凝視自己時才會流露內在的溫柔嗎。

不對勁的感覺愈來愈重。織田現在該說出口的不是菜色，應該是兩人的將來才對吧。一起逃離這裡吧，兩人攜手活下去，遠走高飛。他現在應該緊緊擁抱杏子，在她耳邊輕聲低喃這些話才對啊。

視線被掉在地上的胸罩吸引。巧克力色的布料上，有黃色的蝴蝶刺繡圖案。一眼就看上了這件，連內褲一起買了整套，怎麼現在看上去如此廉價。宛如蛇的褪皮扭成一團的絲襪和象牙色的罩衫也好老氣。自己怎麼會穿上這種不起眼的衣服還那麼飄飄然呢。

杏子沖了澡，圍著浴袍出來。浴袍像上過漿似硬邦邦。

走出浴室，食物的味道撲鼻而來。

織田坐在沙發上，一邊嚼串燒一邊看電視。看到杏子出來就笑著說「外送來了喔」。牙齒上明顯沾著海苔。

「挺好吃喔，戶沼小姐也趁熱吃吧。」

說著，又拍拍身旁的沙發空位說「來啊，坐這裡嘛」。他沒發現自己牙齒沾了海苔，心情好得像個傻瓜。

「這個雞肉丸，搞不好比我們店裡的還好吃。別跟大家說。」

不經意想起丈夫。婚後不久，兩人之間就很少對話了。只是，剛認識的時候，也曾像這樣聊些無關緊要的小事。在家庭餐廳吃飯時，他說喜歡明太子義大利麵的味道，說想搭地方鐵路環遊日本，還說自己一進電影院就想睡覺。

那些早已遺忘的歲月流進杏子心中。

第一次發現，那時的時間和現在的時間是相連的。從那時開始，自己就成為適合生活在咖哩味和燒焦豆芽菜裡的人了。

「串燒全部點鹽味的，可以吧？」

海苔還沾在他牙齒上。

感覺就像從夢中醒來。杏子恍然大悟，就連當下這一瞬間，也和那些咖哩及豆芽菜的日子是連在一起的。

眞羨慕丈夫。那人還沒從夢裡醒來就死了，直到最後都還活在幻想中。

杏子在織田身旁坐下。織田說聲「給妳」，遞上罐裝啤酒。

不是這個人。不是現在。杏子如此確信。可是，哪天或許還會做同樣的事。到時或許會刪掉手機裡所有資料，去一個遙遠的地方展開新生活。

思考哪個才是眞正的自己時，杏子忽然覺得很麻煩，自暴自棄地結論——哪個都是眞正的自己，但也都不是。突然好想小孩。

6

我符合了我的理想。打從懂事，渡瀨川瑠璃就這麼認爲。

這和「喜歡自己」是不一樣的兩回事。也不能說是自戀。只是，「實體上的自己」和「概念上的自己」就像兩層薄布般舒適地密合。往鏡子裡一看，理想中的自己就在那裡。富有光澤的柔順頭髮，白皙纖細的手指和櫻粉色的指甲，渾圓不張狂的膝蓋，帶點嬌憨的聲音……一切都讓瑠璃覺得這就是自己。

雖然也有比自己更漂亮更顯眼的女生，但瑠璃從來沒嫉妒或怨恨過。我就是這個我，這樣很好。她打從心底這麼想。對自己這種平靜無波的思考和情緒也很滿意。

第一次感到環境與理想不同，是小學時的事。正確來說，是妹妹出生之後。擁有進貢皇室歷史的山本豆腐店，從妹妹出生後開始正式陷入經營困難。在那之前家裡也稱不上富裕，只是，無論是無法全家旅行，平常不能吃外食，或是不把家裡的房子裝修成有陽台的歐式建築，瑠璃都還能相信原因在於母親口中那句「要保護進貢皇室的這塊招牌」。然而，事實根本就不是這樣。察覺這點後，瑠璃領悟到「我的家人不是我理想中的家人」。覺得和父母產生了疏離感，對這樣的自己又產生了疏離感，因而開始憎恨起讓自己產生這種複雜心情的父母。甚至難以想像自己招贅、繼承這個家，和家人一起生活在這裡的樣子。自己好不容易以理想中的樣子出生在這世界，卻被家人糟蹋了這分幸運。

一開始還覺得小八歲的妹妹很可愛，瑠璃也樂於扮演體貼的姊姊。可是，妹妹還沒上小學就開始惹出各種麻煩。拿高枝剪把附近鄰居快要可以收成的葡萄剪斷，帶回家時還很得意「媽媽說差不多要到葡萄的季節了」。擅自拿回超市裡的商品時，也一副自豪的樣子回答「媽媽不是說偶爾可以吃點好的肉嗎？」「看到電視上的壽司時，你們不是說看起來好好吃嗎？」。就算被店員逮住，她也一點都不覺得不好意思。

進貢過皇室的人手腳還這麼不乾淨——外面是否真的流傳這種閒話，瑠璃並不清楚，只是母親轉述時的語氣非常火大。母親選擇用體罰而不是言語教導，然而妹妹完全無法理解。她只會在被打的當下哭喊對不起對不起，其實根本不知道自己到底做錯什麼。看不下去的瑠璃出面制止，也只會讓母親怒氣倍增。「這孩子用講的聽不懂，只能讓她用身體學會」，這麼說著揍了妹妹一頓之後，母親把她關進放雜物的小房間，有時甚至不讓她吃東西。

上了小學的妹妹依然像個兩、三歲的小男孩。不管在哪裡，都能滿不在乎地脫下內褲，笑著說「看我的雞雞」。她還會用竹籤刺穿好幾隻鼠婦，串成一串說「蟲蟲丸子」。有時撲抱路過的人，有時躺在馬路正中間。

瑠璃雖然覺得妹妹的行爲丟臉，某種程度還是疼愛這個妹妹。這是因爲，無論妹妹砸了進貢皇室這塊招牌幾次，對瑠璃個人來說仍是一點損失也沒有。不只如此，有個這麼不成材的妹妹，反而能讓自己好好扮演包庇妹妹的善良姊姊，這點也很符合瑠璃的理想。

唯一不能忍受的是母親對妹妹的虐待。母親體罰起妹妹毫不手軟，拳打腳踢已經是家常便飯。動不動就詛咒妹妹「拜託妳去死」、「妳不是我們家的小孩」、「滾出去」、「不，一步也不准出家門」。

妹妹經常偷穿瑠璃的內衣和外出服，偷擦母親的口紅和眼影，就這麼跑去上學。她也曾偷拿瑠璃的內衣褲去學校給大家看，滿嘴都是男生教她的淫穢話語。

從那陣子開始，母親不讓妹妹去上學，常常把她關在家裡。一開始關在放雜物的小房間，因爲妹妹偷藏打火機，差點把房子燒了，後來多半關在家裡的倉庫。

釋放妹妹是瑠璃放學回家後的任務。一邊說著「好可憐」一邊把門打開，對這樣的自己感到很滿意。與此同時，對於一點都不像個母親的母親與從不勸阻母親的父親，瑠璃打從心底不耐，認爲父母破壞了自己的理想狀態。

妹妹很黏瑠璃，瑠璃也疼愛她。對瑠璃而言，歲數差距大的妹妹只是個天眞無邪的存在。反正高中畢業後，自己就要去東京了，到時候包括妹妹在內，這個家和自己就一點關係都沒有了。起初，還只是抱著輕鬆的態度這麼想。

即使妹妹砸了山本豆腐店的招牌，她也不會對瑠璃造成任何損害。

事情在瑠璃高三那年有了轉變。十歲的妹妹懷孕了。瑠璃連她已經來過初潮都不知道。母親一邊打妹妹巴掌一邊追問「對方是誰？」「誰對妳做出這種事的！」，妹妹也只是反覆哭喊「對不起對不起，不會再這樣了。」雖然去外縣市的醫院墮了胎，這事是否能瞞得滴水不漏仍令人不安。

一個父母都外出的星期天，瑠璃正在爲考試做準備的時候，妹妹跑來纏著瑠璃一起玩。就算敷衍地說「等一下」，她也不聽。對瑠璃而言，懷孕墮胎過的妹妹不再是從前那個天眞無邪的存在。看著言行舉止一樣幼稚愚蠢的妹妹，甚至覺得很不耐煩。

「姊姊，妳看。」

背後傳來妹妹的聲音。

從來無法安靜待在一處不動的妹妹，剛才進瑠璃房間又跑了出去，不一會兒再跑進來。一下唱著沒有意義的歌，一下在床上跳來跳去。不久前才安靜下來，坐在瑠璃背後畫圖。

「嗳，姊姊，妳趕快看嘛！嗳嗳！」

因爲她實在太囉唆了，只好說著「什麼事」轉頭看。一看之下，瑠璃大驚失色。

躺在地毯上的妹妹下半身裸露，立起膝蓋大張雙腿。雙腿之間的性器就像長了紅色獨眼的生物，緊盯著瑠璃不放。妹妹的裙子高高掀起，黃色圓點內褲丟在一旁的地毯上。

感覺就像暴露在外的是自己最不願被看見的部分，瑠璃不假思索伸手蓋住妹妹的性器。

「不要這樣！」

「爲什麼？」

「不可以做這種事。」

「爲什麼？」

「女孩子不可以在別人面前脫裙子或脫內褲。」

「可是，大家都說我這樣很乖喔。」

「咦？」

「他們都說妳好可愛，眞是乖孩子，讓我看個清楚。只要乖乖躺著人家就會疼我喔。所以小葵就算痛也會努力忍耐。他們說啊，會痛就是得到獎賞了。」

瑠璃摀住妹妹的嘴巴，用力壓住她。妹妹悶哼著像想說什麼，瑠璃抓不準放手的時機。

「不能講那種話，不能做那種事，可以嗎？明白嗎？」

脹紅了臉的妹妹像是沒聽懂自己說的話。瑠璃差點哭出來，這樣豈不是得繼續摀著這張嘴才行了嗎？

別說性交了，瑠璃連接吻或牽手的經驗都沒有。還沒有自信能按照自己的理想做這些事，不想爲了接吻或性交這點小事就對自己失望，更無法忍受對方對自己失望。再說，十八歲了還沒談過戀愛這點，也很符合自己的風格。

然而——

妹妹可能害自己也被貼上「跟誰都能上床」的標籤。說不定人家會在背後說「有那種妹妹，姊姊大概也差不多」。

這是第一次，瑠璃痛切感受到妹妹的存在破壞了自己的理想。

三個月後，妹妹第二次懷孕，過了不久，瑠璃就離開這個家了。

凝望女兒的背影，瑠璃回憶起摀住妹妹嘴巴那時的事。

那時，自己內心是否有殺掉她的念頭呢。雖說當下確實不顧一切地壓在她身上，但自己或許並不打算殺掉她。就算眞的殺了，父母肯定選擇包庇表現優秀的大女兒，瑠璃絕對不會有罪。要是當時那麼做了，現在就不會陷入這種隨時可能被強風吹得摔下懸崖的狀況。

沉迷於看卡通的美月，正跟著配樂和角色們一起手舞足蹈。做完結尾的動作後，轉過來得意地喊「媽媽」。

「美月好厲害，跳得眞好。」

對她這麼一說，美月就露出滿意的笑容。

黑亮的眼珠，圓鼓鼓的粉紅色臉頰，花瓣一般的嘴唇。透亮白皙的皮膚和濃密纖長的睫毛。長得和自己一模一樣，瑠璃這麼想。

死去的沙耶子也是。有著同樣的白皮膚和黑睫毛。牽著她們走路時，總有人會說「兩人都長得和媽媽好像」、「兩姊妹長得眞像」。

沙耶子，可愛的沙耶子。最愛妳了，妳是我的寶貝。

那時，要是自己視線不離沙耶子，她就不會死了——不管怎麼責備自己都不夠。

沙耶子出生時，瑠璃發誓絕對要讓這孩子過得幸福。打從心底對自己也對妹妹這麼發誓。絕對會拚了命保護這孩子，慎重地扶養她長大。所以，把她給我吧，這麼哭著拜託、威脅、利誘、奪取似讓這孩子屬於了自己。

每個醫生都說，妳是子宮畸形，很難懷孕。都已經半放棄了才得知懷孕時，瑠璃有一種自己成爲司掌宇宙之神的感覺。之所以這麼想，不是以爲自己無所不能，也不是因爲心情太激動，甚至不是因爲陶醉在無比幸福的感覺之中。正好相反，得知懷孕後的瑠璃內心沉穩又清醒。總覺得自己好像發現組成這世界的構造了。俯瞰渺小的自己，原來這就是集山本瑠璃這個女人一生大成的終點。所謂「理想的我」，說到底就是成爲母親，只是這種程度的東西罷了。瑠璃滿足於這種平凡。卻沒想到，這「理想的我」的最後一塊拼圖，竟因爲過早誕生而消逝。

接下來的記憶片片段段。記得耳邊似乎一直有個女人在哭叫，堅持她的寶寶沒有死，只是還沒生下來。說自己才懷胎八個月，寶寶之後才會生出來。一切就像在噩夢中。

直到看見那個大腹便便的女人，才終於從噩夢中醒來。瑠璃把那女人看成了自己，但其實是妹妹，田茂帶她來的。妹妹毫無預警地造訪田茂，說想生小孩。

喔，原來是這樣啊。那時瑠璃終於領悟妹妹存在的意義。彷彿聽見神明告訴自己，妳妹妹就是爲此而生的啊。妹妹的存在目的只有一個，就是解救眼前的狀況，幫助瑠璃完成「理想的我」。

瑠璃不知道自己生下來的嬰孩去了哪裡，也從來沒過問，大概被母親埋在哪裡了吧。即使想像土裡的亡骸，也沒有湧現任何悲傷或慈愛的情緒。對瑠璃而言，那只是一塊即將被微生物分解的肉。如此的缺乏情感，正好證明自己接下來做的事正確無誤。

妹妹代替瑠璃生下了健康的女嬰。

抱著嬰兒時，瑠璃也領悟到自己爲何誕生在這個山本家。丈夫的母親之所以願意認同這樁婚事，還建議自己回娘家待產，都是因爲這個家曾經「進貢皇室」。一切都是爲了此時此刻而埋下的伏筆。

脹紅了臉大聲哭喊的嬰兒令瑠璃愛憐不已。妹妹不哭不鬧，但也不是心甘情願把孩子交給自己。她不斷重複「小葵想當媽媽」，幼稚的語氣令瑠璃想起小時候。妹妹經常說「長大以後想當個跟姊姊一樣溫柔的媽媽」。超過十年不見的妹妹，都已經二十一歲了還像個小學生。所以，對瑠璃來說，安撫妹妹很簡單。「沒結婚的人當不了媽媽喔」、「姊姊來幫妳當一個溫柔的媽媽吧」、「我會把她當成小葵好好養育」。一邊對妹妹說著這些話，一邊眞心告訴自己絕對要給這孩子幸福，拚了命也要保護她。爲此，瑠璃一再要求妹妹再也不要出現在自己與孩子面前。

然而，妹妹出現了。就在沙耶子死去一個月後。

送丈夫出門後，正想帶美月去公園玩，一出家門就看到妹妹站在馬路對面。

「爲什麼小葵的寶寶死掉了？」

妹妹一開口就這麼問。

語氣並不激動。一如字面上的「爲什麼？」，她就像個孩子，單純只是感到疑惑。

「告訴我嘛，爲什麼？」

搶走她的嬰兒後，瑠璃一次都沒再見過妹妹。既不知道她在哪裡，也沒有她的電話號碼。所以，父母相繼病死時沒有通知她。應該說，就算知道聯絡方式也不打算聯絡。原本就想和她徹底脫離關係了。

「妳不是說絕對會讓寶寶幸福嗎？不是說會拚了命保護她嗎？爲什麼不守信用？是因爲姊姊不守信用，小葵的寶寶才死掉了嗎？」

「不是的，小葵，不是那樣的。」

瑠璃只能勉強擠出這個回應。

「可是，小葵聽到了啊。有人問是誰害死寶寶的？然後，就有人說，是父母的錯。」

「那種話是誰說的？」

「拉麵店的阿姨。然後叔叔也說對啊對啊，做父母的怎麼沒看好自己的小孩，最近的父母只想樂個輕鬆。」

妹妹忽然低垂視線，窺看瑠璃推的嬰兒車。

「這是姊姊的寶寶嗎？」

冰冷的聲音，聽得瑠璃毛骨悚然。

「爲什麼小葵的寶寶死了，姊姊的寶寶還活著呢？」

這句話聽在瑠璃耳中就像殺人預告，令她瞬間爲之凍結。直覺告訴瑠璃，繼續這樣下去，美月會被殺掉。

「因爲有壞人啊。是個男人，一個叫戶沼的人。是他拐沙耶子去河邊玩的。我覺得太危險，也有阻止他。可是他說他會看著，所以沒問題，硬是拉走了沙耶子。我追上去的時候，她已經溺水了……」

瑠璃哽咽得說不下去，說得連自己都覺得這是眞的。要不是戶沼不負責任地拐沙耶子去河邊，事情就不會變成那樣——腦中有另一個自己這麼想。

「所以是那個人不好嗎？」

「對，都是那個人不好。」

「那個人在哪裡？」

「我不知道。」

「妳不告訴我，我就不回去！」

妹妹當場坐在地上耍賴，瑠璃只好答應她會去查。問了妹妹的電話號碼，順便問她現在住在哪。妹妹只簡短回答「東京」。

「東京哪裡？」

「在沒有攝影機的地方移動。」

「攝影機？」

「妳知道嗎？外面有很多攝影機，所以就算想逃跑也會馬上被抓回去喔。攝影機監視著小葵，但是只要小心攝影機，就不會被帶回去。」

「被誰帶回去?」

「很壞的男人。」

「很壞是……怎樣壞?」

「把小葵關起來,強迫小葵跟很多人睡覺。」

瑠璃說不出話來。稚氣未脫的妹妹背後,似乎有著瑠璃不知道的可怕幕後黑手。其實不想聽下去,妹妹卻毫不猶豫地繼續:

「要是逃跑就會被揍被踢,像媽媽那樣。」

妹妹的眼珠烏黑透亮。瑠璃想起國中時學校參觀旅行去北海道,看著支笏湖時有人說,愈是澄澈的湖水就愈冷愈深。

「魚!」

女兒的聲音令瑠璃回過神。

美月指著電視,畫面上有她最喜歡的魚類角色。這次,她轉頭對著母親笑:「魚!」

「對啊,魚先生好可愛呢。」

瑠璃笑著回應。

「魚、魚、魚魚!」

一下看電視,一下看母親,美月嘴裡連聲喊「魚」,不一會兒又扭捏起來,像是對這麼興奮的自己感到害羞。瑠璃心想,她跟我好像啊。再次回首當年,那時果然不該放開摀住妹妹口鼻的手。

結果，自己懷上第二次身孕，最終還是獲得了如此可愛的孩子。可見根本沒有妹妹也無所謂，反而應該說，沒有她還比較好。

也是到了現在才能這麼想。

田茂松子。瑠璃一個字一個字清晰地默念這個名字。

都那麼千叮嚀萬囑咐她絕對要保密，她也毫不客氣收下封口費了，現在竟然還跑去跟警察說那麼多。

打從一開始，瑠璃就不信任那個助產士，怕她哪天就把祕密說出去。去她家那天，原本也不是打算殺人滅口，只是想再多給一筆錢，再次提醒她不要說出去。只是，帶沙耶子回娘家請母親暫時照顧時，母親用莫名豁達的語氣說不用擔心田茂。

「田茂太太她年紀也大了，什麼時候怎樣都很難說。搞不好今年冬天就突然走了。」

所以沒必要再拿錢給她。母親充滿自信地這麼說。

瑠璃沒想過要殺田茂。只是，說不定哪天自己會改變主意。前往田茂家前，瑠璃悄悄拿走了母親的安眠藥。事實上，使用安眠藥也不是想殺她，只是想爲哪天改變主意時預作演練。比方說，要放多少藥才有效，有效到什麼程度。更重要的是，得確認一下她家有沒有偷藏寫下那個祕密的筆記或日記之類的東西。趁田茂睡著，瑠璃找遍了她家，沒發現任何東西。爲了保險起見，正想把院子裡的儲藏間也找一找時，和醒來的田茂隔著窗戶四目相接。她一臉不可思議的表情。

即使沒有留下文字，事實也還留在田茂心中。希望她忘掉那一切，明明已經那樣拜託過她了啊。

早知道就殺掉她。那時雖然辦不到，現在的自己肯定能夠毫不遲疑下手。凝視跟著音樂搖擺的小小背影，瑠璃強烈地感受到，爲了保護女兒，自己什麼事都做得出來。就算要拿出自己這條命也沒關係，當然更不惜奪走任何人的命。

想告訴妹妹，自己對沙耶子也懷抱過同樣的心情。這麼想的時候，內心之所以感到愧疚，是因爲那樣的心情已經是過去式。打從美月誕生後，瑠璃對沙耶子的愛就逐漸褪色了。只是一直裝作沒有察覺自己的變化而已。

沙耶子是個親人的孩子。天不怕地不怕，對誰都能綻放笑容，所以大家都喜歡她。

有一幅畫面深深烙印在瑠璃腦中。那天，母女三人去了公園。美月睡在嬰兒車裡，瑠璃一邊前後輕搖嬰兒車，一邊看著在公園遊樂器具上玩耍的沙耶子。當時快滿四歲的沙耶子很快就和其他小孩混熟，發出開心的笑聲。粉紅色T恤和牛仔短褲穿在她身上很適合，看上去比任何一個孩子都更可愛。這時，一個帶孩子來玩的父親喊著自己兒子的名字，朝遊樂器材走去。看到他手上拿的彈簧單高蹺，孩子們歡呼著一擁而上。「那是什麼？」「我也想玩」「那是我的」「借我一下嘛」，孩子們你一言、我一語搶著玩，沙耶子也在其中。可是，當大家都朝彈簧單高蹺伸手時，只有她抱住男人的大腿。笑得天眞無邪的沙耶子整個人黏在男人身上，臉頰磨蹭對方，以這種方式央求玩具。

沙耶子是妹妹生的小孩。那一瞬間，瑠璃彷彿初次意識到這個事實，內心大受衝擊。腦中浮現雙腿大開，暴露性器的妹妹。滿口淫穢詞語的妹妹。穿著瑠璃的內衣，口中發出嬌喘，擺出誘人姿勢的妹妹。滿不在乎地用竹籤把鼠婦串成一串的妹妹。隨隨便便就懷孕的妹妹。纏在男人身上的沙耶子，彷彿將瑠璃腦中浮現的妹妹一一吸了進去。

電視上的卡通節目放起了片尾曲。

美月配合節奏屈伸膝蓋，對發出音樂的電視揮手。

「走，我們去看爸爸囉。」

瑠璃這麼對女兒說。

丈夫從新宿區的醫院轉入了川越市的醫院。總覺得緊急送醫的那間醫院已經被妹妹知道了，瑠璃強烈要求丈夫轉院。

得知戶沼曉男被殺時，瑠璃心想「不會吧」。隨後，「果然」的念頭又隨著冷汗一起流出。想起小時候妹妹笑嘻嘻地把鼠婦串在一起的事，她眞是一點都沒變。

對於戶沼曉男的死，瑠璃一點罪惡感也沒有。看到沙耶子溺死時，那男人不但不當一回事，甚至擺出一副高高在上的樣子，對自己丟出後來勢必會再聽到幾千幾百次的「爲什麼沒有看好她」那句話。

接到丈夫從月台摔落的消息時，腦中浮現的也是「果然」的念頭。聽刑警說不只戶沼曉男，三井良介可能也是遭人殺害之後，瑠璃就一直活在恐懼中。

妹妹該不會打算把參加露營的所有人都殺死吧——

不，說不定小葵連我們都想殺——

丈夫的意外，讓瑠璃明白妹妹選擇了那個「說不定」。因爲她無法原諒說了「絕對會讓這孩子過得幸福」、「會拚了命保護這孩子」卻不守信用的姊姊。

妹妹大概還會再來殺死丈夫吧。殺了丈夫之後她就滿意了嗎。不，不會。她一定會把沒能保護沙耶子的所有大人都殺死。不只如此，她可能連美月都想殺。

唯有美月是絕對非保護不可。就算用自己的生命保護也無所謂，就算要奪走其他人的生命也無所謂。

瑠璃還沒放棄殺死妹妹的事。只要能保護美月，幾次都要殺。

我已經不是理想中的我了。那天，把用來殺妹妹的菜刀放進包包那一剎那，瑠璃這麼想。三十四年來捧在手心培育的自己的核心已經毀壞，碎成一片一片。

她體認到自己只是個愚蠢的母親。但是，瑠璃對這樣的自己感到滿足。

僅僅是五天前的事，感覺卻像過了好幾年。彷彿自己一直以來都是這麼愚蠢的母親。

對講機門鈴響起，是來接母女倆的計程車司機。

「周圍有可疑的人嗎？」

「沒有，一個人也沒有。」

司機疑惑地回答。

「請看仔細。因爲最近有個奇怪的女人纏著我們。」

「這樣啊。看起來不要緊，以防萬一，還是我到玄關口接妳們？」

在司機的帶路下，匆匆鑽進計程車。

路上誰都沒有。即使如此，瑠璃總覺得妹妹正屏氣凝神躲在什麼地方偷看。不能繼續這樣下去了。瑠璃緊握美月的手。

「剛才警察來過喔。」

一看到瑠璃，躺在床上的丈夫邦一就這麼說。

「警察？」

「不要緊，不是妳那件事。」

用沒上石膏的左手撫摸抱著自己的女兒，丈夫對瑠璃露出微笑，要她放心。

關於五天前被逮捕的事，丈夫似乎相信瑠璃眞的如她自己所說，只是壓力太大做出了脫序行爲。婆婆似乎也接到通知，她大概覺得瑠璃精神出了問題，什麼都沒說，只是幫她預約心理醫生。

「我好像眞的不是被推下去的。」

「咦？」

「我好像是在月台邊踩空了，也可能是剛好那時跟人相撞吧，總之，月台上的攝影機沒拍到可能推我的人。」

「可是，你不是說覺得好像有人推你？」

「一開始是有那種感覺，可是我馬上就改口說是錯覺了啊。也沒目擊者，又確認過攝影機，證實眞的沒人推我。這樣應該就是錯覺了。哎呀，給人家添了這麼多麻煩，眞丟臉。」

「是喔，不過，太好了呢。」

瑠璃擠出微笑。沒被攝影機拍到這件事，使她更強烈地確信，是小葵推了丈夫。

妹妹永遠無法理解自己的行爲。她不知道自己爲什麼要把鼠婦串成一串，不懂性交會導致懷孕，不能理解殺人就要付出代價。她什麼都不思考，只憑一股衝動而活。

殺死戶沼曉男和將丈夫推落月台，都是因爲妹妹憎恨他們。就只是這樣的情感驅使她採取行動。想到這裡，不禁冒出一個疑問，那麼三井良介呢？妹妹怎麼知道三井良介的事？瑠璃只有告訴過她戶沼曉男的名字。當時她打開丈夫電腦裡的通訊錄，查到名片上的資訊，把這個告訴了妹妹。

聽見開門的聲音，瑠璃赫然轉頭。

是婆婆。背後站著她的專屬司機。

「奶奶——」

美月發出開心的叫聲，離開父親懷抱，跑向祖母身邊。

瑠璃被捕時，婆婆帶走了美月。白天讓專屬司機的太太照顧，晚上帶回婆婆家過夜。昨晚，是瑠璃獲釋後第一次和女兒一起睡覺，說來就是只限一天的試用期。婆婆的說法是，怎能把寶貝孫女交給會拿菜刀亂揮的媳婦。

以結果來說，瑠璃認爲這是好事。短短幾天下來，婆婆和美月快速拉近了距離。內向怕生的美月之前一直不太親近婆婆，現在突然會撒嬌喊「奶奶」了。這樣的舉動一定能打動婆婆的心吧，原本只溺愛沙耶子的婆婆態度變了，最重要的是，美月在她那邊比在家安全。

「妳還好吧？」

婆婆和美月離開後，丈夫小心翼翼地問。

「嗯，沒事。對不起。」

瑠璃握住丈夫伸過來的手。

「該道歉的是我啊。眞的對不起，是我太不小心了。別看媽那樣，她也很擔心妳喔。爲了減輕妳的負擔，她好像在幫妳找家事服務人員了。」

「其實不用，對媽眞過意不去。我做了讓渡瀨川家蒙羞的事，媽媽一定不會原諒我吧。」

「妳在說什麼啊，是我不好啊，沒察覺妳心裡那麼難受。妳一定很痛苦，現在也還很痛苦吧。沙耶子死後，想說妳好不容易振作起來了，那些警察又忽然跑來翻舊帳。三井先生和戶沼先生的事雖然很可憐，但和我們一點關係也沒有啊，絕對只是碰巧而已嘛。那個叫梶原的警察，現在想起來我還是很火大。」

比起那個聲音低沉沙啞的刑警，瑠璃更討厭面無表情的女刑警，那是一種生理上的厭惡。學生時代，班上總會有個像那樣的女生，不起眼又沉默寡言。平常不會注意到她的存在，卻總在不經意時發現她陰沉的視線盯著自己。可是，只要一把視線移開，馬上又會忘了對方的存在，甚至不會留下記憶。第一次見到那個叫我城的女刑警時，瑠璃就本能地感覺到，對她不能太大意。駑鈍的表情底下，有著一雙能將自己看穿的眼睛。瑠璃的直覺沒錯。不在場證明都已經成立了，沒想到那個刑警還繼續跟蹤自己。

——沙耶子是葵小姐的孩子吧？

女刑警的聲音震撼鼓膜，令瑠璃心驚膽戰。

沒事的，瑠璃這樣說服自己。沒有證據。只要堅持那是田茂的胡思亂想就好。田茂本來就滿腦子胡思亂想。田茂好像跟警方說父母不是病死，是自己殺的，還說自己也想殺她，甚至主張沙耶子也是瑠璃殺死的。怎麼可能有這種事，這麼一來自己豈不成了殺人魔嗎。只要調查就知道，每件事都是她在胡說八道。那種老太婆說的話，警方不可能當眞。

「警察眞的好過分，淨是說些教人難以置信的事。」

「好可憐，妳一定很難過。」

「要不是你幫我請了律師，眞不知道會變成怎樣。」

「我說，瑠璃啊。」

丈夫重新用力握住瑠璃的手，停頓一個呼吸後繼續說：

「我知道妳是最悲傷的人，可是，要不要忘了那些悲傷？我們還有美月。連同沙耶子的份一起，得好好把美月養大才行。對吧？」

瑠璃低垂視線，輕輕點頭說「對，是啊。」

「今後不管發生什麼事，我都會保護妳和美月。所以，我們一起往前走吧。」

「好。」

明明沒有落淚的預兆，眨眼的瞬間，伴隨著不帶感情的嗚咽，眼淚滴滴答答落下。理想的我都已經不在了，身體機能居然還能擅自反應，眞是不可思議。

瑠璃拿面紙拭淚，對丈夫微微一笑。

「你說得沒錯，我們還有美月。得忘記悲傷才行。」

「是啊。」丈夫用力點頭。「爲了這個，首先瑠璃得先振作起來，這是最重要的事。」

「好。」

瑠璃恭敬地回答。

出了醫院，感覺氣氛變了。一股不平靜的氣息刺痛肌膚。

環顧四周，妹妹就在馬路對面的兒童公園裡。站在長椅旁的樹蔭下，整個人融入風景中，乍看很難注意到她。

瑠璃一點也不吃驚。還以爲她更早現身呢。與妹妹保持四目相接，橫過馬路，走進公園。

「妳上次怎麼沒來？」

妹妹劈頭就這麼問，嘟著嘴巴，臉上是耍脾氣的表情。身穿紅色細肩帶背心和牛仔迷你裙，斜揹著一個粉紅色的包包。

「不是約好了碰面嗎。姊姊怎麼沒來？小葵等好久。」

妹妹說的是五天前，瑠璃打算殺死她的那個夜晚。那天晚上，瑠璃和妹妹約了見面。打電話約她出來的是瑠璃，將地點指定在堀之內某間寺院內的是妹妹。前往約定地點的途中，瑠璃發現了妹妹，並從包包裡拿出菜刀。

「妳是因爲想殺小葵所以被抓嗎？所以才沒來嗎？」

「是啊。」

那時的菜刀，現在也在包包裡。

「爲什麼想殺小葵呢？」

睜著一雙乾淨澄澈的眼睛，妹妹這麼問。雖然擦了眼影，臉頰上也塗抹著人工味很重的粉色腮紅，她依然是那個天眞無邪又殘酷的小孩。

「因爲妳想殺我們啊。」

「我們是誰？」

「妳永遠不明白自己在做什麼，妳不是殺了那個叫戶沼的人嗎？」

「嗯。」

「爲什麼？」

「因爲他是殺死小葵寶寶的壞人。」

回答得毫不躊躇。

「那個人殺死小葵寶寶的事，大家都知道喔。因爲小葵看到了嘛，那個人家的圍牆上有寫，『殺人凶手的家』。」

「殺了三井先生的也是妳吧？把我先生推下月台的也是妳。妳是不是還想殺我和美月？」

妹妹怯怯地說，噯，姊姊……

「小葵好像壞掉了，覺得好奇怪喔，壞人殺了也不會不見，他在這裡面……」

說著，妹妹握拳敲自己的頭。

「這裡面有個像媽媽一樣恐怖的人，很生氣，說絕對饒不了我。好不容易把壞人殺掉了，卻還是沒有消失。我想說是不是殺一次還不夠，就在腦子裡試著殺了好幾次。可是這麼一來，恐怖的人更生氣了。那個人開始大吵大鬧，心臟就跳得好快，好難受，腦子一激動起來，就想把一切搞得亂七八糟。可是，都已經殺掉了，也沒辦法再殺一次。」

「所以妳要殺我們？」

「姊姊爲什麼要殺小葵呢？妳討厭我了嗎？生氣了嗎？那不是很奇怪嗎？說要保護小葵寶寶的是姊姊，不守信用的也是姊姊啊。」

小葵。瑠璃刻意放軟聲調。就像當年從倉庫裡把妹妹放出來時一樣，就像抱住被母親打罵而抽泣的妹妹時一樣。小葵。再這麼呼喊她一次，瑠璃唇邊綻放一抹微笑。

「妳才是沙耶子的媽媽喔。」

「是啊，可是姊姊——」

「沙耶子其實知道妳才是眞正的媽媽喔。」

咦？妹妹的表情僵住了。

「我啊，我有跟沙耶子說實話喔。說妳眞正的媽媽是我妹妹，她叫小葵。我還跟她說，現在因爲有點苦衷所以不能見面，總有一天她一定會來看妳的喔。」

妹妹像是想說什麼，瑠璃制止她。

「可是，妳去了哪裡我也不知道啊，想聯絡也無法聯絡到。」

「是姊姊叫我絕對不能去找妳們啊。」

「妳是沙耶子的媽媽吧？不是嗎？」

「沒錯喔，我是媽媽。」

妹妹皺起眉頭，拚了命地表明。

「如果眞的是媽媽，就算人家說不行，也一定會去見自己的小孩喔。這才是眞正的媽媽。可是，妳連一次都沒來呢。再說，媽媽都會用自己的生命保護小孩，只要是眞正的媽媽都會喔。可是，妳什麼都沒做。妳放著她不管了啊，是妳拋棄了沙耶子。」

「可是那是因爲姊姊說——」

「沙耶子一直在等妳喔。她每次都問我，眞正的媽媽到底什麼時候才要來。」

妹妹不再眨眼，淚水從眼中流出，嘴唇微微顫抖。瑠璃第一次知道，原來妹妹也能這樣無聲地哭泣。內心震撼地想，這孩子眞的是個母親。

「她現在應該也還在等妳喔，沙耶子。她躺在冰冷的河底，等著媽媽去見她。妳是媽媽吧？妳是沙耶子的媽媽吧？」

妹妹睜大眼睛點頭。

「妳不覺得沙耶子自己一個人在那等很可憐嗎？她一定在哭了，喊著媽媽、媽媽。」

看見妹妹背後跑來的兩個人。

「小葵，快逃！」

瑠璃低聲叫喊，葵依然站在原地發呆流淚。

「要抓妳回去的人來了，是壞人喔，快逃！」

妹妹嚇得想回頭看，瑠璃阻止了她：「不可以回頭！」

「快去沙耶子身邊，要是妳又被抓住，被關起來的話就見不到沙耶子了喔。」

妹妹露出意志堅定的眼神，輕輕點了點頭，拔腿就跑。腳蹬地面時「躂」的聲音縈繞在瑠璃耳邊。

目送妹妹橫越馬路，沿著人行道跑掉後，一個男人也從瑠璃視野中跑過。是五天前偵訊自己的那個刑警。遲了一會，那個叫我城的女刑警也追上來了。以她的體格來說，身手意外算是矯捷嘛。不過，已經看不到妹妹的身影了。

忍不住噗哧一笑。明明一點也沒什麼好笑，卻忍不住想笑。呵、呵、呵呵。發出衝動的笑聲，眼淚忽然落下。

眞想告訴妹妹，怎麼可能嘛。

怎麼可能跟沙耶子說妳才是眞正的媽媽呢？如果要告訴她這種事，我又何必冒著危險帶走沙耶子？沙耶子根本不知道妳的事，也沒有在等妳。連這都不知道，眞是可憐的小葵。

離開公園後，女刑警朝瑠璃走來。

「剛才那是妳妹妹葵小姐吧？」

「不是。」

「不然那是誰？」

「我不知道，我只是被問路而已。」

妹妹應該逃脫了吧。她應該去找沙耶子了吧。

「殺害戶沼先生的是葵小姐吧？」

瑠璃沒有回答，朝小葵離去的方向看。

感受到女刑警糾纏不清的視線。忽然有股衝動想問她，妳是不是羨慕我？妳是不是想成爲我這樣的人？像我這樣的女人是妳的理想嗎？

現在的我只是個愚蠢的母親，不知道看在這個女刑警眼中，我是什麼樣子呢？

7

身分不明的溺水者指紋，和戶沼曉男殺人案中被視爲凶手的指紋一致。那個可能是山本葵的女人逃脫一星期後，搜查總部收到了這條情報。

溺水者漂流到秋川河床時被人發現，緊急送往秋留野市的醫院，一直處於昏迷狀態。

「要是那時我抓到她就不會變成這樣了。」

石光咬牙切齒地低喃。

平常不太展現情緒的石光露出了苦悶的表情，或許因爲躺在床上的女人看上去實在太稚嫩，稚嫩到了令人痛心的地步。大概是隨水漂流時撞到的吧，蒼白的臉上有不少傷口和瘀青，小小的嘴巴被人工呼吸器撐開。與其說是女人，那無助的模樣更像個少女。

「這女的眞的是凶手嗎？」

石光這麼嘟噥時，聽見敲門的聲音。

我城薰子打開門，站在門外的是渡瀨川瑠璃。

「不好意思，麻煩妳跑這麼遠來。」

薰子低頭致歉，瑠璃垂著眼睛點頭回應。她穿黑色罩衫和灰色裙子，頭髮紮在腦後，沒有戴項鍊和耳環。薰子心想，看上去就像來參加葬禮。

「她是——」說著，薰子朝病床轉頭。「六天前的下午，在秋川河床上被人發現。那天就是妳和葵小姐見面的隔天。葵小姐好像在附近打聽過沙耶子溺水的地點，大概是企圖自殺吧。渡瀨川太太，妳那時和葵小姐說了什麼？妳對她說了什麼？」

瑠璃站在門前不動，依然半垂著眼，像在迴避薰子的視線。

「請到這邊來。」

聽到石光用強硬的口吻這麼說，她才終於邁步走到床邊，低頭看床上的女人。人工呼吸器的咻咻聲似乎突然變大了。

維持低頭的姿勢，瑠璃開了口：

「……這位是誰？」

「是妳妹妹葵小姐。」

薰子這麼回答，瑠璃歪了歪頭。

「不，她不是。」

這麼回答，對薰子投以疑惑的目光。

「還有，你們是不是誤會什麼？我最後一次見到妹妹，已經是超過十五年前的事了。」

果然不出所料。薰子也不認爲她會承認。

「那麼，這個人是妳一星期前在公園見到的人嗎？妳說跟妳問路的那個人。」
「我是有被問路，但是不記得對方長相了，不好意思。」
「眞的不是妳妹妹嗎？」
「不是。」
「這件事很重要。」
「對，這個人和我記憶中的妹妹不一樣。我離家時妹妹還在讀小學，之後就再也沒見過面了。經過了十五年，妹妹的長相應該改變許多了。」
「沙耶子出生時，妳應該見過葵小姐才是。因爲生下沙耶子的人是葵小姐。」
「不是啊。」瑠璃露出驚訝的表情。「妳怎麼還在說這種話。」
「渡瀨川太太，這種事只要調查一下就知道了。」
「好啊，請查。」
瑠璃絲毫不受動搖。
「殺害戶沼曉男的是葵小姐吧，指紋與凶手相符。」
「這樣啊。可是，這個人不是我妹妹。」
她的聲音單薄，說得像跟自己無關一樣。
「葵小姐爲什麼要殺戶沼先生呢？妳應該知道爲什麼吧？」
「我不懂妳這話的意思。」
「我們原本認爲是連續殺人犯。三井良介先生、戶沼曉男先生還有妳的丈夫邦一先生。

我們以爲這三起事件出自同一人的凶行。妳也這麼認爲對吧？妳認爲自己和家人被盯上了。所以那天晚上，妳打算殺害葵小姐。」

瑠璃只是嘟了嘟嘴。

「推三井先生下橋的凶手另有其人，昨天已經逮捕到案了。」梶原現在隸屬的搜查總部，追查的就是這椿路上隨機殺人事件。被逮捕的男人也承認他推了三井良介。

「然後，是妳丈夫的意外。他應該只是不小心踩空而已，這妳也應該已經知道了吧？」瑠璃沒有承認也沒有否認，表情莫名冷靜沉著。

持續的沉默。

咻咻，咻咻，咻咻。人工呼吸器的聲音在病房裡不斷增大，規律的聲音像是奪走了空氣，薰子開始感到呼吸困難。

「我可以回去了嗎？今天和孩子約好要見面。」

瑠璃禮貌而堅決地說。

「她活下來的機率很低，這樣也沒關係嗎？」

「我感到同情。」

「她是妳妹妹。」

「不，她不是。」

「警方一展開搜查，全部的眞相就會水落石出！」石光突然激動起來。「只要田茂女士的證詞一一獲得證實，妳的謊言就會被拆穿。」
「請去調查沒有關係。」
瑠璃臉上露出淡淡微笑。
「沒記錯的話，田茂女士說我殺了父母和沙耶子，還連她都打算要殺吧？我接受偵訊的時候，你們是這麼說的。就因爲你們對我說了那種話，我受到太大的打擊，現在開始看心理醫生了。我會再透過律師提供診斷證明書，以後有什麼事，我都會請律師出面應對。」
眼見瑠璃就要快步離去，薰子倉促之間叫住她。只是，連自己都不知道是要說什麼。
「什麼事呢？」
回過頭的她面無表情，給人空洞虛無的感覺。她凝視薰子的眼神沒有一絲不安或猶豫。
「妳先生那時和女人在一起。」
來不及思考就先脫口而出了。大概不懂這什麼意思吧，瑠璃表情不爲所動。
「我說他跌下新宿車站月台的時候。可能很緊張，才會臨時說出覺得有人推他的話。或許他認爲什麼都不說的話，會被發現自己和女人在一起，畢竟他也不是去那裡出差的。」
瑠璃露出淺笑。
「這樣嗎？那又如何？眞無聊。那種事對我而言根本一點都無所謂。我不想失去的只有一樣東西，那就是孩子。是美月。只要有美月，我什麼都可以不要，除了失去美月，我對任何事都無所畏懼。現在我終於察覺這點了。」
她嘴角漸漸上揚，說完之後，笑容甚至給人威嚇的感覺。

這就是母親嗎？薰子感到震懾。一層層剝除外皮後，最後留下的就是毫不掩飾的愛與執著嗎？

明明葵也是個母親——

在拋出內心暗忖的這句話前，瑠璃走出了病房。

「她很鎮定嘛。」

石光瞪著關上的門這麼說。

「再去說服一次田茂，請她出來作證吧。」

「我看是很難。」

田茂始終拒絕配合搜查，這幾天甚至假裝不在家。

薰子坐在床邊椅子上，探頭窺看葵。

她離開加護病房不是病況好轉，反而是沒有好轉的可能。聽說她成爲植物人或腦死的機率很大，就算沒有變成那樣，也難逃死於併發症。不管怎麼說，清醒的可能性都很低了。

「戶沼曉男或許只是代罪羔羊。」

薰子喃喃低語。

「什麼意思？」

「爲了平息葵的怒氣，犧牲了戶沼曉男。對渡瀨川瑠璃而言，除了自己和家人以外，死的是誰或許都無所謂。」

薰子想起趕到案發現場時，映入眼裡的那一幕。

傾盆大雨中，趴臥在地的被害人。驚愕的表情與流出的血，令他整個人像沉在黑水底。試著讓手握菜刀的山本葵站在那裡看看。追上被害人，將菜刀插入他的背部。雙手拔刀，再刺一次，就這樣反覆好幾次。即使被害人已經倒地，依然毫不留情地刺殺。

想像起來並不順利。爲了讓山本葵順利站在那個地方，薰子重新凝望床上的她。薄薄的眼皮偶爾會跳動，胸口緩慢起伏。感覺像在看一隻被人剝皮丟棄的小動物，心頭隱隱作痛。終究難以想像她揮舞菜刀殺人的模樣。

可是，薰子重新思考。那個渡瀨川瑠璃企圖刺殺妹妹時，不也露出般若一般的形貌嗎？或許葵的心也被惡鬼支配了。

凶手從水底出現，又消失在水底——這話是自己說的嗎？還是梶原說的？從水底出現的葵殺了戶沼曉男，最後又回到了水底。

「妳是沙耶子的母親吧？」

對無法證明的事感到焦躁不已。瑠璃一定不會鬆口，她的父母又都死了。田茂不願作證。這麼一來，知道眞相的只有昏迷中的她了。

「是妳生的吧？妳是個母親吧？」

這一瞬間，葵的眼睛猛地張大。眼神游移，像在找尋剛才那句震撼鼓膜的話。又黑又清澈的眼珠，像個嬰兒。

石光探頭過來看，發出「啊」的驚呼。

薰子握住葵的手。

「葵小姐，妳聽得到嗎？沙耶子是妳的孩子吧？妳是個母親吧？」

只有短暫一剎那，她的眼珠像反射了月光般閃閃發亮，臉上看似露出溫柔的微笑。

尾聲

我城薰子獨自造訪渡瀨川瑠璃是五天後的事。這天，一早就下著天鵝絨般的細雨。

「因爲四點會有人來接……」

瑠璃坐在沙發上這麼說，眼睛看的不是薰子，而是女兒美月。

美月折著腿坐在地上，看卡通DVD看得入迷。

「來接？」

「我女兒還在婆婆那，今天只有一點到四點能跟我在一起。四點司機會接她回去。」

言下之意是「妳別打擾我們了，快點回去吧」，薰子理解了她的意思。

「我們認爲是山本葵的那位女性，三天前過世了。」

這句話在來之前的電話裡已經說過一次。

瑠璃也回了跟電話裡一樣的話：

「我不知道她是誰，但深感同情。」

輕輕閉上眼睛，微微低頭。

「爲了證明她是山本葵，我進行了各種調查。但完全掌握不到她當年離家後的行蹤。」

瑠璃不置可否地點了點頭。

「所以，我去了一趟妳們的老家山形，想說哪裡有可能留下指紋。我去了小學，葵小姐五、六年級的班導現在又回去那裡當教務主任了。是一位姓大林的女老師，妳認識嗎？」

瑠璃搖搖頭。

「這樣啊。大林老師說，她清楚記得葵小姐。我問她手邊是否還有葵小姐遺留的東西，她說有。」

說到這裡，薰子停下來，重新打量瑠璃。瑠璃表情不變，只是微微歪了歪頭。

「是時光膠囊。說是六年級時大家一起埋下，講好成人式那年再一起挖出來。沒能來挖的人也都一一聯絡，各自寄回膠囊了，最後剩下一個。那就是葵小姐的膠囊。」

薰子從包包拿出一個小鐵罐，放在茶几上。銀色的罐子，原本是裝餅乾或糖果吧。

「裡面有一封信，請看。」

瑠璃雙手放在腿上不動，凝視那個罐子。

「信件和罐子上都沒有驗出指紋，可以放心摸。」

即使如此，瑠璃依然沒有動手。

熟悉的卡通主題歌流瀉，將兩人之間的沉默襯托得更加明顯。

「大林老師說……」薰子打破沉默。

「她說葵小姐是個分不出什麼可以做、什麼不能做的孩子。可是，只要慢慢教就沒問題了。花點時間，在好的環境中好好教育，這樣的孩子也不會有問題。她說當時也這樣告訴葵小姐的母親，只是令堂聽不進去。她還說，妳離開老家後，葵小姐更不去上學了。」

薰子多補了一句「很遺憾」，瑠璃沒有反應。

「遺骨目前由市政府的生活福祉課保管。」

這麼說完，薰子鞠躬辭去。

直到最後薰子都猶豫著是否該告訴瑠璃，結果還是沒有說。聽到「妳是個母親吧？」的時候，葵睜開了眼睛的事。總覺得一旦把這事告訴瑠璃，好像就會破壞那一瞬間的可貴。

薰子接下來要去戶沼家。

雖說是報告事件，薰子很難決定到底該怎麼說。搜查報告書上沒寫的事就不能說。這麼一來，等於什麼都無法傳達。這樣遺屬能接受嗎？不，不管怎麼說明都無法接受吧。

薰子回想電話裡的對話。戶沼杏子說，我們要搬家了。第一次聽到她用這麼爽朗的語氣說話。她說因爲房子賣掉了，要搬去新的地方，改名換姓重新來過。她這麼說的時候，背後傳來女孩雀躍的聲音，喊著「優斗，快來幫忙」。

必須是爲他們的新生活推一把的報告才行。如此告誡自己，薰子自然而然挺直背脊。

撐著傘的薰子往前走時，瑠璃凝視茶几上的罐子，一邊在腦中告訴自己不能打開。葵唯一留下的時光膠囊罐看上去像個詛咒。瑠璃很難不去想，裡面那封信上寫的是詛咒的話。

然而，最後她還是朝罐子伸出手。

布滿愛心圖案的信封，裡面裝著對摺的同款信紙。打開的時候，似乎聞到了不屬於這個地方的味道。

——希望下輩子可以當姊姊的小寶寶。

瑠璃突然想起來了。

這個蓋子上畫有小熊插畫的罐裡裝的是糖果。瑠璃參觀旅行時買給小葵的伴手禮。小葵第一次吃到這種草莓牛奶口味的糖果，興奮地說味道像姊姊一樣溫柔。

傻小葵。我從來都沒想過要生下像妳這樣的小孩。

「小葵。」

下意識發出聲音。

電視前的美月反彈似地轉過頭來，把瑠璃嚇了一跳。

美月直視瑠璃。又黑又清澈的眼珠，清澈得像是能映出世界上每個角落。

瑠璃想對女兒微笑。但是，女兒動作更快。滿眼都是母親的美月，對最愛的人露出滿臉笑容。

E FICTION 60／最悲傷的是誰

原著書名／いちばん悲しい
翻　譯／邱香凝
原出版者／光文社
作　者／正己寿香
編輯總監／劉麗真
責任編輯／詹凱婷
總 經 理／謝至平
榮譽社長／詹宏志
發 行 人／涂玉雲
出 版 社／獨步文化
城邦文化事業股份有限公司
台北市南港區昆陽街16號4樓
電話：(02) 2500-7696　傳眞：(02) 2500-1967
發　行／英屬蓋曼群島商家庭傳媒股份有限公司
城邦分公司
台北市南港區昆陽街16號4樓
網址／www.cite.com.tw
讀者服務專線／(02) 2500-7718；2500-7719
服務時間／週一至週五：09：30～12：00　13：30～17：00
24小時傳眞服務／(02) 2500-1900；2500-1991
讀者服務信箱E-mail／service@readingclub.com.tw
劃撥帳號／19863813
戶名／書虫股份有限公司
香港發行所／城邦（香港）出版集團有限公司
香港灣仔駱克道193號1樓東超商業中心
電話／(852) 2508-6231　傳眞／(852) 2578-9337
E-mail／hkcite@biznetvigator.com
馬新發行所／城邦（馬新）出版集團
Cite (M) Sdn Bhd
41, Jalan Radin Anum, Bandar Baru Sri Petaling,
57000 Kuala Lumpur, Malaysia.
Tel: (603) 90578822
Fax:(603) 90576622
email:cite@cite.com.my
封面圖片／岩渕華林
設　計／高偉哲
印　刷／中原造像股份有限公司
排　版／游淑萍
●2024年10月初版
售價460元

ISBN 9786267415719（平裝）
ISBN 9786267415696（EPUB）

國家圖書館出版品預行編目資料

最悲傷的是誰／正己寿香著；邱香凝譯．－
初版．－台北市：獨步文化，城邦文化事
業股份有限公司：英屬蓋曼群島商家庭
傳媒股份有限公司發行，2024.010
面；公分．--（E fiction；60）
譯自：いちばん悲しい
ISBN 978-626-7415-71-9（平裝）
861.57　　113011560

獨步文化
APEX PRESS

廣 告 回 函
北區郵政管理登記證
台北廣字第000791號
郵資已付，免貼郵票

115020台北市南港區昆陽街16號4樓
英屬蓋曼群島商家庭傳媒股份有限公司
城邦分公司

請沿虛線對摺，謝謝！

獨步文化
APEX PRESS

書號： 1UR060 **書名：** 最悲傷的是誰 **編碼：**

請於此處用膠水黏貼

獨步文化 APEX PRESS

讀者回函卡

謝謝您購買我們出版的書籍！

請費心填寫此回函卡，我們將不定期寄上城邦集團最新的出版訊息。

姓名：________________ 性別：☐男 ☐女

生日：西元________年________月________日

地址：________________

聯絡電話：________________ 傳真：________________

E-mail：________________

學歷：☐ 1. 小學 ☐ 2. 國中 ☐ 3. 高中 ☐ 4. 大專 ☐ 5. 研究所以上

職業：☐ 1. 學生 ☐ 2. 軍公教 ☐ 3. 服務 ☐ 4. 金融 ☐ 5. 製造 ☐ 6. 資訊

☐ 7. 傳播 ☐ 8. 自由業 ☐ 9. 農漁牧 ☐ 10. 家管 ☐ 11. 退休

☐ 12. 其他________________

您從何種方式得知本書消息？

☐ 1. 書店 ☐ 2. 網路 ☐ 3. 報紙 ☐ 4. 雜誌 ☐ 5. 廣播 ☐ 6. 電視

☐ 7. 親友推薦 ☐ 8. 其他________________

您通常以何種方式購書？

☐ 1. 書店 ☐ 2. 網路 ☐ 3. 傳真訂購 ☐ 4. 郵局劃撥 ☐ 5. 其他

您喜歡閱讀哪些類別的書籍？

☐ 1. 財經商業 ☐ 2. 自然科學 ☐ 3. 歷史 ☐ 4. 法律 ☐ 5. 文學

☐ 6. 休閒旅遊 ☐ 7. 小說 ☐ 8. 人物傳記 ☐ 9. 生活、勵志 ☐ 10. 其他

對我們的建議：________________

____

____

為提供訂購、行銷、客戶管理或其他合於營業登記項目或章程所定業務需要之目的，家庭傳媒集團（即英屬蓋曼群島商家庭傳媒股份有限公司城邦分公司、城邦文化事業股份有限公司、書虫股份有限公司、墨刻出版股份有限公司、城邦原創股份有限公司），於本集團之營運期間及地區內，將以 mail、傳真、電話、簡訊、郵寄或其他公告方式利用您提供之資料（資料類別：C001、C002、C003、C011 等）。利用對象除本集團外，亦可能包括相關服務的協力機構。如您有依個資法第三條或其他需服務之處，得洽詢本公司服務信箱 cite_apexpress@cite.com.tw 請求協助。相關資料不提供亦不影響您的權益。

☐我已詳讀權利義務之相關條款，並同意遵守。

請於此處用膠水黏貼